KB265442

서인식 전집 Ⅰ

서인식 전집 Ⅰ

―歷史와 文化―

차승기 · 정종현 엮음

도서출판 역락

일러두기

1. 이 전집은 수집 가능한 서인식의 모든 평론과 수필을 수록하였다.
2. 평론집 『역사와 문화』(학예사, 1939)를 1권으로 묶고, 그 외의 글과 「모던문예사전」을 모아 2권으로 편집하였다.
3. 발표 당시의 것을 수록 원본으로 하였다.
4. 독자들이 읽기 쉽도록 현대 표기법으로 고쳤다.
5. 본문은 한글 표기를 원칙으로 하고 필요한 경우 한자를 괄호 속에 병기하였다.
6. 표준어를 기준으로 삼았고, 글의 느낌을 살리기 위해 표준어로 고치지 않는 것이 좋다고 판단되는 경우에 원문을 그대로 살렸다.
7. 부호로 나타낸 장음 표시 및 외래어에 붙인 여러 가지 부호는 없앴다.
8. 외래어 표기는 현재의 표기를 따랐다.
9. 대화나 인용은 " "로, 강조는 ' '로, 책 이름은 『 』로, 작품이나 평론 이름은 「 」로 표시했다.
10. ○○○는 인쇄 상태가 나빠 판독이 불가능한 글자를 수대로 표시한 것이며, ×××는 발표 당시 검열 등의 이유로 삭제된 것을 글자 수대로 표시한 것이다.
11. 필요한 경우 각주를 달아 설명하였다.
12. 매체 구분 없이 발표 순서대로 수록하였다.
13. 전집 2권 중 『비판』지에 연재된 「역사철학잡제」의 7회분과 10회분은 잡지를 구할 수 없어 수록하지 못했다.
14. 외국인명이나 외국어 용어 중 필요한 경우 [ ] 속에 원어를 병기하였다.

한 보편주의자의 삶

서인식이라는 인물에 대해서 어떻게 명명해야 할까. 그는 이른 바 ML파 마르크시스트로 활동하다가 5년여 동안 투옥되었고, 출옥 후에는 니시다 기타로(西田幾多郎), 코야마 이와오(高山岩男), 미키 키요시(三木清) 등의 교토학파와 동아협동체론에 공명하는 제국의 지식인으로 전신하였다. 초창기에는 마르크시스트로서, 출옥 후 중일전쟁의 담론 지형에서는 '세계'의 이념을 주창하는 역사철학자로서, 서인식은 특수한 피식민자의 위치에서 '보편'이 관철되는 세계상의 실현을 꿈꾸며 자신의 사상을 발화하였다.

그가 작성한 논문들 외에 그의 삶의 행적을 증언할 수 있는 자료는 그리 많이 남아 있지 않다. 비록 적은 양이지만 그의 이력을 살펴볼 수 있는 자료들을 따라가며 삶을 재구해보도록 하자. 「이조유학의 사칠론」(『조선일보』 1940. 8. 2.)을 게재하며 신문의 편집자는 저자 서인식의 약력을 다음과 같이 소개해 놓았다.

> 필자는 함흥 출생으로 쇼와 2년(1926, 편자주) 와세다고등학원을 졸업하고 다시 동대학 문학부 철학과에 들어가 2년 수료하고 중도 퇴학, 이어서 철학연구에 몰두하여, 그간 그 방면의 논문 평론 등을 수다히 발표하였다. 씨의 철학자로서의 지위는 이미 중진(重鎭)으로 우리 논단에 이채를 띠우고 있다. 저서로 『역사와 문화』란 논집이 있다. 금년 36세.

이 기록이 말해주듯이, 서인식은 1906년 함경남도 함흥에서 출생하여[1] 1924년 경성사립중앙고등보통학교를 졸업하고, 1926년 3

월 와세다대학 고등학원 문과를 졸업한 후, 동년(同年) 4월에 동(同) 대학의 문학부 철학과에 들어갔다가 2년여 만인 1928년 12월에 중 퇴하였다. 현재로선 학창 시절을 회고하는 서인식의 글이나 혹은 동료들의 글이 남아 있지 않아 이 시기 서인식의 관심과 교우관계, 활동 등에 대해서는 알 길이 없다. 다만 다음과 같은 유학생 동정 을 통해서 일본 유학 시절의 서인식의 활동상을 엿볼 수 있을 뿐 이다.

> 재동경유학생학우회 巡講隊에서는 지난 27일에 高原에 도착되야 當地 동아, 중외 양지국의 후원으로 공립보통학교 대강당에서 학술강 연회를 개최하고 서병하씨의 사회하에 연사 서인식씨는 「생활에 있어 서의 의식과 行動에 대한 이론적 고찰」이란 題로 주해산씨는 「자기비 판을 철저히 하자」란 題로 수백명 청중 앞에 열변을 토하고 무사히 폐 회되였다더라.2)

강연의 내용을 확인할 길은 없지만, 강연 제목에서 인간 의식과 행동 사이의 관계와 그 변증법적 통합에 대한 서인식의 관심이 학 생 시절부터의 오랜 연원을 가지고 있음을 확인할 수 있다. 인간 생활에 있어서 '행동'과 '의식(관상)'의 관계는 서인식의 사상적 편 력에서 중요한 위치를 차지하는 명제이다. 30년대 후반 철학적 '사 실수리론'을 명제화하면서 적극적으로 현실에 개입하는 것을 지식 인의 사명으로 내세운 일련의 논문들의 배경에도 학생시절 이래의 서인식의 관심이 영향을 미쳤다고 할 수 있다. 가령, 「역사에 있어 서의 행동과 관상」(『동아일보』 1939.4.)에서 그는 역사를 '행위적 견 지'에서 보는 사람은 역사의 합칙성과 필연성을 무시하기 쉬우며 반대로 역사를 관상적(의식적) 입장에서 보는 사람은 역사를 도그마

---

1) 『동아일보』(1932. 7. 10.)의 「조선공산당협의회 관계자 600 여명」이라는 기
   사에 서인식의 본적지와 연령은 '咸南 咸興府 可西里 27세'로 나와 있다.
2) 「高原서는 강연 성황」, 『동아일보』 1927. 7. 30.

와 숙명으로 간주하기 쉽다고 대별한 후, 전자를 나치스와 파시즘의 역사관으로 후자를 역사를 관상하고 해석하는 것으로 만족하는 소극적 태도를 취하는 당대 지식인의 사유방식으로 규정하고 있다. 이 둘을 지양하여 창조적 행위로 인상시킬 것을 주장하며 서인식은 현실에 개입하는 논리로 활용하고 있다.

20년대 말과 30년대 초반 사이에 서인식은 일본, 상해, 조선을 배경으로 조선공산당 재건운동의 중심분자로 활동하였다. 1920년대 이래 서인식과 사상적인 동반자 관계에 있었던 김남천은 서인식이 ML계의 중심인물이었음을 다음과 같이 기록하고 있다.

> 동경서 학업을 중지하고 서울로 나온 것은 소화 6년(1931, 편자 주) 봄, 바로 『비판』이 창간되던 무렵이다. 당시 나는 사회운동에 대한 아무런 경험도 없었으므로, 카프가 어떠한 파벌에 속하는 것인지도 똑똑히 몰랐으나, 당시에 카프 동경지부원들은 고경흠, 서인식 등의 제씨의 정치이론을 지지하고 있었으므로, 파벌청산을 구호로 내세우기는 하면서도 의연히 엠엘계에 심리적으로나 이론적으로 가담해 있던 것이 사실이었다.[3]

신간회 연구자에 따르면 1927년 12월 이후 신간회 동경지회는 고려공산청년회 일본부에 의해 지도되었으며, 조선공산당 '3차당' 일본부원이 간부직을 장악했다. 이후 조선공산당 일본총국 당 조직 개편 때인 1928년 4월에는 한림·강소천이 프랙션으로 활동했고, 이들이 6월에 가서는 서인식·임종웅으로 개편되었다.[4]

이외에도 서인식의 일본 체재시의 활동상에 대해서는 20년대 공산주의 운동사를 검토한 여러 연구들에 의해 그 편린들을 살필 수 있다. 1928년 8월 29일 오후 9시에 약 150명의 한국인 학생과 노동자들이 동경 요츠야구에 있는 무사시야(武藏屋) 백화점 앞 공터

---

3) 김남천, 「『비판』과 나의 십년」, 『비판』 1939. 5.
4) 김인덕, 「신간회 동경지회와 재일조선인운동」, 『한국근현대사연구』 제7집, 1997, 248면.

에서 혁명가를 부르고 삐라를 뿌리며 거리 행진을 벌이다 경찰과 시가전을 벌인 사건을 이른바 8·29사건이라고 부른다. 이 사건은 8월 29일 '한일합방'의 국치일을 기념해서 시위를 한 것이었다. 이 사건으로 26명이 체포되었는데, 이들에 대한 경찰 조사과정에서 조선공산당 일본총국의 조직분포도가 드러나게 되었다. 그 일본총국의 위원장이 김천해(金天海, 또는 金鶴儀)였으며, 그의 휘하에는 서인식(조직부), 박득현(선전부)이 있었다. 총국은 동경에 5개의 세포를 가지고 있었다. 동경(이병호), 서부(김봉희), 남부(정희면), 북부(강영순), 그리고 서남부(송재홍)이었다.[5]

일본에서 활동하던 서인식은 대략 30년경에 상해(중국)를 거쳐 조선으로 들어와 활동하였던 것으로 보인다. 당대의 자료를 토대로 재구한 서인식을 포함한 ML계의 당 재건활동의 대략은 다음과 같다.

고경흠은 1930년 11월 북경으로 가서 한위건을 다시 만나 동경에서의 활동상황을 보고하고 운동자금을 받았다. 이 때 한위건은 고경흠에게 조선 국내에 잠입하여 서울에 있는 서인식과 함께 당 재건을 위한 조직활동을 하도록 지시하였다. 이에 고경흠은 1931년 2월 초순경 경성에 잠입하여 서인식을 만나 운동에 관한 제반 상황을 협의하고 그의 소개로 모스크바 공산대학 출신인 이종림(李宗林)을 만나게 된다. 2월 상순 고경흠, 서인식, 이종림 3명은 경기도 시흥군 노량진 중국집에서 회합을 갖고 공산당 조직에 관한 의견을 교환하고 당 재건 준비를 추진시키기 위해서 각지에서 지도적인 능력을 가진 믿을 수 있는 인물을 소집할 것을 의논한 결과 이종림은 전 조공간부로서 당시 함흥에 잠복해 있던 강진(姜進=김와실리)과 원산에 거주하던 김철환(金鐵煥)을, 고경흠, 서인식 양인은 전 조공 일본총국 간부로서 전주에 있던 김기선(金琪善)과 진주에

5) 서대숙, 현대사연구회 옮김, 『한국 공산주의 운동사 연구』, 화다, 1985, 159면.

있던 권대형(權大衡)을 소집하기로 결정하고, 2월 27일 영등포에 있는 이종림의 집에서 모이기로 하였으며, 모임에서 토의할 내용은 고경흠, 서인식이 작성하기로 결정하였다. 그래서 고경흠, 이종림은 각각 강진, 김기선, 권대형을 만나 결정된 내용의 취지를 전하였고, 예정했던 대로 2월 27일 고경흠, 서인식, 이종림, 강진, 김기선, 권대형은 영등포 역전에 모인 후 경기도 김포군 양동면 목동리 이화영(李華永)의 집으로 가서 회의를 개최하였다.[6]

이 모임에서 서인식은 「조선의 공산당 재건설 문제에 관하여」라는 글을 작성하여 제출한 것으로 알려져 있다. 그가 제출한 문건의 내용을 요약하면, "현재 조선의 운동정세는 대중의 급속한 혁명화를 나타내고 있음에도 불구하고 지도를 맡아야 할 공산주의자의 힘은 극히 미약하고, 분산적이다. 따라서 대중적 투쟁이 불가능하기 때문에 이와 같은 운동상의 결함을 극복하기 위해서는 무엇보다도 공고한 프롤레타리아 공산당의 조직이 가장 급선무이다. 그리고 당 재건의 방법은 철두철미하게 노동대중을 기초로 한 세포그룹을 결성하고 점차 상부조직으로 나아가야 하며 당 재건을 위해서는 과도적 조직을 필요로 한다. 그 조직형태는 '조선공산당 재건설동맹'으로 하고 여기에 서기국, 조직부, 선전부의 3부문을 설치하고 각도에 도 위원회, 군, 도시에 군 위원회, 도시 위원회를 설치하여 농촌, 공장의 세포를 지도하게 한다. 이 동맹의 임무는 장래의 당의 기초를 확립하고 완전한 당 조직에 이를 때까지 존속하는 것이다"라는 등의 상세한 설명을 하였고, 일동은 모두 찬성, 가결시켰다. 중앙집행위원으로 서인식, 강진, 이종림, 고경흠, 김기선, 권대형, 김철환을 선임하였다. 이리하여 '조선공산당재건설동맹'이라는 비밀결사가 결성되었다.

카프 서기장이었던 팔봉 김기진이 해방 이후에 한 회고도 이 시

---

6) 배성찬 편역, 「고경흠」, 『식민지시대 사회운동론 연구』, 돌베개, 1987, 418~9면.

기의 서인식의 행적을 짐작케 해주는 기록이다.

　　이듬해 1931년 봄에 고경흠이 만주에서 나를 찾아왔다. 조금 후엔
서인석(식)이 상해에서 돌아와서 내 집에 숨어 있었다. 두사람 다 나
와는 인사도 없던 초면친구들이다.
　　이해 사월에 「프로예맹」 사람들은 「공산주의자협의회사건」이라는
명목 아래 종로경찰서에 검거되기 시작했다. 내가 붙들려 들어간 것은
이해 유월이었다. 그러나 며칠후에 검사로부터 기소되어서 공판에 붙
은 사람은 「카프」맹원 아닌 고경흠·최일숙·김삼규와 「카프」 맹원
김남천— 이 네사람뿐이었고 감옥에서 원고만 쓰게 하던 나와 안막을
위시해서 그외 「카프」맹원 전부는 기소유예로 석방되었다. 이때 감옥
에서 검사가 나한테 씌운 원고는 「조선무산계급 문학운동의 과거·현
재·미래」라는 제목이었다. 우리가 석방된 것은 일구삼일년 십월 중순
이었다. 이같이 석방된 후 나는 조선일보 사회부장으로 그전 같이 출
근하였다. 그러자 한달이 지나지 아니해서 이번에는 경기도 경찰부에
서 나를 잡아갔다. 이것은 상해서 온 서인석이 체포된 때문에 그를 보
름 동안 내집에 은닉해 두었던 죄목이었다.7)

　　김팔봉의 기록과 『京鐘警高秘』(제10859호, 1931. 12. 1.)의 「조선공산
당 공산주의자협의회 사건에 관한 건」의 문건을 통해서 서인식이
11월 중순 경에 체포된 것을 알 수 있다. 와해되었던 당을 재건하
기 위한 ML계 중심의 활동과 발각 후의 검거 선풍을 '조선공산당
협의회' 사건과 관련한 다음 기사들을 통해 확인할 수 있다.

　　학생독서회와 후계공산당 조직 준비 혐의로 동대문 경찰서에 백여
명이 검거되고 오늘 78명이 경성지방법원에 송국되다. - 徐仁植(27
세)

　　　　　　　　　　　　　　　　　　　　『동아일보』 1932. 4. 8.

---

7) 김팔봉, 「우리가 걸어온 30년(3) -우리들의 투쟁기」, 『사상계』 1958년 10월
　호. 202면.)

「우리들의 뉴스: 조선공산주의자협의회 중앙 권대형 서인식 등 공
판」
　재작년(1931년) 12월부터 대구지방을 중심으로 하야 전조선적으
로 200 여명의 검거를 보게 된 조선공산주의자××당재건협의회 사건
은 그 후로 각지방에서 분리심리중에 있다. 그중 이 사건의 중앙부인
대구사건의 권대형, 서인식, 이우적 등 11명 등은 대구경찰서에서 7
개월 동안 취조 중에 있다가 작년 7월 11일에 송국된 후 지난 12월에
심리의 종결을 보고 오는 3월 중에 대구 지방법원에 공판이 개정되리
라고 한다. 『대중』 1933. 4.

「당재건협의회 사건 최고 6년 징역언도」
　20일 오전 9시 53분 대구 지방법원 제1호 법정에서 堀部재판장으
로부터 최고 6년 최하 1년의 언도를 받음. 권대형(6년), 서인식(5
년), 김기선(5년) 등 ……『동아일보』 1933. 4. 21.

　조선공산주의자협의회 사건으로 복역하던 서인식이 출소한 것
은 대략 36년 말 혹은 37년 초엽인 것으로 보인다. 출감 직후인
1937년부터 그는 일본 내지의 담론인 동아협동체론 및 니시다 기
타로, 미키 키요시 및 교토학파의 역사철학에 공명하는 일련의 논
문들을 발표하면서 활발한 저술 활동을 시작한다.
　감옥에서 전향을 했는지, 전향을 했다면 어떤 계기 때문이었는
지 등에 대한 자료는 없다. 당대의 시대적 상황과 그의 전향이 맺
고 있는 연관 관계는 이 시기 그가 쓰고 있는 논문들을 통해서 확
인할 수 있다. 이에 대해서는 『역사와 문화』와 그 외의 신문 잡지
소재의 논문들에 대한 해제의 글을 따로 마련하였으므로 여기서는
생략하기로 한다.
　다만, 이 시기 지성계의 판도에서 서인식이 어떤 위치를 지니고
있었고, 당대 지식인들 중 누구와 관련을 맺고 있었는가에 대해서
간단히 언급하고자 한다.

　수년 이래로 평론계에서 크게 활약하는 서인식 씨의 평론집 『역사
와 문화』의 출판을 기념하고저 최재서, 김남천, 윤규섭 외 평론문단
知己 諸氏의 發起로 左記와 같이 회합을 가지게 되었는데 일반의 다수
참석을 바란다고 한다.
　1939년 11월 10일 오후 5시 本町(昭和通) 경성호텔 회비: 1원
50전8)

　30년대 후반 『문장』지와 함께 조선 문단을 양분하고 있었던 『인
문평론』지를 언급할 때면 최재서를 떠올리게 된다. 최재서가 '인
문사'와 『인문평론』을 주관하고 이후 『국민문학』을 주관한 사실은
널리 알려졌거니와, 서인식은 이 시기 최재서와 더불어 『인문평론』
의 모색과 정신을 대표한다고 할 수 있다. 가령, 이 시기 서인식의
사상적, 정치적 위치를 명징하게 보여주는 대표적인 글인 「문화에
있어서의 전체와 개인」(인문평론, 1939.10)이 『인문평론』 창간호의 권
두논문으로 잡지 창간의 의도를 대변하고 있다는 점에서도 이 사
실을 확인할 수 있다.

　서인식은 이 시기 일본 교토학파 및 동아협동체론 등에 공명하
면서, '세계'의 철학을 피력하고 있다. 전집 말미의 해제글에서 보
다 자세히 다루었지만, 서인식의 발언에는 내지 사상가들의 에피
고넨으로 치부하고 말기에는 너무도 강렬한 주체화의 열망이 담겨
있다.

　동아협동체론에 공명한 역사철학자 서인식을 문제삼고자 했을
때는 그가 활발히 저술 활동을 한 시기와 그의 저술의 내용을 조응
해서 검토해야 한다. 1937년 10월의 논문으로부터 1940년 11월 『조
광』지의 좌담, 「과학에의 돌진」까지 만 3년여의 활동 기간은 '동아
협동체론'의 담론 공간과 그 담론의 자장 속에서 현실 정치를 '리
드'해간 혁신 좌파의 활약 및 실각과 정확히 대응한다. 요컨대, 서

---

8) 「『역사와 문화』 출판기념회합」, 『동아일보』 1939. 11. 10.

인식은 보편의 원리와 탈제국주의적 명제를 담고 있던 동아협동체에 적극 공명하며, 그 논리를 제국의 수뇌에게 되돌리는 담론투쟁을 수행한 셈이다. 그것이 더이상 불가능해진 순간 그는 절필했다.9) 1940년『조광』에서의 대담을 끝으로 목포로 칩거한 후 서인식은 공식적인 지면에 등장하지 않는다. 서인식의 고향은 함흥이지만, 1933년 대구지방법원 판결문에는 서인식의 본적이 전라남도 순천군 낙안면(樂安面) 하송리(下松里) 11번지로 명기되어 있다. 순천과 지근거리인 목포에 연고가 있었을 것으로 추론할 수 있다.

해방 후의 서인식의 행적 역시 상세하지는 않다. 이 역시 당대의 신문기사를 통해 서인식의 활동의 단면을 짐작할 뿐이다.

「조선문화건설중앙협의회 결성」〈조선문학건설본부〉평론부
위원장 이원조 위 원 서인식, 박치우, 조윤제
『매일신보』 1945. 8. 24.

「조선문학동맹 결성, 각부 위원 결정」
평론부 위원장 김태준
위 원 이원조, 한효, 안함광, 김남천, 박치우, 윤규섭, 김오성, 서인식, 윤기정, 임화
『자유신문』 1945. 12. 25.

이 시기 각각의 문학, 문화 단체의 위원들은 서로 겹치기 때문에 명단 그대로 믿기는 어려우나 조선문학가동맹 등은 KAPF계열의 문학가들의 조직으로 그 사상적 지향성이 비교적 동일하다고 볼 수 있는 단체였다. 당대에는 본인의 확인 없이도 단체의 위원에 이름이 오르는 경우도 있었기에 명단에 오른 것만으로 그 단체에서 활동했다고 단언할 수는 없다. 이 시기에 서인식은 목포 생

---

9) ≪문장≫지의 1940년 1월호『조선문예가총람』에서 徐寅植의 조항은 다음과 같이 명시되어 있다. "京城府 嘉會町 一七七의 一三. 評論家. 著書에『歷史와 文化』가 있다."

활을 청산하고 활동을 시작한 것으로 볼 수도 있지만, 실제 평론을 확인할 수 없기에 이 시기 서인식이 가지고 있었던 사유에 대해서는 확인할 길이 없다.

이후의 행적에 대해서는 월북 후 소련망명설 등이 있으나 현재로선 확인하기 어렵다. 목포 낙향 이후부터 해방공간에서의 서인식의 이력과 기타 사적인 기록은 추후 조사후 보강해야 할 사항이다.

전집 I 은 1939년 학예사에서 출간된 평론집 『역사와 문화』를 수록했고, 전집 II 는 단행본에 수록되지 않은 신문·잡지 발표글을 모았다. II권 끝에는 좌담과 『인문평론』에 연재된 「모던 문예사전」을 부록으로 정리했다. 서인식의 평론집과 여러 잡지의 글들을 묶어 내놓는 이유는 서인식 개인에 대한 관심 때문만은 아니다. 서인식의 글들은 1930년대 이후 새롭게 펼쳐진 동아시아, 세계를 둘러싼 환경의 변화 속에서 식민지 지식인들의 여러 대응 중 일단의 기류를 대표하는 전형적인 것이다. 특히 그 기류의 흐름은, 최근까지도 식민지 역사 및 문학 연구에 깊게 남아 있는 '식민 권력에 대한 협력인가 저항인가'라는 단선적인 기준에 의해서는 포착되거나 명명되기 어려운 복잡성을 띠고 있다. 그리하여 식민지 지식인의 대응 논리를 중층적인 당대의 맥락 속에서 보다 사려 깊게 재고하고, '좌절된 가능성'들에 대해 숙고할 수 있는 기회를 마련하고자 이렇게 자료집을 묶어 낸다.

2006년 1월

차승기·정종현

서인식 전집 Ⅰ

- 歷史와 文化 -

차 례

序

이 곳에 모아 놓은 몇 편의 소론(小論)은 일찍이 『조선』『동아』 양지(兩紙)에 발표되었던 것이다. 말은 평론이라 하나 평론의 성질을 띤 글은 한 두 편밖에 없다.

허나 그 어느 것이나 시대에의 관심을 떠나서 쓴 것이 없는 만큼 세밀히 추적하면 전편(全篇)을 통하여 추이(推移)하는 시대의 족적만은 역력히 보이리라 생각한다.

모아 놓고 보니 첫째 그 내용이 빈약한 데에서 부끄러운 생각이 앞을 선다. 더구나 행론(行論)의 구성방법에 있어서 「지성의 시대적 성격」 이전의 제논문과 이후의 것들과의 간에 적지 않은 상차(相差)와 이행(移行)이 있다. 이것은 물론 나의 생각이 미숙한 탓이다. 허나 그 미숙이 성장하는 사람의 표징인 만큼 독자로서도 후일을 위하여 널리 관용하여 주리라 믿는다.

만일 편편이 써내어 버린 글을 모아 놓는 것이 생각이 원숙한 사람의 할 일이라면 그는 물론 내가 할 짓이 못 된다. 또한 미숙한 과거를 모아서 책상 앞에 놓는 것이 현재를 채질하는 데 도움이 될까하여 이 책을 내어본다.

끝으로 여름날 더위를 불고하고 무잡(蕪雜)한 글들을 수집하여 정리하여 주신 학예사 제형에게 감사의 뜻을 표한다.

소화14년(1939년) 8월

저자 식(識)

'지성'의 자연성과 역사성

조선논단(朝鮮論壇)에서도 한동안 문화와 지성의 문제가 시끄럽게 논의된 듯 싶다.

그런데 문화는 광의에 있어 지성의 산물—정확히 말하면 인간의 실천적 행동을 매개로 한 지성의 산물이다. 문화와 지성은 내면적으로 긴밀한 연관을 갖고 있는 것이다. 그러므로 나는 이곳에서 지성의 성격구조를 대략 고찰하여 보기로 하겠다.

지성에는 누구나 알듯이 두 낱의 측면이 있다. 심리적 과정으로서의 측면과 논리적 과정으로서의 측면이 즉 그것이다. 그 중에서 어느 것이나 우리가 치중하는 측면에 따라 우리는 지성을 보통 광의와 협의의 두 가지 의미로 사용한다.

지성을 한낱의 심리적 과정으로 볼 때에는 그는 심리학에서 말하는 바와 같이 표상(表象), 감정(感情), 의지(意志)와 구별하여 사용된다. 이것이 이른바 협의의 지성이다. 그러나 의식작용은 기계적 작용이 아니고 개개의 심적 요소가 불가분의 통일을 갖고 있는 것이 중요한 특징이다. 그러므로 이 구별은 엄밀한 의미에 있어서 정당치 않다. 지성, 표상, 의지는 각각 독립한 작용형식이 아니고 일정

한 대상을 지향하는 한낱 의식작용의 여러 가지 상모(象貌)에 불과
하다. 표상의 일면이 지성이며 지성의 일면이 의지이다. 표상이 보
편화된 것이 지성이며 지성이 개별화된 것이 의지이다.

그러므로 한 걸음 더 나아가 한낱의 통일적 전체를 이루는 의식
작용의 근본형식을 문제삼을 때에 현대철학의 주조를 이루고 있는
주의주의(主意主義)는 이것을 의지에서 찾았다. 철학의 학적(學的) 기
초를 이른바 심리주의에 두는 한 지성은 의지의 일면으로서 인간
의욕에 종속된 한낱의 반성적 기능에 지나지 못할 것이다. 그러나
의식을 한낱의 이론적 과정으로 볼 때에는 그와 반대로 의식작용
의 근본형식은 지성이다. 의지는 도리어 지성의 일면으로서 지성
의 이른바 구성적 작용에 있어서 한낱의 지향성(志向性)밖에 대표하
지 못한다. 우리는 흔히 의지는 의지로서의 특수한 구조를 가졌다
고 말한다. 그러나 이 말은 칸트의 '형식으로서의 의지'에서도 보
는 바와 같이 의지는 의지대로 곧 지성의 법칙을 따른다는 말이다.
의지가 의지로서 자각될 때에는 그는 벌써 의지가 아니고 지성이
라 할는지 모르나 의지가 자각될 수 있다는 것, 즉 지성의 대상이
될 수 있다는 것은 곧 의지가 지성적 구조를 가졌기 때문이다.

이 의미에서 우리는 지성을 광의로 해석할 수 있다.

지성은 파악되는 방법에 따라서 다시 다음과 같은 두 가지 형태
로도 나눌 수 있다. 지성은 직접적 형태에 있어서는 보편적, 동일
적인 지성 일반[Denken Überhaupt]으로서의 자연적 성격을 가진 것
이나 매개적 형태에 있어서는 개성적, 이질적인 특수 지성으로서
의 역사적 성격을 가진 것이다.

지성을 자연적 구조에서 인식성립의 일반적 형식으로 볼 때에
는 그는 칸트의 오성(悟性)과 같이 지성 일반으로 나타나나 지성의
내면적 전개과정에서 인간인식의 발전과정으로 볼 때에는 그는 헤
겔의 '이데[Idee]'와 같이 역사지성으로 나타난다. 근대철학에서 지

성은 주로 자연지성으로 파악되었으나 나는 이곳에서는 헤겔과 같이 지성을 역사지성으로 보려 한다. 지성은 생동하는 형자구상화(形姿具象化)된 형태에 있어서는 역사적 성격을 가진 것이다.

지성은 자연적 구조에 있어서는 자연으로서의 대상성(對象性)밖에 가지지 못한 것이며 따라서 그는 자기동일성에서만 자기를 관조하게 된다. 허나 지성의 자각적 특성은 지성이 이러한 조정(措定)의 입장에 머물러 있음을 허(許)치 않는다.

지성은 자기를 한정하기 위하여서는, 즉 대상적 지성에서 인간적 지성으로 전화하기 위하여서는 운동을 전개하지 않을 수 없다. 그러므로 지성을 내면적 전개과정에서 볼 때에는 그는 자연으로서의 대상성을 가진 동시에 역사로서의 한정성까지도 가진 것이다. 다시 말하면 그는 자기동일적인 동시에 전후이질적(前後異質的)인 것이다. 한정되지 않은 지성은 지성으로서의 보편성, 일반성은 가졌으나 그는 한정을 초월한 것이기 때문에 또한 일면적, 추상적임을 면치 못한다. 그러나 한정된 지성은 한정하는 측면과 한정되는 측면 (자기에 내재하는 측면과 자기를 초월한 측면)이 통일된 것이므로 일반성과 특수성을 구비한 헤겔의 이른바 개성적인 것이다. 지성의 한정이란 다름 아닌 지성 그 자체의 자기한정인 만큼 한정된 지성이 지성으로서의 보편일반성을 가질 것은 물론이며 그 이른바 지성의 자기한정이 시공(時空)의 통일인 역사로서 구현하는 이상, 또한 역사로서의 구체성, 특수성을 가지지 않을 수 없는 것이다.

자연지성은 조정(措定)의 입장에 있는 지성인 만큼 그는 자연으로서의 '로고스'만 가지고 역사로서의 '파토스'는 가지지 못한 것이다.

따라서 그는 희랍 사람의 이른바 질료없는 형상과 같이 일면적인 일반성뿐 가지지 못한 것이다. 일반성은 일면성을 극복하기 위하여서는 특수성을 매개로 하고 개별화하지 않으면 안 된다. 역사지성은 종합의 입장이나 지성으로 그는 일반성을 개별성 속에 쌓고 있는 이른바 구체적 보편이다. 논리학적 용어를 차용한다면 자연지성은 술어적(述語的)인 것이나 역사지성은 주어적(主語的)인 것이다. 술어가 술어되기 위하여서는 그는 끝까지 일반적인 것이 되지 않으면 안 될 것이다. 그러나 그는 주어와 같이 구체적 일반자는 될 수 없다.

지성의 특성이 보편성, 일반성에 있음은 두말할 것 없다. 우리는 남구제민족(南歐諸民族)은 감정적이고 북구제민족(北歐諸民族)은 의지적이라고는 흔히 말하지만 지성이 이태리 사람의 것과 독일 사람의 것이 각각 다르다고는 말하지 않는다.

아니 의지나 감정에 있어서도 칸트의 실천지성과 같은 형식으로서의 의지나 코헨[Hermann Cohen]의 순수감정과 같은 근원으로서의 감정은 벌써 지성에 관조된 보편일반성을 가진 것이다. 그러기에 우리는 소크라테스의 선(善)한 의지에는 희랍 사람들과 함께 감복하며 베토벤의 위대한 음악에는 독일 사람들과 함께 감동하는 것이 아닌가?

그러나 지성은 자연으로서의 대상성만 가진 것이 아니고 역사로서의 한정성까지도 갖고 있는 이상 칸트의 의식일반(意識一般)이나 리케르트[H. Rickert]의 판단주관(判斷主觀)과 같은 초역사적인 지성은 인간의 인식태도에 있어 '있어야 할' 이상형은 될망정 '있는' 현실형은 아니다. 다시 말하면 그것은 우리의 사물인식에 있어서 쫓아야할 기준은 되나 또한 완전히 도달할 수도 없는 한낱의 극한개념(極限槪念)에 불과하다. 장소와 시간에 사는 인간이 역사인간인 것과 같이 각 시대의 인간인식의 능력과 방식에는 상대적 한계와 성격적 차이가 있다. 그러므로 원시시대의 신화적 지성과 현대의 과학적 지성, 중세의 '스콜라' 지성과 근대의 보편지성은 각각 구조와 형태를 달리한다.

　지성은 이와 같이 대립된 두 낱의 계기—일반성과 역사성을 내포하고 있다. 지성은 지성으로서의 동일성을 갖기 위하여서는 일반성, 보편성을 가지지 않으면 안 되며 지성으로서의 한정성을 갖기 위하여서는 역사성, 특수성을 갖지 않으면 안 된다. 일반성과 역사성은 지성의 구조에 있어서 대립된 양면으로서 일반성은 지성의 긍정적 계기를 이루며 역사성은 부정적 계기를 이룬다.

　이 두 낱의 계기를 내포하였기 때문에 지성은 전개=발전하는 것이니 지성은 지성으로서 한정되기 위하여서는 일반성을 부정하지 않을 수 없으며 지성으로서 동일(同一)하기 위하여서는 그 부정을 다시 부정하지 않을 수 없다.

　이리하여 한낱의 통일된 지성이 출현하나 그는 다시 부정을 매개로 자기를 한정하지 않을 수 없으므로 지성의 전개된 운동은 그칠 수 없는 것이다. 그리고 지성의 발전도(發展度)란 곧 한정도(限定度)를 말하는 것이므로 지성은 발전하면 할수록 내용이 풍부하여진다. 가령 보편적인 지성은 가장 구체적인 지성이다. 보편으로 나가는 것은 구체로 들어가는 것이다. 전진은 동시에 후진이다.

　지성이란 원래 이와 같이 대립의 극복과 재생산의 과정을 거쳐 역사적으로 발전하는 것이다. 지성이 단순한 자연지성으로서 조정의 입장에 머물러 있는 한 그는 칸트의 선험지성과 같이 추상적인 자연지성에만 내재할 수 있는 것이다. 지성은 지성으로서 살기 위하여서는 자연지성에서 역사지성으로 지양되지 않으면 안 된다. 지성이 자연지성의 입장을 사수하는 한 그는 칸트의 지성과 같이 이율발반(二律發反)의 정율(定律, Antinomie)에 좌초하지 않을 수 없다. 이것은 헤겔의 '이데'와 같이 오직 지성의 역사적 전개에서만 해결될 수 있는 것이다. 형식논리가 갖고 있는 절대와 상대, 무한과 유한의 반발은 변증논리에서만 지양될 수 있다. 우리는 칸트의 자연지성이 헤겔에 이르러 역사지성으로 지양되었던 역사적 사실을 지성의 논리적 구조의 필연성에서도 용이히 추적할 수 있다.

그러나 지성은 헤겔의 '이데'와 같이 저절로 발전하는 것이 아니고 인간의 실천적 행동을 매개하여 발전하는 것이다.

지성의 운동에는 논리적 계기와 함께 실천적 계기가 있다. 지성의 긍정적 계기와 부정적 계기는 실천을 매개하여서만 통일되는 것이다. 원래 근원을 따지고 보면 지성의 운동은 지성의 내면적, 논리적 대립에서 유래하는 것이 아니고 지성과 존재와의 대립에서 유래하는 것이다. 논리적 모순은 끝까지 동일지성(同一知性)의 내면적 대립에 불과하다.

지성에 근본적으로 대립하는 것은 지성이 아니고 존재이다. 그러므로 지성은 다른 지성과의 대립에서 자기를 한정하기 전에 먼저 존재와의 대립에서 자기를 한정하는 것이다. 다시 말하면 그는 존재에서 한정된 것으로서 다시 지성에서 한정되는 것이다.

지성은 인간적 지성이기 전에 먼저 대상적 지성이다. 따라서 지성의 내면적 대립, 부정적 계기와 긍정적 계기의 대립도 존재의 내면적 대립에서 유래한다.

그러므로 지성이 한낱의 지성에서 다른 지성으로 이질적(異質的) 비약을 하기 위하여서는 실천을 기다릴 것은 명백한 일이다. 논리적 대립은 동일지성의 내면적 대립에 불과한 만큼 단순한 논리적 대립에 의하여서는 지성은 이질적인 다른 지성으로 이행할 수 없는 것이다. 다시 말하면 지성의 운동은 논리적 계기와 실천적 계기와의 통일에서 보아야 한다.

그러나 헤겔은 지성운동에서 논리적 계기만을 보고 실천적 계기는 보지 않았다. 그는 지성을 존재에서 유도(誘導)＝한정(限定)하지 않고 존재이전의 절대로서 정립하였다. 그리고 지성과 존재와의 모순은 지성의 논리적 모순, 지성의 자기운동(自己運動)에서 연역하였다. 따라서 그는 칸트에서 발견된 지성의 내면적 모순은 정당한 해결을 지었으나 지성과 존재와의 모순은 도립(倒立)한 해결을 지었다. 지성에서 실천적 계기를 제외한다면 지성은 운동의 동인(動因)을 논리적 계기에서만 구할 것은 물론하고 세계는 관념의 운동으로 표화(表化)될 수밖에 없다.

헤겔에 있어서는 지성의 역사성은 지성의 논리적 계기에서 유래한 것이고 실천적 계기 즉 역사적 계기에서 유래한 것이 아니다. 존재의 대립에서 지성의 대립을 연역하지 않고 지성의 대립에서 존재의 대립을 보았다.

따라서 지성의 역사로서의 한정이란 다름 아닌 지성의 내포적 한정을 말하는 것으로 그것은 끝까지 지성의 내면적 속성에 속하는 것이며 역사는 그 결과로 나타나는 지성의 외연적 태양(態樣)[1]에 불과하다. 지성이 역사의 산물이 아니고 역사가 지성의 산물이다. 헤겔의 지성은 이른바 도립(倒立)한 지성이다.

인간은 사유하는 존재이기 전에 먼저 실천하는 존재이다. 관념적 존재이기 전에 먼저 감성적 존재이다.

사고된 인간, '로고스'로서의 인간은 실천된 인간 '파토스'로서의 인간이 반성된 것, 자각된 것에 불과하다. 따라서 지성의 구조는 인간의 존재양식에 의하여 결정되는 것이며 지성의 운동은 존재의 운동이 두뇌에 반영된 것에 불과하다.

그러므로 지성구조의 비밀은 결국 인간존재의 구조에서 탐구하지 않으면 안 될 것이다.

지성의 이중성—일반성과 역사성은 인간존재의 이중성에서 유래한 것이다. 인간은 제일차적으로는 자연적 존재이며 제이차적으로는 사회적 존재이다. 그리고 자연적 존재로서의 인간과 사회적 존재로서의 인간과를 결합한 결점(結點), 즉 두 낱의 존재양식의 교

---

1) '양태(樣態)'의 오식인 듯.

차점을 이루는 것은 인간의 생산노동이다. 따라서 인간의 생산노동은 두 낱의 측면—자연적 측면과 사회적 측면을 갖고 있는 것이다. 생산노동은 두말할 것 없이 인간과 자연과의 간에 있어서의 물질대사과정(物質代謝過程)이다.

이 측면에서는 생산노동은 한낱의 자연과정으로서 물화학적(物化學的), 생리적 법칙에 지배받는 것이다. 그러나 또한 이러한 자연과정으로서의 생산노동은 사실은 인간과 인간과의 일정한 사회적 교호관계 안에서 영위되는 것이다. 그러므로 이 측면에서는 생산노동은 한낱의 사회과정으로서 일정한 역사적, 사회적 법칙에 순응하는 것이다.

지성의 일반성은 노동의 자연적 측면에서 유래한 것이며 역사성은 노동의 사회적 측면에서 유래한 것이다. 이하 이 점을 좀더 상세히 말하겠다.

인간은 제일차적 존재로서는 자연의 일부로서 자연에 대립하는 것이다. 그러므로 인간의 생활과정은 제일차적으로는 자기를 자연에 적응시키면서 자연을 자기에게 적응시키는 생산노동의 지속적 운동이다. 노동과정은 말하자면 인간생활의 자연사적 과정으로서 인간이 인간으로 존속하는 한 어느 때든지 인간생활의 기저를 이루는 것이다. 그리고 노동이란 이곳에 있어서는 즉자적인 인간과 대자적인 자연과를 실천적으로 통일하는 즉대자적절대(卽對自的絶對)로서 피히테[J.G. Fichte]의 이른바 사행(事行, Tathandlung)으로 작용하는 것이다. 인간노동의 일반적 특성은 그가 동물에서 보는 바와 같은 단순한 본능적 과정이 아니고 한낱의 의식과정으로서 인간의 지의 합목적적 행동인 데 있으며 노동대상인 자연의 성질을 이용하여 자연의 형태를 변경함으로써 인위적 생산수단을 생산함에 있다.

그러므로 인간노동의 이러한 특성은 인간과 자연과의 물질대사과정에 있어서 인간의 지성능력을 계발하지 않을 수 없다.

인간은 어로(漁撈)를 위하여 해상에 뜨는 데는 목선의 '스타빌리티[stability]'의 법칙을 이용하여야 하며, 수렵을 위하여 투창을 만드는 데는 자기의 상지(上肢)의 역학적 구조에 순응하여야 한다. 그러므로 인간의 지성은 자연(자기와 노동대상)의 보편일반적인 법칙에 적응하는 노동과정을 통하여 늘 자연의 보편일반적인 법칙에 제약되고 훈련되는 것이다. 제약과 훈련의 반복은 심리학자의 말을 기다릴 것 없이 인간의 사고양식의 정형화를 결과한다. 자연의 대상적 성질이 동일한 만큼 인간의 사고양식은 자연에 향하는 한 늘 동일하지 않을 수 없다.

이리하여 노동은 늘 지성능력을 지성 일반으로 유도하였으며 지성능력은 노동을 통하여 늘 지성 일반으로 작용하여 왔다. 요약하여 말하면 지성의 대상적 성질은 노동이 대상적 성질에서 유도된 것으로, 전자는 후자가 인간 두뇌에 이식된 것에 불과하다. 따라서 물질생산의 발달, 즉 자연과 인간과의 교섭의 범위가 확대하는 데 따라 지성이 발달할 것은 두말할 것도 없는 것이다.

그러나 인간은 원래 사회적 동물이다. 인간은 자연의 일부로서 자연에 대립할 뿐 아니라 사회의 일부로서 사회에 대립하여 있는 것이다. 그러므로 인간노동은 자연과정인 동시에 또한 사회과정이다. 사회 외에서 영위되는 고립노동이란 18세기 학자들이 상상에서 빚어낸 것으로 인간노동을 단순한 자연과정으로 개개인의 고립노동으로 보는 것은 한낱의 추상이다. 인간은 자연과 관계하기 위하여서는 먼저 인간과 인간과의 일정한 사회관계—생산관계에 배치되어 있지 않으면 안 된다. 일정한 사회관계 안에서만 인간은 자연과 관계할 수 있기 때문이다. 그러므로 인간노동은 원래 사회적 노동으로서 사회에 의하여 제약된 것이며 따라서 그는 역사적으로 상이한 형태를 갖고 발달하는 것이다. 노동의 양식은 각개의 사회적 형태에 따라 각각 다르다.

　노동의 일반적 특성은 자연적 특성인 만큼 불변하는 것이나 그의 표현형태인 노동양식은 인간 대 인간의 관계인 만큼 인류사상(人類史上)에 계기(繼起)하는 각개의 사회형태에 따라 각각 다르지 않을 수 없다. 그러므로 노동의 대상적 성질에서 유도된 지성 일반은 노동양식을 달리한 각개의 사회형태 밑에서 또한 각각 상이한 형태로 표현되지 않을 수 없다. 다시 말하면 노동의 자연적 측면에서 자연의 일반적 법칙으로부터 유도되는 지성 일반은 다시 노동의 사회적 측면에서 역사의 특수법칙에 의하여 한정되지 않을 수 없다.

　이리하여 지성 일반은 사회구성의 제과정을 여과하는 상향과정(上向過程)에서 정치, 경제, 교육, 심리, 관념 등 사회적 조건에 의하여 방향부(方向付), 성격부(性格付) 되어 구조와 형태를 달리하는 지성제형태(知性諸形態)로 구화(具化)하는 것이다. 이곳에서 말하는 정치, 교육, 심리, 관념 등은 이미 역사의 특수법칙에 의하여 한정된 것으로 일정한 역사적 성격을 가진 것이다. 그러므로 이른바 '이데올로기'라 하는 것은 지성 일반이 역사적으로 한정된 것이다.

　인간의 노동과정을 전(全)인류사적 과정을 관통하여 그 기저를 이루는 추상적, 자연사적 과정으로 볼 때에 그에 대응하는 것이 이른바 대상적 지성이며 이 대상적 지성이 바로(直立的) 자각된 것이 유물론이 말하는 모사지성(模寫知性)이고 거꾸로(倒立的) 자각된 것이 칸트가 말하는 선험지성(先驗知性)이다. 그와 반대로 노동과정을 각개의 사회형태에 따라 노동양식을 달리하는 사회사적 과정＝생산과정으로 볼 때 그에 대응하는 것이 지성 제형태이며, 이 지성 제형태가 논리적 필연성을 매개로 하고 자각된 것이 헤겔의 이념(倒立)이며 역사적 필연성을 매개하고 자각된 것이 사적 유물론의 역사지성(直立)이다. 지성은 지성으로서의 논리적 필연성을 관철하기 위하여서는 역사적으로 각각 그 한정 형태를 달리하는 역사지성으로 전개될 것이다. 그러나 그것은 그 근저에 있어서는 노동이 그 자체의 내면적 모순(자연성과 역사성과의)에 의하여 각개의 사회형태에 따라 노동양식을 달리하는 사회사적 과정으로 전개하는 데 대응하는 것이다. 지성의 내면적, 논리적 모순은 노동의 내면적 모순, 자연성과 역사성의 대립에서 유래한 것이며 지성의 운동이란 노동의 운동에서 유래한 것이다. 다시 말하면 인간의 지성사란 한낱의 물질과정으로 조성된 노동사가 관념적 형태로 이식된 것이다.

지성의 역사적 전개로 나타나는 각개의 지성형태는 틀림없는 지성인 점에서 의연히 지성으로서의 일반성을 갖고 있는 것이다. 그것은 노동의 역사적 전개로 나타나는 각개의 노동양식이 의연히 노동으로서의 일반적 특성을 갖고 있는 것과 다를 것이 없다. 각개의 노동양식이 대상적 노동의 구체적 한정인 것과 같이 각개의 지성형태는 다름 아닌 대상적 지성의 구체적 한정이기 때문이다. 따라서 만일 각개의 지성형태가 지성으로서의 일반성을 갖고 있지 않다면 그는 지성으로서의 자연적 특성을 잃은 만큼 지성으로서 '죽을' 것은 물론 한 사회, 한 시대의 인간의 의식과 행동을 합리적으로 통제하는 관념적 통제원리로서의 기능을 잃고 마는 것이다. 그것은 노동의 대상적 성질에 일치되지 않는 노동양식은 필연적으로 다른 노동양식과 대체되지 않을 수 없는 것과 다를 것이 없다.

아리스토텔레스나 칸트의 지성이 오늘날까지도 불멸의 가치를 갖고 있는 것은 그 속에 지성으로서의 합리성, 일반성을 갖고 있기 때문이다. 이와 같이 지성의 일반성은 직접으로든 간접으로든 사회체제의 하부구조에 있어서의 생산과정과 연결되어 있는 것이다. 지성은 생산노동을 매개로 하고 자연과 대립하는 데서 지성으로서의 일반성을 탈락(脫落)하지 않는다.

그러나 지성이 각 사회, 각 시대의 인간의식의 산물인 이상 노동의 일반적 성격이 각개의 노동양식에 따라 각각 상이한 사회적 제약을 받는 것과 같이 그 사회, 그 시대의 정치의식, 문화의식으로부터 제약될 것은 물론이다.

더구나 지성이 철학, 종교, 도덕, 예술 등 관념 제상태(觀念諸狀態)의 전통으로부터 받는 제약의 확도(確度)란 비상히 큰 것이다.

우리는 여기서 아리스토텔레스나 칸트의 지성이 지성으로서의 일반성을 가지면서도 특수성을 가지며 합리성을 가지면서도 비합리성을 가짐을 알 수 있다. 절대로 비합리적인 지성도 없거니와 절대로 합리적인 지성도 없는 것이다.

일정한 노동양식은 일정한 기술적 기초 위에서는 노동의 일반적 특성과 일치하는 만큼 합리성을 가지나 기술적 기초가 변하면 노동의 일반적 특성과 배치되는 비합리적인 것이 되고 만다.

그와 같이 지성은 합리와 비합리의 교착과 대체이다. 그러기에 노예노동이 오늘날에 통용될 수 없는 것과 같이 아리스토텔레스의 지성은 오늘날에 통용될 역사적 합리성을 잃은 것이다.

지성이 노동사, 사회사의 산물이란 말은 결코 그 자신이 곧 사유사(思惟史)의 산물이란 것을 부인하는 것은 아니다. 사회는 지성을 빌어서만 지성을 제약할 수 있다. 빌어온 지성이 이미 역사적으로 제약된 것이라는 것뿐이다.

지성에도 지성으로서의 역사적 전통이 있다. 따라서 지성도 자신의 전통을 떠나서는 발전도 창조도 할 수 없는 것이다. 영국에는 경험론적 지성의 장구한 전통이 있으며 독일에는 합리론적 지성의 공고한 역사가 있다. 베이컨, 로크를 떠나서 흄을 생각할 수 없으며 칸트를 떠나서 헤겔을 이해할 수 없다.

지성 제형태가 노동사, 사회사와 필연적 관련을 가진 만큼 지성사에서도 전후로 계기(繼起)하는 각개의 '모멘트' 간에는 논리적 연관이 있는 것이다. 우리가 노동기술사, 경제사, 정치사를 통하여 각개의 기술형태, 정치제도, 생산관계의 계기대체과정(繼起代替過程)에서 역사적 필연성을 찾을 수 있는 것과 같이 지성 제형태의 계기(繼起)＝대체과정(代替過程)에서도 논리적 필연성을 찾을 수 있다. 지성 제형태는 지성의 역사적 전개에 있어서 각자의 위치에 배열된 대로 한낱 논리의 필연적 법칙을 관철하는 제계기를 이룬다. 개개가 모두 전연쇄(全連鎖)에 있어서 없지 못할 환(環)이다.

철학사를 떠나서 철학이 없다는 말은 이 의미에서 하는 말이다. 지성 제형태가 철학사를 매개로 하고 역사지성으로 자각된 것도 이 때문에 가능한 것이다. 우리는 보통 헤겔 이전에는 철학은 있었으나 철학사는 없다고 말한다. 이것은 지성의 각 계기 간에 논리적 연관이 있기 때문이다. 그렇기에 자연과학적 지성이 칸트에 이르러 자연지성으로 자각된 것과 같이 철학적 지성이 헤겔에 이르러 역사지성으로 자각될 수 있었던 것이 아닌가.

그러나 지성의 운동을 노동사, 사회사를 떠나 철학사에서만 이해하는 것은 잘못이다. 지성은 자기발전사의 전연쇄에 있어서 실천을 매개하고서만 한낱의 환(環)에서 다음 환(環)으로 비약할 수 있기 때문이다. 실천은 말하자면 지성의 환(環)과 환(環)을 붙잡아맨 결선(結線)으로 볼 수 있다. 따라서 인간의 노동사, 사회사와 연관하여 보지 않으면 우리는 지성이행의 개개의 구체적 이유를 알 수 없는 것이다.

지성이 역사의 제약을 받는다는 명제에는 두 가지 의미가 있다. 첫째는 지성능력의 문제로서 인간의 인식능력에는 역사 제단계에 있어서 각각 상대적 한계가 있다는 말이다.

지성전개의 무한성을 염두에 둘 때에는 절대인식은 가능하나 현실에 있어서 지성전개에 역사적 한계가 있는 이상 우리는 절대인식에 접근은 할망정 완전히 도달할 수는 없다. 일정한 계단(階段)

에서 성립한 절대인식은 다음 계단에 가면 상대적 타당성뿐 주장할 수 없게 된다. 이 의미에 있어서 우리는 인식능력의 상대성을 인정할 수밖에 없다. 다음은 인식구조의 문제로서, 인식능력의 상대적 한계성을 떠나서도 인간의 인식의 방법과 구조는 사회와 민족, 신분과 계급이 다른 데 따라 적든 크든 각각 상이하다는 것이다. 이것은 물을 것 없이 위에서 말한 사회의 특수한 역사적 성격, 문화적 전통에서 오는 제약을 말하는 것이다.

첫째 의미에 있어서는 인간의 지성은 어떠한 인식영역에 있어서든 일률로 역사의 제약을 받는 것이나 둘째 의미에 있어서는 대별하면 자연인식과 역사인식에 있어, 역사의 제약도에 현저한 차이가 있는 것이다.

인간이 자연과 관계하는 것은 그 동기는 사회에 있으나 그 행동은 자연에 순응하지 않을 수 없다. 고기를 잡는 동기는 예하면 현대 노동자에게는 화폐획득에 있고 중세 농민에게는 자가수요에 있을런지 모르나 고기잡는 데는 고기의 습성, 즉 노동대상의 자연적 성질을 이용하지 않으면 안 된다는 점은 서로 다를 것이 없다. 그러므로 지성은 생산노동과 결합된 확도(確度)가 크면 클수록 사회로부터 제약되는 확도는 적다고 볼 수 있다. 우리는 그 예로 물질생산에 밀접한 관계를 가진 기술학이나 자연과학을 들 수 있다. 기술학, 자연과학은 연구의 목표가 역사를 초월한 자연의 일반법칙을 해명하는 데 있을 뿐더러 연구의 동기가 주로 노동의 생산성을 증진함에 있다. 노동의 생산성의 증진은 자연의 대상적 성질을 충실히 인식하고 이용하는 데 있는 만큼 연구의 목표와 동기와의 간에는 용이히 모순이 생기지 않는다. 그러므로 생산노동과 직접 결합하여 있는 자연인식의 태도는 사회의 불순한 제약을 떠나 자연의 대상적 성질에만 용이히 충실할 수 있다.

그러나 사회과학은 자연과학과는 반대로 일반적으로 사회의 생산노동과 직접 결합되어 있지 않다.

첫째로 사회과학의 연구의 목표는 인간생활의 자연적 측면을 지배하는 자연의 일반법칙을 해명하는 데 있는 것이 아니고 사회적 측면을 지배하는 역사의 특수법칙을 해명하는 데 있다. 고기잡는 인간행동의 자연적 성질이 문제가 아니고 그의 사회적 동기가 문제이다. 현대 노동자의 어로의 동기는 자본제 생산(資本制生産)의 비밀을 연구하는 데서만 해명할 수 있으며 중세 농민의 그것은 자연경제의 기구를 분석하는 데서만 해명할 수 있는 것이다.

이와 같이 사회과학은 연구의 목표가 역사의 특수법칙을 해명하는 데 있을 뿐 아니라 연구의 동기가 주로 사회체제의 통제의 통제성을 증진함에 있다. 따라서 연구의 목표와 동기가 늘 일치함을 보증할 수 없나니 연구의 성과가 소기의 목적에 부합하기 위하여서는 진리를 지향하는 인식태도는 통제를 지향하는 동기에 늘 견제되지 않을 수 없다.

그러므로 연구의 목표와 동기, 그 어떤 점으로 보든 사회과학은 사회의 역사적 성격, 문화적 전통이 딴 데 따라 적든 크든 이론적 구조를 달리할 것은 명백하다.

자연과학에 있어서도 생산노동과 결합된 확도(確度)가 적고 실험보다도 이론이 일반화에 치중하는 이론물리학 같은 것은 다소 면목(面目)을 달리한다. 자연의 대상적 성질을 이용하는 데도 그 이용방법이 노동기술의 발달에 따라 각각 다른 것과 같이 이론물리학에 있어서는 동일한 자연법칙도 가설의 설정방법에 따라 법칙의 해석이 각각 달라진다. 이리하여 동일한 물리사상(物理事象)을 설명하는 데도 두 낱 이상의 이론구조를 달리하는 학설이 병립할 수 있다.

물론 이곳에서는 물리사상을 필요하고도 충분하게 설명할 수 있는 가설이 결국 선택될 것이며 그것은 사학(斯學)의 이론정립의 최후의 기준인 실험에 의하여 폐립(廢立)될 것이므로 프랑크의 이른바 물리학적 세계형상의 통일이란 언제든 가능할 것이다. 그러나 물질의 절대인식은 완전히 도달될 수 없는 것인 이상 한낱의 통일된 가설도 물리학적 인식의 심화와 확대에 따라 부단히 보다 높은 가설에로 지양될 운명을 가진 것이다. 우리는 이러한 의미에서 프톨레마이오스와 코페르니쿠스, 뉴튼과 아인슈타인의 이론 구조의 차이를 말할 수 없을까?

어쨌든 자연과학은 인식구조의 측면에 있어서는 일반적으로 사회과학에 비하여 역사의 제약을 떠날 수 있는 듯이 보인다. 그러나 그와 반대로 인식능력의 측면에 있어서는 끝가지 역사의 제약을 초월할 수 없다.

자연인식은 노동의 대상적 성질에서 유도된 것인 만큼 그의 발달은 늘 물질생산의 발달과정, 즉 자연과 인간과의 교섭범위의 확대과정에 수반될 것은 두말할 것도 없다. 그런데 물질생산의 발달이란 노동의 생산성의 증진을 의미하는 것이므로 그는 결국 노동기술에 의하여 제약되는 것이다. 그런데 노동기술이란 단순한 기계적, 자연적 과정이 아니고 역사적, 사회적 과정이므로 그것은 일면에 있어서는 사회관계를 제약하는 것은 물론이지만 타면에 있어서는 또한 사회관계로부터 제약받는 것이다. 일찍이 수공업적 생산조직에 있어서는 기술의 발전은 생산자의 육체적 숙련도에 제약되었으며 오늘날 자본제 생산 밑에서는 자본의 이윤증식률에 제약되어 있다. 일정한 기술적 기초 위에 일정한 생산관계가 새로 성립될 경우 생산제력(生産諸力)과 생산관계가 균형될 경우에는 사회관계는 기술의 발달을 촉진할 수도 있는 것이나 일정한 생산관계가 일정한 기술적 기초 위에 교착(膠着)될 경우 생산제력과 생산관계가 모순될 경우에는 도리어 기술의 발달을 저해할 수도 있는 것이다.

이 의미에 있어서는 노동의 기술과정과 상호의존의 관계를 갖고 있는 자연과학의 발달도 사회의 제약을 초월할 수 없는 것이다.

자연과학은 이른바 '일반적 생산력'으로 취급되는 생산력 발전에 있어서의 중요한 요인의 하나이며 이러한 중요한 요인이 되는 한에 있어서 또한 과학으로서 발달할 수 있는 것이다. 그러나 그리되기 위하여서는 그는 각개의 사회형태 밑에서 각각 특수한 조건을 붙잡지 않으면 안 될 것이다. 예하면 근대사회에 있어서는 자본의 이윤율을 인상할 수 있는 한에서만 생산력 발전의 요인으로 작용할 수 있는 것이다.

그렇지 못한 한에는 설사 과학발달사에 위대한 전진을 가져올 발명과 발견이 있다 하더라도 그는 폐기, 매몰되지 않을 수 없다.

지성의 특성이 보편일반성에 있음은 희랍철학 이래 많은 사람이 말하여 온 것이나 그것을 현실적으로 실증하여 준 것은 자본이다. 이것은 자본의 수많은 역사적 업적 중에도 중요한 자의 하나이니 자본은 우선 지성을 정치의 직접적 한정에서 독립시킴으로써 지성의 보편일반성을 실현시켜 주었다. 지성이 정치로부터 직접적 한정을 받을 때에는 지성으로서의 자율성을 잃는 것이며 자율성이 없는 곳에서는 지성의 보편일반성이 실현될 수 없는 것은 두말할 것도 없다. 자본은 지성을 정치에서 분립시키는 동시에 또한 지역에서 이탈시켰다. 지성은 지역에서 세계로 이탈된 데서 전통적으로 갖고 있던 국소성(局所性)을 벗어버리고 세계성을 얻었으며 세계성을 얻는 데서 용이하게 보편일반성을 실증할 수 있었다. 코페르니쿠스의 지동설은 컬럼버스의 대륙발견에 의하여 비로소 진리로 승인되었으며 마우라 헉스하우젠의 원시공동체설은 헨리―맨의 인도에 관한 조사보고에 의하여 원시사회에 관한 정설로 화(化)하였던 것이다. 지상(地上)에 뿐 적용의 범위가 한정되었던 지성의 보편일반성이 신이 지배하는 성세계(星世界)에까지 적용되기 위하여서는 케플러나 뉴튼의 출현이 필요하였던 것과 같이, 신비에 잠긴

동방 제국(諸國)의 제도와 문물이 동일한 구라파 지성에 의하여 합리적으로 설명되기 위하여서는 자본의 세계시장 형성이 필요하였던 것이다.

그러나 자본이 지성의 발전에 이만큼한 업적을 끼친 것은 지성에 의한 생산기술의 촉진과 경제외적 한정의 배제가 자본증식의 정률(定律)에 일치하였기 때문이다. 그렇기에 지성의 발전이 이 정률에 저촉하는 오늘날 와서는 일단 독립하였던 지성은 다시 정치화하며 일단 세계화하였던 지성은 다시 지역화하지 않는가? 정치에서 가장 먼 거리에 섰고 지성으로서의 보편일반성을 가장 많이 갖고 있는 물리학에까지 최근에는 독일형(型)과 유태형(型)이 나서게 되었다.

지성은 전개=운동을 본질로 한 역사적 구조를 가진 것임에 불구하고 지성의 자각사(自覺史)인 철학사, 17세기로부터 19세기 상반기에 이르기까지의 근대철학사에서는 지성은 주로 자연지성으로 나타났다. 데카르트, 스피노자의 합리론적 지성이나 베이컨, 로크의 경험론적 지성을 비롯하여 불란서의 유물론적 지성, 칸트의 선험지성에 이르기까지 그 어느 것이나 자연지성의 자각태가 아닌 것이 없다. "역사적인 것이 지성에 의하여 탐구되고 인식된 것을 대치하며 시대적인 것에 영원적인 것을 대치하던" 17세기의 계몽운동을 지도한 철학적 지성은 모두 구원(久遠)의 동일성에서 본 지성이다. 겨우 19세기 초두에 헤겔에 이르러 지성은 역사지성으로 자각되었으나 그는 관념론적 구조 때문에 유물론과 자연과학의 도전을 당하여 미기(未幾)에 옥석구분(玉石俱焚)의 예(例)를 지었다. 헤겔의 비판으로써 독일 고전철학의 최후의 결산자로 출현한 포이에르바하[L.A. Feuerbach]의 지성까지도 전대의 불란서의 유물론적 자연지성을 계승한 것임은 두말할 것도 없다.

그러면 지성은 근대철학, 시민철학에서 왜 주로 자연지성으로만 자각되어 왔던가? 이 비밀은 지성의 논리적 구조를 구명하는 것만으로는 해명할 수 없는 것이고 지성 제형태를 인간존재의 사회적 구조와 연관시켜 고찰하는 데 의하여서만 해명할 수 있는 것이다.

나는 이하 이것을 말하여 보겠다.

근대지성은 근대문화와 함께 16세기의 '르네상스'에서 태생한 것이며 중세기의 비인간적 한정에서 인간을 해제(解除)하려던 인간의 자각에서 출발한 것이다. 그럼에도 불구하고 우리는 근대지성의 역사적 사명을 말할 때에 자연경제체제로부터 자본의 운동을 해방한 것이 그의 주된 공로라고 말한다. 그것은 다른 까닭이 아니라 이른바 인간적 한정으로부터의 인간의 해제란 상시(常時)에 있어서는 종교와 정치의 직접적 한정으로부터의 인간의 해제를 말함이니 그것은 따라서 객관적으로는 자본의 법칙관철을 저해하는 경제외적 한정을 자본의 발전도정에서 소청(掃淸)하기 때문이다. 이러한 의미에 있어 근대지성은 근대 시민사회의 산물, 아니 조산부였다고 말할 수 있다.

근세초기의 인간의 자각이란 신(神)과 신분으로부터의 인간의 독립한 존재의 발견을 말하는 것이다. 중세인간은 관념적 존재로는 초자연적 존재인 신의 외화에 불과하였으며 지상적 존재로는 카톨릭 교회조직과 봉건제도에 신분인간으로 구화(具化)되어 있었다. 신과 그의 지상 대표자들이 태양이라면 그들은 그 주위를 돌고 있는 위성에 불과하였다. 이러한 타재인간(他在人間), 즉 도립인간(倒立人間)의 인간자각이란 물을 것 없이 자재인간(自在人間), 즉 직립인간(直立人間)에의 자각을 말하는 것이다.

그러므로 당시의 인간들은 자존자(自存者)로서의 자기를 파악할 때에 자연인간, 보편인간으로밖에 파악할 수 없었다. 이것은 인간자각사에 있어서의 한낱의 필연적 계정(階程)이니 초자연적 존재의 반조정(反措定)은 자연적 존재뿐이며 예속적 신분인간의 반조정은 보편인간, 자유로운 개성뿐이다. 이리하여 근대인간은 자기를 역사적 존재로 파악하지 못하고 자연적 존재로만 파악하였으며, 특수인간으로 파악하지 못하고 인간일반으로 파악하였다. 인간이 자기를 자연으로 파악하는 동시에 또한 역사로 파악하며 일반으로 파악하는 동시에 또한 특수로 파악하기 위하여서는 역사가 한번 더 높은 계단으로 전개함을 기다리지 않을 수 없는 것이다. 어쨌든 당시의 인간은 자기를 자연인간=보편인간 (자연인간은 곧 보편인간이다. 인간은 흉패(胸佩)와 견장(肩章)에 있어서는 즉 사회적 존재로서는 모두 이질적인 인간이나 이목구비에 있어서는 모두 동일한 인간이다. 그러나 보편인간은 모두 자연인간만은 아니다—原註)으로밖에 자각할 수 없으며 한번 그리 자각하자 그들은 자율적인 자연인간=보통인간을 인간존재의 이상적 유형으로 알고 신과 신의 지상조직에 향(向)하고 그의 현실을 요구하였다.

그런데 이러한 자연인간, 보편인간은 현실적으로는 모든 경제외적 한정을 인간생활에서 해소함으로써 실현할 수 있는 것이나 관념적으로는 모든 지성외적 한정을 인간사고에서 해소한 순수지성인식에서만 탐구할 수 있는 것이다. 칸트의 지성철학에서도 명백히 알 수 있는 바와 같이 지성인식은 자율자립의 개성을 내용으로 한 초역사적인 보편인성[普遍人性] '의식 일반[Bewubtsein über hauszt]'을 전제하고서만 성립할 수 있는 것이며 역으로 보편인간은 보편성과 자율성을 본질로 한 초역사적인 지성 일반의 원리에서만 연역할 수 있는 것이다. 이리하여 근대철학의 자연지성은 그 실은 근대의 자연인간 보편인간을 인간적 기초로 하고 그의 인간자각의 이론적 원리로서 출현한 것이다. 그러므로 자연인간, 보편인간은 곧 지성인간임을 알 수 있다.

그러나 이와 같은 지성인간은 기실은 상품생산에 있어서 자유경쟁을 원칙으로 한 당시의 시민계급의 존재양식이었으며 그들이 동경하는 유일의 인간유형임은 두말할 것 없다. 인간을 자본제 생산에 편제(編制)함에는 이러한 초역사적인 지성 일반을 원리로 한 자연법적 인간의 실현이 필요하였던 것이니 자연법적 인간의 실현은 자본제 생산의 자유로운 발전을 위하여서는 가장 기본적인 전제가 되기 때문이다.

이리하여 시민=세속은 봉건=교회에 대한 인간해방운동에 있어서 신앙에 지성을 대치시키고 역사적인 것 대신에 지성적인 것, 시간적인 것 대신에 영원적인 것을 요구하였다. 편견과 인습으로 뭉친 역사적, 시간적인 것이 소멸하고 난 지상에 새로 건설될 문화는 보편인성에 기초를 둔 합리적, 영원적인 것이 되지 않으면 안 될 것이 당시의 시민인간의 정신이었다.

이리하여 봉건체제의 해소와 함께 보편인간이 실현되는 동시에 자연지성이 시민지성의 자각태로 확립되었다. 과학에 대한 철학의 승리와 근대철학에 있어서의 주지주의의 '리더쉽'의 확립은 곧 자연지성이 시민의 지성형태로 확립된 것을 표현하는 사실이다.

이리하여 16세기에 태생하여 18세기에 이르러 시민인간의 지성형태로 확립된 자연지성은 19세기 전반기에 이르기까지 아무 기탄 없이 근대철학의 지도원리로서의 지위를 지속하였다. 지성의 기초를 이루는 인간의 사회적 구조에 어떠한 내적 변화가 없는 한 지성의 자각태는 좀처럼 변하는 것이 아니다. 일반적으로 자연지성이 그의 자연적 성질을 손상하는 것은 지성이 지성 외의 체제로부터 그의 독립성을 왜곡받는 경우에 일어나는 것이다. 허나 시민사회에서는 인간이 정치의 직접적 한정으로부터 이탈한 결과로 국가의 기능은 도리어 개인의 지상권(至上權)을 보장하는 데 있게 되었다. 뿐만 아니라 이 사회의 상품운동의 배물교적(拜物敎的) 특질은 인간 대 인간의 사회적 관계를 물 대 물(物對物)의 자연적 관계로 표상시키기 때문에 지성도 이 현실관계를 반영하여 그의 일반성만을 표화(表化)하고 역사성은 용이히 은폐할 수 있다. 더구나 근대철학의 과학적 기초를 이루고 있는 자연과학이 당시의 시대정신에 위대한 지배력을 발휘한 것이 자연지성의 철학적 지위의 장기적 지속에 유리한 '컨디션'이 되었던 것은 물론이다.

이와 같이 자연지성이 근대철학의 지성자각의 주형태로 출현한 역사적 근거를 찾고 보면 우리는 용이히 다음과 같이 논단(論斷)할 수 있다. 즉 자연지성은 이론적 형태에 있어서는 보편성, 영원성을 가진 지성 일반으로 자각된 것이나 역사적 본질에 있어서는 일정한 역사적 계단에 대응하는 특수한 역사적, 사회적 성격을 가진 지성범주라고. 그는 바로 근대인간이 그 자각에 있어서는 자연인간, 보편인간으로 통용되었으나 기실은 시민사회에만 특유한 인간의 존재양식에 불과한 것과 다를 것이 없다. 이 의미에 있어서 근대인간이 자각태에 있어서는 자연인간, 보편인간이나 기실은 한낱의 특수한 역사인간, 시민인간인 것과 같이 근대지성도 자각태에 있어서는 자연지성, 지성 일반이나 기실은 한낱의 특수한 역사지성, 시민지성임을 알 수 있다. 즉 그는 현실태에 있어서는 지성 일반이나 잠재태에 있어서는 역사지성이다. 근대지성의 내적구조에 있어서는 일반지성이 전면에 나타나고 역사성이 그 배후에 은폐되었을 뿐이다. 따라서 근대지성은 한낱의 역사지성, 즉 시민지성이라는 점에 있어서는 틀림없이 실재하는 것이나 자연지성, 즉 역사의 한정을 초월한 지성 일반이라는 점에 있어서는 한낱의 공소한 추상에 불과하다.

근대의 시민인간을 한낱의 가장(假裝)한 보편인간이라면 근대지성은 한낱의 가장한 지성 일반이다.

그러나 19세기 30년대에 이르러 시민사회가 내적 모순을 노현(露現)하자 자연지성은 지성 일반의 형태 속에 은폐하였던 역사지성으로서의 성격을 노현(露顯)하게 되었다. 다시 말하면 지성의 기초를 이루는 인간존재의 사회적 구조에 내면적 변화가 생김에 따라 지성은 지성 일반으로서의 가장성(假裝性)을 버리게 되었다. 시민사회의 성립과 함께 신분인간에서 보편인간으로 지양되었던 인간은 시민사회의 발전에 따라 다시 계급인간에로 소외되었던 까닭이다. 이 사회가 갖고 있는 생산 대 분배의 독특한 모순은 대립한 계급인간에 구화(具化)하였다. 계급인간은 자연적으로는 의연히 긍정된 인간이나 역사적으로는 벌써 부정된 인간이므로 그는 한낱의 통일된 인간이 아니다. 그는 집단적으로는 국민성과 계급성, 개인적으로는 자연성과 역사성이 분열한 이중인간이다.

이리하여 시민인간의 보편인간성이 현실적으로 깨어진 이상 인간존재의 관념적 모형인 지성만이 지성 일반의 형태를 그대로 유지할 수는 없는 것이다. 그것은 시민인간의 자연성과 역사성의 모순이 격화함에 따라 지성의 내적 모순도 격화하지 않을 수 없기 때문이다.

존재와의 통일에서 발전하는 지성은 존재에 내면적 변화가 생기면 거기 따라 새로운 한정=전개로 나가야 할 것은 물을 것도 없는 일이다. 그러나 지성은 통제원리로서의 자기의 사회적 기능을 다하기 위하여서는 사회의 모순을 자각한 지금에 와서는 이것을 허용할 수 없다. 자연지성이 시민인간의 지성형태란 말은 돌아서 말하면 그가 이 사회의 지배인간의 이익에 통제된 관념형태란 말이다. 그리고 이러한 피통제물로서의 지성의 사회적 기능은 또한 민중을 통제할 사명을 갖고 있는 통제원리인 데 있는 것이다. 따라서 사회제도의 모순을 자각한 지성이 통제원리로서의 기능을 유지하기 위하여 인식원리로서의 자유로운 전개를 허용치 않을 것은 두말할 것도 없다. 이리하여 지성은 인식원리로서의 자유로운 운동을 위하여서는 통제원리로서의 불순한 제약을 거부하지 않을 수 없으며 통제원리로서의 사회적 기능을 유지하기 위하여서는 인식원리로서의 순수한 작용을 왜곡하지 않을 수 없게 되었다. 지성의 이러한 내적 모순은 시민인간의 보편인간성이 현실적으로 보증되는 시기에는 없던 일이다. 사회의 생산제력(生産諸力)과 생산관계와의 간에 모순이 없던 시기에는 지성의 자율적 전개는 늘 그의 사회적 사명과 일치하였었다. 그리고 이러한 일치가 있었기 때문에 지성은 이론적 형태 속에서 합리적 핵심을 내포하였으며 자연적 성격 속에 역사적 성격을 은폐할 수 있었던 것이다.

지성은 이른바 역사적 합리성을 잃지 않았다.

따라서 지성의 사회적 기능이 지성의 자유로운 전개의 질곡으로 전화하는 때면 지성이 이론적 형태 속에 갖고 있는 합리성을 잃고 자연적 성격 속에 숨겼던 역사적 성격을 노현(露顯)할 것은 명백한 일이다.

이리하여 '르네상스'에서 태생하여서부터 전후 삼세기를 두고 인간사고를 목가적으로 지배하여 오던 자연지성도 끝끝내 지성 일반의 가장성을 벗어버리고 역사적 특수지성으로서의 본질을 나타내게 되었다.

허나 근대지성의 지성 일반으로서의 파탄은 곧 지성으로서의 몰락을 의미하는 것이다.

역사적 합리성을 잃은 지성은 조락(凋落)하지 않을 수 없다. 19세기 후반기로부터 나타난 과학의 변질적 경향과 철학에 있어서의 주지주의의 조락은 곧 이것을 말하는 것이다. 존재와 모순을 자각한 지성은 지성으로서 '살기' 위하여서는 존재와의 통일을 회복하지 않으면 안 될 것이다. 이리하여 지성이 일단 기성체제의 통제의 무기로부터 비판의 무기로 전화할 경향을 보이자 정치로부터 독립하였던 지성은 다시 정치의 구심적 작용을 유도하였다. 과학은 지금까지는 외부에 대한 일체의 고려를 떠나 자기 고유의 논리, 즉 독일류의 용어를 차용한다면 자기의 '아프리오리[apriori]'에 의하여서만 발전하였었다. 그러나 지금으로부터서는 과학은 정치의 '카테고리쉐 임페라티브'[kategorische imperativ]에 지배되지 않을 수 없게 되었다.

원래 봉건체제의 해소와 함께 지성 외의 한정을 벗어난 근대 제 과학은 자기의 존재이유를 정치, 종교, 도덕과 같은 자기를 초월한 그 어떠한 다른 문화영역에서 구하지 않고 자기의 내면적, 논리적 특질에서만 구하였다. 그렇기 때문에 과학은 전개과정에 있어서는 다른 문화영역에 대한 고려를 떠나서 늘 자기의 내면적, 논리적 필연에서만 제약받을 수 있었던 것이다. 뿐만 아니라 각 문화영역 간에는 이와 같은 독립과 자유가 확보되었음에도 불구하고 그 사이에는 일정한 예정조화가 있었다. 아니 일정한 예정조화가 있었기 때문에 각 문화영역은 독립과 자유를 가질 수 있었던 것이다. 그리고 이 예정조화는 근대사회의 자연적, 자동적 구조에서 유래한 것이며 이 자연적, 자동적 구조는 자본의 운동법칙에 의하여 규제되었던 것이다. 따라서 자연적, 자동적 구조 속에 생긴 모순은 제 문화영역 간에 성립하였던 예정조화를 깨트리지 않을 수 없으며 거기 따라 과학도 외부에 대한 일체의 고려를 떠나 자기의 내면적, 논리적 필연에만 순응하던 자주적 독립성을 잃지 않을 수 없었다. 이리하여 과학이 베이컨의 이른바 우상(idola)을 배제하고 사물의 본질을 해명한다던 과학으로서의 전통적 사명을 버리고 기성체제를 옹호하는 수품(手品)으로 화하였다. 허나 지성의 이탈은 과학에서 시작되었으나 과학에서 끝난 것은 아니다. 지성의 몰락은 현대철학에 있어서의 주지주의의 조락으로 종결을 지었다.

인간이 아무 두려움 없이 지성의 세계에 안주할 수 있던 것도 시민적 인간존재가 역사적 합리성을 갖고 있던 시기의 일(一) 시민이 계급으로 분화한 지금에 와서는 인간은 자기의 생활을 마음놓고 지성인식에 의하여 규제할 수 없게 되었다. 우선 자타동일성(自

他同一性)을 가진 보편인간이 지상에서 소멸한 지금에는 지성이 보여주는 구원(久遠)의 동일성을 가진 이상인간은 지상의 현실인간 속에서는 찾아낼 수 없게 되었다. 뿐만 아니라 사회체제의 분열 혼란은 인간생활에 불안 동요를 일으켰으며 불안 동요가 심화함에 따라 인간의 성격과 생활은 균형과 방향을 잃게 되었다.

인간은 자기의 성격과 생활에서 자연적 상면(象面)과 함께 역사적 상면을 발견하였으며 합리적 요소와 함께 비합리적 요소를 발견하였다.

그러나 사물을 동질성에서만 보고 이질성에서 보지 못하는 자연지성은 역사적 상면과 비합리적 요소를 설명하고 규제할 수 없는 것이다. 이리하여 이상과 현실이 배치되고 성격과 생활이 통일을 잃은 지상인간의 앞에서는 구원(久遠)의 고정성을 말하는 지성 원리는 권위와 매력을 잃고 궁색한 질곡으로 화하였다. 지성은 일찍이 인간을 신분에서 보편으로 지양하였다. 그리고 인간생활의 통제원리로서 시민생활을 비합리에서 합리에로 추진하여 주었다. 그러나 이러한 역사적 업적을 가진 근대지성도 자연과 역사, 합리와 비합리로 교착된 오늘날의 계급인간의 통제원리로서는 생생한 추진력을 잃고 한낱의 염중(厭重)한 형식으로 전화할 밖에 없는 것이다.

이리하여 지성에 대한 회의와 비판이 19세기 후반기로부터 현대 철학정신의 주류를 이루게 되었다.

그러나 현대철학의 주지주의 비판은 일면적 비판에 그쳤다. 그는 의연히 지성을 자연성에서만 취급하고 역사성에서 취급하지 않았으며 동일성에서만 보고 이질성에서는 보지 않았었다. 이것은 현대철학의 자연과학원리에 대한 비판에서 명백히 볼 수 있는 것이다. 칸트와 뉴튼의 관계에서도 보는 바와 같이 근대철학의 제과학적 기초가 근대 자연과학에 있는 만큼 현대철학의 주지주의 비판은 자연과학 원리의 비판으로 시종한 감이 있다. 허나 이곳에 있어도 비판은 근대 자연과학의 형이상학적 방법론을 합리적으로 지양치 않고 일면적으로 제한(타당범위) 혹은 부인(타당성)하는 데만 그치고 말았다. 예하면 리케르트나 딜타이[W. Dilthey]의 역사이론이 역사적 실재를 역사로만 파악하고 자연으로는 파악치 않은 이유도 요컨대 자연과학적 원리(자연지성)가 말하는 일반법칙성적(一般法則性的) 인식은 역사의 대상계에는 타당치 않다는 것이며 마하나 그의 아류들의 과학이론이 물리학을 기술과학(記述科學)으로만 보고 설명과학으로 보지 않는 이유도 요컨대 자연적 실재의 일반법칙성적 인식은 절대성을 가질 수 없다는 것이다.

허나 역사와 자연의 인식에 있어서 일반법칙성을 부인하면 구극은 지성의 보편일반성적 인식의 부인으로 떨어지고 마니 지성인식에서 보편일반성을 부인한다면 지성은 인식원리로서의 기능을 잃고 말 것이 아닌가? 그러므로 그것은 결국 본의(本意)이든 비본의이든 세계해석의 원리를 지성 이외의 원리에 구하는 반(反)주지주의 철학에 대도(大道)를 열어주는 것이다. 의지, 직관, 체험 생(生) 등 이른바 지성 이전의 원리에서 출발하는 오늘날 신내재형이상학(新內在形而上學)의 제유파(諸流派)가 현대철학의 우이를 잡게 된 것은 결코 우연이 아니다. 지성의 일면적 비판은 근대 자연과학과 근대 철학의 독단론을 깨칠 수 있으나 그리함으로써 또한 회의론, 신비론을 현대철학에 도입하였다. 예하면 오늘날 베르그송과 같이 지성은 공간형식에서 사물을 동질적으로 파악한다 하여 인간인식에서 지성의 우위를 빼앗는다면 우리는 사물의 이질적 본질을 파악하기 위하여서는 지성 이전의 신비의 세계에 돌아가 자연과 역사를 관조할 수밖에 없는 것이다.

그러나 지성은 일면에 있어서는 이와 같이 근대철학의 일면적 비판을 통하여 기계적으로 부정되었으나 타방(他方)에 있어서는 근대 독일고전철학의 합리적 비판을 통하여 유물론적 역사지성으로 지양되었다. 헤겔 비판을 통하여 지성은 관념론적 표피 속에 숨은 역사성을 발견하였으며 포이에르바하 비판을 통하여 자연론적 구조 속에 숨은 실천성을 발견하였다. 헤겔의 공적은 두말할 것 없이 지성의 내면적 모순에서 출발하여 지성을 역사로서 파악한 데 있다. 그러나 그는 지성의 역사를 지성의 논리적 통일에서만 보고 지성과 존재와의 통일에서 보지 못했기 때문에 지성의 뚜렷한 역사성을 인간의 지상적 존재에서 찾지 못하고 관념적 존재=천상의 세계에 묻어 버렸다. 그와 반대로 포이에르바하의 공적은 지성과 존재와의 통일에 출발하여 지성의 실천성=지상적 형태를 발견한 데 있다. 그러나 그는 지성의 실천성을 인간의 사회적, 생산적 활동에 연결하지 못하고 자연적, 생리적 활동에만 연결하였다. 그 때문에 그는 지성의 뚜렷한 실천성을 인간의 감성적 활동에서 살리지 못하고 추상적 자연 속에 죽여 버렸다.

지성의 역사성은 실천에서만 찾을 수 있는 것이며 역으로 지성의 실천성은 역사에서만 살릴 수 있는 것이다. 그러므로 헤겔에서 발견된 지성의 역사성은 포이에르바하에서 발견된 실천성과 결합하지 않을 수 없는 필연성을 가진 것이다. 이리하여 이 두 낱의 고전지성—관념론적 역사지성과 유물론적 자연지성을 합리적으로 지양함으로써 지성은 유물론적 역사지성으로 자각되었다.

그리고 이렇게 자각된 데서 지성은 근대철학의 일면적 긍정에서도 해방될 수 있었거니와 현대철학의 일면적 부정에서도 옹호될 수 있었다. 우리는 역사지성의 입장에 설 때에는 리케르트와 반대로 역사적 실재를 보편으로 파악하면서도 특수로 파악할 수 있었으며 마하와 반대로 자연법칙성의 절대성을 주장하면서도 상대성을 주장할 수 있는 것이다.

허나 이상에서도 말하였거니와 지성의 발전을 철학사만을 매개하여 이해하는 것은 무의미한 것이다. 따라서 헤겔의 지성이 포이에르바하를 거쳐서 독일적 관념형태의 저자(著者)[2]에까지 발전한 역사적 근거를 찾는 것이 필요할 것이다.

헤겔의 관념론적 역사지성은 요약하여 말하면 헤겔 당시의 후진독일의 시민인간의 이중성을 표현한 것이다. 당시의 독일시민은 첫째 아직까지 지상인간의 주형태를 이룰 만큼 성장하지 못하였으며, 둘째 선진국의 동료들에게 대할 때에는 한낱의 부정된 존재에 불과하였다. 다시 말하면 후진시민의 관념성과 부정성을 구현한 것이 헤겔의 지성이다. 지성은 후진국에나 부정적 조건을 붙잡았던 만큼 역사성을 획득하였으나 지상적 기초를 가지지 못하였던 만큼 또한 천상적 형태에 머무를 수밖에 없었다. 시민의 정치적 성장이 어느 정도에 도달하자 지상적 기초를 발견한 지성은 포이에르바하를 매개로 하여 시민인간을 파악함으로써 유물론적 형태로 구화(具化)하였다. 그러나 시민인간은 본질에 있어서 자연인간, 추상인간이다. 여기서 자연으로 구화한 지성은 전통적 관념성은 벗었으나 그 대신 헤겔에서 발견한 역사성을 상실하게 되었다. 지성은 상실한 역사성을 회복하기 위하여서는 구라파의 지상에 역사인간, 실천인간이 출현함을 기다리지 않을 수 없었다. 지성의 역사성은 실천성과 역사성을 구비한 인간형에서만 지상적 기초를 찾을 수 있기 때문이다. 이리하여 전세기 사십년대에 이르러 역사지성은 노동인간을 발견=파악함으로써 관념론적 형태에서 유물론적 형태로 전화하였다. 시민사회에서는 역사성과 실천성을 한몸에 구비한 인간은 노동인간뿐이다.

어떠한 인간을 물론하고 물질적 생산과정을 직접 파악하고 생산활동을 하는 인간이라면 그는 인간을 볼 때에 관념적, 관조적

---

2)『독일이데올로기』의 저자, 즉 마르크스를 의미한다.

존재로보다도 감성적, 실천적 존재로 볼 것이다.

그리고 그가 역사에서 부정된 한낱의 계급적 존재이며 또한 그 부정을 부정으로 아는 존재라면 그는 인간을 볼 때에 역사성, 계급성을 떠나 단순히 자연성, 보편성에서만도 볼 수 없을 것이다. 더구나 그가 역사에서 부정된 대로 또한 역사를 부정하며 자기의 부정적 존재를 긍정하는 대로 또한 부정하는 존재라면 전체성, 이질적 과정성을 떠나 영원성, 고정성에서만 사물을 관찰하지 않을 것은 두말할 것도 없다. 이러한 인식적 특성을 가진 노동인간은 지성을 파악할 때에 실천적 계기를 떠나 논리적 계기에서만도 파악할 수 없거니와 역사적 이질성을 떠나 자연적 동일성에서만도 파악할 수 없지 않는가?

우리는 근대지성의 일반성과 역사성의 분열이 시민인간의 일반성과 역사성의 모순에서 기인한 것을 보았다. 그러므로 지성의 내면적 분열은 인간의 일반성과 역사성을 다시 통일시킬 수 있는—이것은 계급일반의 지양에서만 가능한 것이다—인간에 의하여서만 다시 통일될 수 있으리라는 것은 용이히 추측할 수 있다. 그러나 같은 지성통일에 있어서도 근대의 시민지성과 현대의 노동지성은 통일의 양식을 달리한다. 전자의 통일에 있어서는 일반성이 역사성에 선행하나 후자의 통일에 있어서는 역사성이 일반성에 선행함을 알 수 있다. 근대의 시민인간은 인간일반에 철저할 수 있었던 만큼 지성을 자존(自存)—일반성에서 파악하였으나 현대의 노동인간은 인간일반에 철저할 수 없는 만큼 지성의 타재(他在)—역사성을 고조하지 않을 수 없다. 두 낱의 지성에 있어서의 역사성의 의의는 다르다. 시민지성의 통일은 일정한 한계를 가진 현재를 중심한 밀폐된 통일이었다. 시민의 인간일반에의 철저가 동시에 특수인간에의 철저가 될 수 있는 한계에서만 (시민은 인간일반에 철저하는 데 의해서만 특수인간에 철저할 수 있는 존재이다) 지성의 일반성과 역사성은 통일을 가질 수 있었다. 이 한계를 넘어서자 다시 말하면 인간의 역사성이 일반(一般)의 '브레이크'로 전화하자 지성의 통일은 부서지고 말았다. 그러므로 시민지성의 역사성은 지성발전에 있어서 소극적 의의뿐 가지지 못하였던 것이다. 그러나 노동지성의 통일은 일정한 한계를 가지지 않는 미래를 향하고 개방된 통일이다. 노동인간은 특수인간에 철저하는 데서만 인간일반에 철저할 수 있는 존재이다. 이 인간의 역사성은 일반성의 '브레이크'도 되려니와 또한 일반성을 회복하기 위한 탄성대(彈性坮)도 되는 것이다. 그러므로 시민지성은 역사성이 노현(露現)하면 할수록 합리성, 일반성을 상실하였으나 노동지성은 역사성을 고지(固持)하는 데서만 합리성, 일반성을 살릴 수 있다. 따라서 노동지성의 역사성은 시민지성에서와 같이 지성의 발전을 저해하는 계기가 아니고 앙양하는 계기이다. 다시 말하면 그는 지성발전에 있어서 적극적 의의를 갖는 것이다. 근대지성의 통일은 무너져 가는 통일이나 노동지성의 그것은 굳어져 가는 통일이다.

지성의 일반성과 역사성의 구원(久遠)의 통일! 이것은 오직 '사회화된 인간'이 지상에 출현하는 날에만 있을 수 있을 것이다. 왜? 근대의 보편인간은 자연에서만 긍정되고 역사에서는 부정된 존재였으나 '사회화된 인간'이야말로 자연과 역사에서 다 같이 긍정된 말 그대로의 보편인간이기 때문에.

끝으로 나는 이상에서 말한 지성구조와 그의 사적(史的) 전개의 일반론을 토대로 하고 현재 국제 문화인들 간에 논의되고 있는 현대적 과제의 하나인 지성 독립문제의 일단에 접촉하여 보겠다.

오늘날 강력주의(强力主義)의 문화공세 밑에서 지성의 옹호를 문제삼고 있는 국제 문화인들이 지키고 있는 입장이 지성 일반의 입장임은 두말할 것도 없다. 이것은 어떤 특정 지성뿐 아니고 지성 일반이 강력공세의 대상으로 되어 있는 현(現) 객관적 정세 하에서는 어찌할 수 없는 일이며 또한 당연한 태도이다. 이리하여 지성과 정치의 상극을 말하고 양자의 분립을 주장하는 이론이 오늘날 논의의 국제적 주류를 이루고 있다.

지성독립의 요구는 자연적 특질에서 볼 때에는 지성 일반의 주장이다. 지성 일반은 자율적인 보편인간을 인간적 기초로 하고 성립할 수 있는 것이며 따라서 현실적으로는 정치로부터 개인의 자유가 제한받지 않는 조건 밑에서만 존재할 수 있는 것이다. 그러므로 지성 일반은 그의 성질상 늘 정치로부터 이탈하려는 원심적 경향을 갖고 있는 것이니 정치가 지성에 구심적 작용을 할 때에는 지성은 지성 일반의 형태를 유지하기 위하여서는 정치와 지성의 분립을 요구하지 않을 수 없다. 따라서 지성 일반이 지성의 독립을 요구함은 한낱의 자연적 동향으로 보지 않으면 안 된다.

그리고 지성독립의 요구는 역사적 특질에서 볼 때에는 지성 일반의 요구인 만큼 시민지성의 '리베랄리즘'적 요구임을 알 수 있다. 근대에 이르러 지성을 봉건정치에서 분리하여 자주적 독립성을 부여함으로써 지성 일반으로 확립시킨 것은 '리베랄리즘'이다. 그리고 지성을 지성 일반으로 파악하고 지성의 자유를 일반화함도 '리베랄리즘'의 이론이다. 그러므로 지성독립의 요구는 역사적 특질에 있어서는 시민지성의 요구로 보지 않으면 안 된다.

따라서 우리는 오늘날 강력(強力)에 대한 지성 일반의 입장이 자연적으로 지성독립을 요구하게 된 것을 알 수 있으며 또한 그 이른바 지성독립의 요구가 현재 위기에 빠진 근대 시민지성의 역사적 전통을 구출하기 위한 운동임을 알 수 있다.

강력주의는 물을 것 없이 지성 일반, 더 나아가 자유 일반의 파인드이다. 문화진보의 역사적 척도에서 볼 때에는 그는 틀림없이 인류의 문화를 '리베랄리즘' 이전으로 후진시키는 운동이다. 따라서 강력주의에 대한 한에 있어서는 과거의 유물인 '리베랄리즘'도 현 객관적 정세 하에서는 한낱의 산 역사적 의의를 가지지 않을 수 없다. 다시 말하면 지성독립은 강력주의에 대한 한에 있어서는 역사에 '플러스'를 부가하는 진보적 요구일 것이다.

그러나 지성독립의 요구를 필요 이상으로 연장하여 정치 일반에 대한 지성독립의 이론으로 일반화시킨다면 그는 잘못일 것이다. '리베랄리즘'이 말하는 지성의 독립이란 사실에 있어서는 한낱의 가장(假裝)이다. 지성 일반이 시민지성의 가장인 것과 같이 그가 요구하는 지성독립도 일정한 정치로부터의 일정한 지성의 독립을 의미하는 데 불과하다. 시민지성이 지성 일반을 가장하고 나섰을 때에 그의 독립이란 표면에 있어서는 지성 일반과 정치 일반과의 분립으로 보였지만 내용에 있어서는 봉건정치에 대한 시민지성의 독립을 의미하였었다. 더욱 정확히 말하면 봉건정치와의 분리와 시민정치와의 결합을 의미하였다. 어떠한 사회, 어떠한 시대에 있어서든지 일정한 지성은 늘 일정한 정치와 긴밀한 연관을 갖고 있는 것이다. 시민사회에서는 정치와 문화의 결합이 이 사회의 자연적 구조 속에서 자동적으로 조절되었던 만큼 (지금와서는 그렇지도 않지만) 표면으로는 분리한 듯 보였던 것이다. 요컨대 결합의 양식이 달랐을 뿐이다.

그러므로 우리는 지성독립의 요구가 갖고 있는 현대적 의의를 십분 평가하는 동시에 그의 이론적 허구성까지도 십분 성찰하여 두지 않으면 안 된다.

—『조선일보』 1937년 10월

문화의 구조를 논술함

조선논단에서도 한동안 문화문제가 논의된 듯 싶다. 문화란 무엇이며 그의 구조는 어떻게 생긴 것인가? 나는 이하 문화의 성격 구조를 대략 말하여 보겠다.

만일 이곳에서 말하는 문화의 성격구명이 정당하다면 그는 오늘날 문화문제에 대한 우리의 태도결정에 있어 일정한 해답을 제공할 것이다.

1. 문명과 문화

인류의 역사를 한낱의 자연사적 과정으로 볼 때에는 그는 곧 문명사적 과정이나 그와 반대로 한낱의 사회사적 과정으로 볼 때에는 그는 곧 문화사적 과정이다. 우리는 보통 문명과 문화—이 두 개념을 혼동하여 쓰지만 엄밀하게 구별하면 문화의 자연사적 측면이 문명이며 문명의 사회사적 측면이 문화이다. 인류사회를 우리가 만일 콩트[A. Comte]와 같이 인류 일반, 사회 일반이라는 보편개념 밑에서만 이해한다면 그곳에는 문명은 있을망정 문명과 구별되는 의미에 있어서의 문화는 없을 것이다. 그와 반대로 뒤르켐[E. Durkheim]과 같이 인류사회를 그 사회적 구조의 상위(相違)에 따라 제종(諸種)의 사회형으로 분류하는 때에만 우리는 비로소 문화를 말할 수 있다. '인류 일반', '사회 일반'이란 인류가 단순한 자연적 존재로서 자연에만 대립하여 있는 경우에만 상상할 수 있는 그 자체가 한낱의 모순되는 개념이다. 자연적 존재(존재 일반)로서의 인류가 사회적 존재로 한정되는 경우에는 늘 특수인류, 특수사회(특수존재)로 구현하는 것이다.

어쨌든 문명은 인류 일반, 사회 일반으로서의 인류의 합목적 행동의 산물이지만 문화란 인류 일반, 사회 일반이 특수인류, 특수사회로 한정되는 경우에 문명의 한정형태로 나타나는 것이다.

인류의 사회생활은 물을 것 없이 제일차적 체제로서는 인간 대 자연의 물질대사과정이다. 그리고 이 제일차적 체제로서의 사회생활은 인간의 자연에 대한 지배능력이 증진함을 따라 끊임없이 발전하는 것이다. 자연에 대한 지배능력의 증진이란 양적으로는 자연과의 교섭범위의 확대를 말하는 것이며 질적으로는 자연의 이용방법의 합리화를 말하는 것이다. 그리고 이곳에서 말하는 자연이란 대자적인 자연, 즉 노동대상으로서의 자연만을 말하는 것이 아니고 즉자적인 자연, 즉 노동주체로서의 자연까지도 말하는 것이다. 그러므로 인류의 사회생활은 물질생산이 발달함을 따라 지역에서 세계로, 비합리에서 합리로 끊임없이 발전하는 것이다. 인류생활의 '이' 발전이 이른바 문명이다. 그러므로 문명은 인간 대 자연의 물질대사체제에 대응하는 것이며 따라서 인류가 인류로서 존속하는 한 언제나 인류생활의 기저를 이루는 한낱의 자연사적 과정이다.

그러나 인간 대 자연의 이러한 물질대사행동은 인간 대 인간이

‘사회관계 일반’으로서 수행되는 것이 아니라 ‘특정한 사회적 관계’로서 수행되는 것이다. 고대사회의 물질(생산수단과 생산물) 분배 체제는 근대사회의 그것과 그 구조가 같지 않다. 그러므로 인류의 사회생활은 제이차적 체제로서는 인간 대 인간의 ‘특정’한 물질분배과정이다. (물질분배과정 ‘일반’이 아니고) 따라서 인류생활의 제일차적 체제에 대응하는 문명은 제이차적 체제로서 사회관계가 다른 데 따라 특정한 경제체제, 정치체제, 관념체제로 한정되지 않을 수 없다. 다시 말하면 문명은 인류가 인류로서 존속하는 한 시공을 초월하여 언제든지 있는 것이나 그는 시공에서 한정된 일정한 사회형태 밑에서 비로소 구체적 형태로 구화(具化)하는 것이다. 이리하여 일정한 사회형태 밑에서 구화하여 나타난 문명의 일정한 역사적 형태가 우리가 말하는 문화이다. 그러므로 문화는 역사상에 계기(繼起)하는 각개의 사회형태에 대응하는 한낱의 사회사적 과정이다.

문명은 이와 같이 한정 이전의 것이며 문화는 한정 이후의 것이다. 문명은 한정 이전의 것이므로 동일성만 가진 일반적, 추상적인 것이나 문화는 한정 이후의 것이므로 동일성과 함께 이질성까지도 가진 구체적, 개성적인 것이다. 문화는 다름 아닌 문명의 구체적 한정이기 때문에 일면에 있어서는 문명으로서의 동일성을 가지는 것이나 그 이른바 문명의 한정이 일정한 사회형태 밑에서 된 것이기 때문에 타면에 있어서는 역사로서의 이질성까지도 갖고 있는 것이다. 문명을 인간생활사의 연쇄로 본다면 문화는 그 연쇄를 구성하는 개개의 환(環)으로 볼 수 있다. 개개의 환을 떠나서 연쇄를 상상할 수 없는 것과 같이 개개의 문화를 떠나 문명을 생각할 수 없다.

개인의 성격에 각각 독특한 형이 있는 것과 같이 문화의 성격에도 각각 독특한 형이 있는 것이다. 우리는 이 의미에 있어서 고대문화와 중세문화를 나누어 말하며 영국문화와 독일문화를 뜯어 말한다. 그러나 그 어떠한 문화를 물론하고 그가 인간 대 자연의 물질대사체제라는 측면에 있어서는 모두 동일한 성질을 가진 것이다. 다시 말하면 모든 문화는 그 자연적 구조에 있어서는 모두 동일한 것이다. 그것은 개개의 인간이 그 성격에 있어서는 각각 다르면서도 물질대사체제—생리적 구조에 있어서는 모두 동일한 것과 다를 것이 없다. 인간이 자기의 생리체제를 유지하기 위하여서는 생리적 법칙에 적응하지 않을 수 없는 것과 같이 문화는 자기의 물질대사체제를 유지하기 위하여서는 자연의 일반법칙에 적응하지 않으면 안 된다. 생리적 법칙에 위배되는 개체가 개체로서 존속할 수 없는 것과 같이 자연의 일반법칙에 위배하는 문화는 문화로서 존속할 수 없는 것이다.

그런데 자연의 일반법칙은 시공을 초월하여 어느 때 어느 곳에서든지 늘 동일한 것이다. 그러므로 고대문화와 중세문화, 영국문화와 독일문화는 그 성격에 있어서는 모두 이질적이나 자연적 구조에 있어서는 모두 동질적이 되지 않을 수 없다.

그리고 문화는 이와 같이 자연적 구조에 있어서, 모두 동일성을 가졌기 때문에 모든 문화는 발전하면 할수록 차별에서 보편으로 분립에서 통일로 나가는 것이다. 동양문화와 서양문화, 영국문화와 독일문화가 각각 그 성격형을 달리함에도 불구하고 한낱의 보편문화, 세계문화로 통일되어 나가는 것은 모든 문화가 그 자연적 구조에 있어서는 모두 동일하기 때문이다. 만일 모든 문화가 자연으로서의 동일성을 갖지 않았다면 이질적인 제문화가 한낱의 동질적인 세계문화로 통일되어 나가는 현상을 우리는 설명할 수 없는 것이다. 이 의미에 있어서 문화일원관(文化一元觀)도 일면의 진리를 가진 것이다.

그러나 문화는 인간 대 자연의 물질대사의 체제인 동시에 또한 인간 대 인간의 물질분배의 체제이므로 그는 시공을 따라 각각 그 구조형태를 달리하는 사회적 형태로 구현한다. 그런데 인류사상에 계기(繼起)하는 개개의 사회형태는 각각 역사의 특수법칙으로 규제되어 있는 것이다. 고대사회는 중세사회와 다른 특수법칙이 지배하고 중세사회는 근대사회와 다른 특수법칙이 지배하고 있다. 그러므로 인간이 자기의 독특한 성격—개성을 유지하기 위하여서는 그 성격형에 순응하여야 하는 것과 같이 문화는 자기의 물질분배 체제를 유지하기 위하여서는 그가 대응하는 사회의 특수한 역사법칙에 순응하여야 한다. 그러므로 개개의 인간이 그 생리적 구조에 있어서는 모두 동일하나 개성에 있어서는 모두 다른 것과 같이 모든 문화도 그 자연적 구조에 있어서는 모두 동일하나 그 사회적 구조—성격에 있어서는 모두 다르지 않을 수 없다.

그리고 모든 문화가 이와 같이 사회적 구조에 있어서는 모두 이질적인 까닭에 문화는 발전하면 할수록 보편에서 차별로, 통일에서 분립으로 들어오는 것이다. 한낱의 국제문화로 성립하였던 희랍, 로마(羅馬)의 고대문화가 지역적 신분문화로 전신(轉身)하며 한낱의 민족문화로서 통일되었던 시민문화가 계급문화로 분화한 것은 문화가 그 사회적 구조에 있어서 이질성을 가졌기 때문이다. 문화가 만일 그 사회적 구조에 있어서 이질성을 갖지 않았다면 우리는 한낱의 통일된 동질적인 문화가 이질적인 제문화로 분화하는 현상을 설명할 수 없는 것이다. 이 의미에 있어서 이른바 문화다원관(文化多元觀)이라 하는 것도 일면의 진리를 가진 것이다.

이와 같이 문화란 그 자연적 구조에 있어서는 동일성을 갖고 차별에서 보편으로, 분립에서 통일로 지향하는 것이며 그 사회적 구조에 있어서는 이질성을 갖고 보편에서 차별로, 통일에서 분립으로 지향하는 것이다. 다시 말하면 문화는 자연으로서는 원심적 경향을 가진 것이며 역사로서는 구심적 경향을 가진 것이다. 문화란 어떠한 문화를 물론하고 이와 같이 대립된 두 낱의 계기—자연으로서의 동일성과 역사로서의 이질성을 내포하고 있는 것으로 자연성(자연적 구조에 대응하는)은 말하자면 문화의 긍정적 계기를 이루며 역사성(사회적 구조에 대응하는)은 말하자면 문화의 부정적 계기를 이룬다. 문화는 이와 같은 두 낱의 모순되는 계기를 내포하기 때문에 발전하고 향상할 수 있는 것이다. 문명은 문화로서 구화하기 위하여서는 자연성을 부정하지 않을 수 없으며 문화는 문명으로서 '살기' 위하여서는 그 부정—역사성을 다시 부정하지 않을 수 없다. 이리하여 한낱의 통일된 문화가 형성되나 그는 다시 역사성을 매개로 하고 문명으로서의 자연성을 부정하지 않을 수 없으므로 문화는 문화에서 문화로 끊임없이 전개하여 나가는 것이다. 그리고 문화의 전개차원이란 일방에 있어서는 문화의 분화차원을 말하는 것이므로 문화는 발전하면 할수록 내용이 다양화하여 가는 것이며 타방에 있어서는 문화의 전개차원이란 문화의 통일차원을 말하는 것이므로 문화는 발전하면 할수록 그 내용이 일반화하여 가는 것이다. 요약하여 말하면 문화란 특수성과 일반성을 결합한 이른바 구체적 보편성을 가진 것이기 때문에 문화의 발전과정이란 보편화 곧 개별화의 과정이다. 예를 시민문화에서 든다면 시민문화는 누구나 알듯이 지역적 신분문화의 통일로서 출현한 이른바 민족문화이다. 개개의 민족문화(상식적 의미에 있어서의)가 근대 시민사회에 있어서와 같이 민족문화(과학적 의미에 있어서의)로 개별화한 전례를 우리는 전대의 역사에서 보지 못하였다. 그런데 각개의 민족문화는 개별화하면 할수록 시민문화로서의 동일한 성격—일반성을 획득하였으며 역으로 시민문화는 또한 이와 같이 세계문화로 통일되어 나가면 나갈수록 각 민족문화에 다양성을 부여하였다. 예를 조선문화에서 든다면 이 땅의 문화는 몇천년의 발전도정에서 지나문화(중국문화—편자), 인도문화와 동일한 동양문화로서의 일반성을 얻었으며 또한 그와 동시에 우리만이 가진 독특한 형의 문화를 구성하였다. 지나문화, 인도문화와 접촉하는 도수가 잦음을 따라 이 땅의 문화는 일종의 문화 도태작용(淘汰作用)에 의하여 그 속에 갖고 있는 비합리적인 요소를 소마(消磨)하고 동양문화로서의 일반성을 얻는 동시에 지나문화, 인도문화로부터 새로운 문화양식을 섭취함으로써 조선문화의 문화양식을 더욱더욱 다양화하여 왔다. 다양화의 '프로세스'에 있어서 조선문화는 타민족의 문화양식을 섭취함으로써 자기의 역사로서의 특수성—성격을 '모디파이즈'하는 동시에 또한 자기의 성격에 의하여 그들 외래문화의 양식을 '모디파이즈'하였던 것이다. 그러므로 이 땅 문화는 그 문화양식이 다양화함을 따라 그 성격은 더욱더욱 개별화하게 되었다.

2. 문화와 노동

문화의 성격구조를 이와 같이 보아 오면 문화의 자연성과 역사성은 인간존재의 자연성(자연적 존재로서의 인간에 대응하는)과 역사성(사회적 존재로서의 인간에 대응하는)을 표현한 것임을 알 수 있으며 따라서 그것은 자연적 존재로서의 인간과 사회적 존재로서의 인간과를 결합하여 두 낱 존재양식의 교차점을 이루고 있는 생산노동의 역사성과 자연성에서 유도된 것임을 알 수 있다. 생산노동은 인간의 사회생활—사회체제의 근저를 이루는 기본과정으로서 그는 자연적 측면에서 볼 때에는 인간 대 자연의 물질대사체제인 동시에 사회적 측면에서 볼 때에는 인간 대 인간의 물질(생산수단) 분배체제이다. 인간의 노동과정을 전(全)인류과정을 관통하여 그 기저를 이루는 추상적, 자연사적 과정으로 볼 때에 그에 대응하는 것이 문명이며 그와 반대로 인간의 노동과정을 개개의 사회형태에 따라 생산양식을 달리하는 구체적, 사회사적 과정으로 볼 때에 그에 대응하는 것이 문화이다.

문명은 자기의 자연성과 역사성의 내면적 모순을 극복하기 위하여서는 역사적으로 각각 그 한정형태—문화형태를 달리하는 사회사적 과정으로 전개하여 나갈 것이다. 그러나 그것은 그 근저에 있어서 노동이 그 자체의 자연성과 역사성과의 모순을 극복하기 위하여 각각 그 한정형태—생산양식을 달리하는 사회사적 과정으로 전개하여 나가는 데에 엄밀하게 대응하는 것이다. 다시 말하면 문화사란 노동사=물질사를 매개로 한 산물이다. 문명의 역사적 전개로서 나타나는 각개의 문화형태는 그것이 틀림없는 문명의 구체적 한정인 점에서 의연히 자연으로서의 일반적 특성을 갖고 있는 것이다. 그것은 노동의 역사적 전개로 나타나는 각개의 생산양식이 틀림없는 대상적 노동의 구체적 한정으로서 노동으로서의 일반적 특성을 의연히 갖고 있기 때문이다. 따라서 만일 일정한 문화형태가 자연으로서의 일반적 특성을 잃는다면 그는 다른 문화형태와 대체되지 않을 수 없다.

그것은 노동의 대상적 성질에 배치되는 일정한 생산양식은 다른 생산양식과 대체되지 않을 수 없기 때문이다. 이와 같이 문화의 자연성은 사회체제의 기본구조인 생산과정에서 유도된 것이므로 문화는 생산노동과 직접 결합하여 있는 데서 문화로서의 일반적 특성을 잃지 않는 것이다.

그러나 문화의 자연성은 일정한 사회형태 밑에서 비로소 구체적으로 한정되는 것이므로 노동의 일반적 특성이 기술적 기초가 상이한 데 따라 각각 상이한 형태—생산양식으로 표현되는 것과 같이 그가 대응하는 사회의 경제체제, 정치체제, 관념체제에 따라 각각 상이한 문화형태로 표현될 것은 두말할 것도 없다. 그러므로 문화는 일반성을 갖는 동시에 또한 특수성을 가지며 합리성을 갖는 동시에 또한 비합리성을 갖는다. 어떠한 문화형태를 물론하고 문화로서의 일반성을 갖고 있지 않다면 합리성을 가질 수 없으며 따라서 문화로서 존속할 수 없을 것은 물론이지만 또한 절대로 합리적인 문화도 없는 것이다. 그것은 인류사회가 역사를 초과한 구원(久遠)한 인류일반, 사회일반(존재일반)으로서 존재하는 이때에만 있을 수 있는 한낱의 한계개념에 불과하다.

일정한 기술적 기초 위에 성립한 일정한 생산양식은 그 기술적 기초 위에서는 한동안 노동의 일반적 특성에 합치하는 것인 만큼 합리성을 갖고 있을 것이다. 그러나 노동의 기술적 기초는 노동의 발달과 퇴보에 따라 끊임없이 변천하는 것이다. 따라서 만일 노동이 일단 다른 기술적 기초를 가질 때에는 앞섰던 생산양식은 노동의 일반적 특성에의 일치를 상실하고 비합리적인 것이 되고 마는 것이다. 그러므로 문화는 늘 합리에서 비합리로 전화하는 것이며 문명의 일반적 특성은 이 비합리를 극복하고 합리로 돌아가기 위하여서는 다른 문화형태로 자기를 구화하지 않을 수 없다. 다시 말하면 문명은 기성 문화형태에서 다른 문화형태로 비약하지 않으면 안 된다. 그렇기에 노예노동이 근대사회의 생산양식으로 통행(通行)될 수 없는 것과 같이 고대문화는 근대사회의 문화형태로 통용될 역사적 합리성을 잃은 것이 아닌가?

3. 특수문화와 문화 일반

문화는 늘 이와 같이 그가 대응하는 사회형태에서 한정되는 것이므로 문화양식을 곧 당해(當該) 사회의 인간의 생활양식을 표현한 것이며 따라서 그는 늘 그 사회의 정치의 규제양식에 순응하는 성질을 가진 것이다. 그러므로 만일 그 사회가 계급인간으로 구성된 경우이면 그는 곧 지배인간의 생활이익에 알맞도록 규제되는 것이다. 이 의미에 있어서 오늘날까지 역사상 계기(繼起)한 모든 문화는 지배인간의 문화라고 말할 수 있다. 희랍, 로마의 고대문화는 고대 자유민의 문화이며 중세기의 교회문화는 봉건귀족의 문화이다. 따라서 이러한 사회에 있어서는 문화는 정치에서 자기한정(自己限定)된 대로 또한 민중을 한정하는 것이다. 다시 말하면 그는 정치의 지향하는 방향에 연(沿)한 한낱의 규제원리로서 민중의 위에 군림하며 이리하여 그 규제된 내용을 다시 민중에게 소화시킨다. 따라서 문화는 문명으로서는, 즉 자연성에 있어서는 정치로부터 떠나려는 원심적 경향을 가진 것이나 문화로서는, 즉 역사성에 있어서는 늘 정치로 돌아오려는 구심적 경향을 갖게 된다. 다시 말하면 이러한 사회에 있어서는 차별에서 보편으로, 분립에서 통일로 지향하는 문화의 자연성과 보편에서 차별로, 통일에서 분립으로 지향하는 문화의 역사성과는 늘 통일을 잃고 분열될 위험성을 갖고 있는 것이다. 그리고 이 위험성의 확률은 그 사회의 내적 모순의 증진정도에 비례하는 것이다. 그리고 사회의 내적 모순이 증진하는 정도에 따라 문화는 또한 이른바 대자적인 문화에서 즉자적인 문화로 이행하게 된다. 즉 자의식에 도달하는 것이다.

문화가 문명으로서의 일반적 특성에 배치되는 경우, 즉 문화의 역사성과 자연성이 분열하는 경우에는 문화는 정치를 중심으로 일종의 구심적 성격을 가지고 일정한 시공의 안으로 국축(局縮)하여 들어가는 법이다. 왜 그러냐 하면 문화의 자연성과 역사성의 모순은 문화의 자유로운 발전—원심적 발전이 그 사회체제의 존속과 양립할 수 없는 경우에 일어나는 것이기 때문이다.

이러한 경우에는 정치는 좋든 궂든 문화에 대하여 구심적 작용, 이른바 문화통제로 나오지 않을 수 없다. 그러므로 문화의 역사성이 자연성의 질곡으로 화한 문화의 가장 중요한 형태적 특징은 개개의 문화영역 간에 자주적 독립성이 결제(缺除)되고 그들이 모두 자력(磁力)을 따르는 철분(鐵粉)과 같이 정치의 지향하는 방향으로 순응하는 데 있다. 우리는 이러한 문화의 전형으로 오늘날의 독일의 '나치쓰' 문화를 들 수 있다. '나치쓰' 문화에 있어서는 모든 문화영역이 각자의 내면적 특성에 의하여 자유로운 발전을 하지 못하고 정치의 지향하는 방향으로 순응하는 데 의해서만 한낱의 문화영역으로서의 지위를 유지할 수 있게 되었다. 이러한 사회적 조건 밑에서는 문화는 미래로 전진하는 대신 과거로 소행(溯行)하지 않을 수 없으며 외부로 신장하는 대신 내부로 국척(局蹐)하지 않을 수 없다. 그리고 이러한 문화는 정치에서 한정된 대로 또한 자기를 한정하는 것이다. 다시 말하면 이러한 문화는 늘 자기를 특수문화로 자각하는 법이다. '나치쓰' 문화는 자기를 주장할 때에 지상에 현존한 그 어느 민족의 문화와도 같지 않은 유일의 우수하고도 독특한 문화로 자인하는 것이다. 이른바 문화 '쇼비니즘'이라 하는 것은 이러한 문화에 수반하는 한낱의 필연적 경향으로 보지 않으면 안 된다.

그와 반대로 문화가 문명의 일반적 특성에 일치하는 경우 즉 문화의 역사성과 자연성이 통일되어 있는 경우에는 문화는 일정한 중심을 잃고 시공의 한계를 넘어서 외연(外延)하여 나가는 법이다. 그것은 문화의 자율적 발전과 사회체제의 존속이 양립할 수 있고 각 문화영역 간에 일정한 예정조화가 되어 있기 때문이다. 이러한 경우에는 정치는 흔히 문화에 대해서 방임주의를 쓰게 된다. 그러므로 이러한 문화의 형태적 특징은 각 문화영역이 자주적 독립성을 갖고 있는 데 있다. 이러한 문화의 전형은 근대의 민주주의 문화이다. 근대문화에 있어서는 개개의 문화영역은 서로 독립하고 있었으며 그 독립으로 말미암아 일어나는 다소의 마찰은 근대사회의 독특한 자연적 구조 속에서 자본의 운동법칙에 의하여 자동적으로 조절되었던 것이다. 따라서 이러한 문화는 일정한 중심이 없는 만큼 미래로 전진하고 외부로 연장되지 않을 수 없다. 그리고 이러한 문화는 이와 같이 일종의 원심적 성격을 갖고 문화의 특수성보다도 일반성을 지향하는 만큼 그는 자기를 한정할 때에 문화일반으로 한정하게 되는 것이다. 이른바 문화국제주의라 하는 것은 이러한 문화에 수반하는 자연적 동향으로 볼 수 있다.

이와 같이 보아오면 정치는 늘 문화에 대하여 소극적 작용뿐 하지 못하는 듯이 보인다. 그러나 정치라 하여서 모두 문화에 대하여 소극적 의의만을 가진 것은 아니다. 정치의 지향하는 방향이 그 사회의 내재적 발전방향에 일치하는 경우에는 정치의 문화한정은 도리어 문화의 발전에 소극적 의의를 가질 수 있다. 정치의 방향이 그 사회의 내재적 발전방향에 일치하는 것은 정치의 기능이 그 사회의 기본적인 발전형식에 적응할 수 있는 때에만 있을 수 있는 것이다. 그러므로 사회의 발전방향에 일치하는 정치란 물을 것 없이 역사적 합리성을 갖고 있는 정치를 말하는 것이다. 일정한 정치가 그가 규제하고 있는 사회에 진보적 작용을 하고 있는 계단에 있어서는 그의 문화한정은 도리어 문화의 정상적 발전을 촉진하며 문화 제영역 간의 불필요한 마찰을 조절하는 것이다. 따라서 정치의 문화에 대한 의의는 추상적으로 논할 것이 아니고 역사의 현실상황 밑에서 구체적으로 측정하지 않으면 안 될 것이다.

문화에는 그 어떠한 문화를 물론하고 문화를 구성하는 이른바 문화원리가 있는 것이다. 문화원리란 문화의 방향을 지시하는 점에서는 문화의 관념적 지표로 볼 수 있으며 문화의 구조를 표시하는 점에서는 문화의 관념적 모형으로 볼 수 있다.

오늘날의 현존문화를 이러한 문화원리를 기준하고 분류한다면 우리는 '리베랄리즘' 문화(기실은 잔해)와 전체주의 문화와 '콜렉티비즘'(?) 문화의 세 가지로 나눌 수 있을 것이다.

전체주의 문화와 '리베랄리즘'의 문화와는 다같이 문화구성의 단위를 민족에 두는 민족문화인 점에서는 동일하다. 그러나 전자는 민족본위의 국민주의 문화임에 반하여 후자는 개인본위의 개인주의 문화이다. '리베랄리즘'은 개인을 개성 일반, 인류 일반으로 정립하고 민족을 개인의 단순한 산술적 총화로 이해하지만 전체주의는 민족을 불가분의 유기적 개체로 정립하고 개인은 민족=정치를 매개하고서만 존재할 수 있는 단순한 지체(肢體)로밖에 더 안 본다. '리베랄리즘' 문화가 세계로 외향하는 원심적 성격을 갖고 문화 일반으로 신장한 데 반하여 오늘날의 전체주의 문화가 민족으로 내향하는 구심적 성격을 갖고 특수문화로 수축함은 이 때문이다.

그러면 현대의 민족문화가 인류 일반을 목표로 하는 문화 일반에서 특수민족을 목표로 하는 특수문화로 전화한 이유는 어디 있는가? 그것은 현대문화의 기초를 이루는 한낱의 역사적 범주로서의 '민족'이 그가 갖고 있는 역사적 의의에 변환을 가져왔기 때문이다. 민족은 그 생성과정, 민족국가의 생성기에 있어서는 인류를 지역과 신분에서 이탈시킴으로써 역사의 발전에 적극적 작용을 하여 왔으나 분해과정, 민족국가의 고화기(固化期)에 있어서는 그의 반정립으로 출현한 '계급'을 극복하기 위하여서는 이러한 역사적 추진성을 잃고 그의 반대물로 전화하지 않을 수 없기 때문이다.

다음으로 전체주의 문화와 '콜렉티비즘' 문화와는 다같이 개인을 부정하는 집단문화인 점에서는 동일하다. 이 측면에 있어서는 '콜렉티비즘' 문화도 전체주의 문화와 같이 구심적 성격을 갖고 있다. 그러나 후자는 민족을 본위로 한 데 반하여 전자는 계층을 본위로 한 문화이다. 현대인간은 물을 것 없이 민족으로서는 분해하고 계층으로서는 생성하는 과정에 있다. 따라서 개인은 어떠한 민족에고 민족에 해소(解消)되어 가지고는 개성 일반을 찾을 수 없으나 어떤 특정계급—일반과 특수를 통일할 수 있는 계급에 해소되는 경우에는 그것을 찾을 수 있다. '콜렉티비즘' 문화는 다름 아닌 '이' 일반과 특수를 통일할 수 있는 사회계급을 본위로 하고 구성되었다. 그러므로 그는 구심적 성격을 가진 동시에 또한 원심적 성격까지도 갖고 있다. 다시 말하면 그는 특수문화인 동시에 문화 일반이다. 이 의미에 있어서 우리는 이 문화를 일반과 특수의 통일인 역사문화로 한정할 수 있다.

4. 문화발전의 특수형식

어떠한 문화를 물론하고 문화로서의 개성을 갖고 있는 한에서만 문화로서 성립할 수 있다. 그리고 문화가 문화로서의 특성을 갖는 것은 그의 내면적 구조가 그 사회의 생산관계=계층관계에 적응하기 때문이다. 그러므로 사회가 민족에서 신분으로 분화할 때에는 문화도 민족문화에서 신분문화로 분화하며 사회가 민족에서 계급으로 분화할 때에는 문화도 민족문화에서 계층문화로 분화하는 것이다.

그러나 문화는 문명으로서의 일반적 특성을 갖고 있는 한에서만 또한 문화로서 존속할 수 있는 것이다. 그리고 문화가 문명으로서의 일반특성을 갖기 위하여서는 그 외연적 범위는 노동기술의 발달정도=인간 대 자연의 교섭범위가 확대함을 따라 끊임없이 확대되지 않으면 안 된다. 그러므로 사회가 씨족에서 종족으로 통일되어 나가면 문화도 씨족문화에서 종족문화로 통일되어 나가며 사회가 민족에서 세계로 통일되어 나가면 문화도 민족문화에서 세계문화로 통일되어 나가는 것이다.

종합하여 말하면 문화의 기본적 발전방향은 늘 그가 대응하는 사회의 기본적 발전방향에 일치하여 나가는 것이다. 다시 말하면 역사상에 계기하는 각개의 사회형태에 특수한 발전형식이 있는 것과 같이 문화에도 문화로서의 특수한 발전형식이 있는 것이다. 봉건문화에는 봉건문화로서의, 시민문화에는 시민문화로서의 특수한 발전형식이 있는 것이다. 문화가 통일에서 분립으로, 분립에서 통일로 나감을 문화의 일반적 운동형식이라면 이곳에서 말하는 특수형식이란 그 이른바 일반적 형식이 개개의 사회형태 밑에서 구화(具化)한 형태를 이루는 것이다.

근대이전의 문화는 종족문화에서 신분문화로 분화하는 동시에 민족문화로 통일되어 나왔다. 그런데 근대문화의 발전형식을 보면 다음 두 낱의 기본적 방향을 연(沿)하여 전개되면서 있다. 즉 그는 민족문화에서 계층문화로 분화하는 동시에 또한 세계문화로 통일되면서 있다. 이것은 근대사회의 현실적 발전방향에 일치한 운동이다. 왜 그러냐 하면 그는 근대문화의 현실적 기초를 이루고 있는 생산의 전개운동에 일치하는 것이기 때문이다.

현대 자본제 생산은 발전하면 할수록 그 구성인원은 민족에서 계층으로 분화하는 동시에 그 구성범위는 국민경제에서 세계경제로 외연하여 나가는 것이다. 따라서 근대사회가 발전함을 따라 시민인간은 통일된 집단에서 대립된 집단으로 이행하며 고립한 시민에서 세계시민으로 동화하여 나가는 것이다. 그러므로 민족문화가 세계문화로 통일되면서 계층문화로 분화함은 자본의 현실운동에 대응하는 역사적 필연성을 짊어진 운동이다. 다시 말하면 오늘날의 문화 제형태(諸形態) 가운데서 문화의 자연성과 역사성이 통일된 구체적 보편문화는 오직 일면에 있어서는 계층성 타면에 있어서는 세계성을 갖고 있는 문화일 것이다. 오늘날 어떠한 문화원리에 의거한 문화형태가 이러한 특성을 구비하였는가?

'리베랄리즘'의 문화 일반은 세계성만 갖고 계층성은 갖지 못하였다. 그가 근대사회의 발전을 따라 조락(凋落)의 운명을 밟게 되는 것은 그가 이와 같이 근대문화의 기본적 분화방향에 일치할 수 없기 때문이다. 오늘날 독일의 전체주의 문화는 계층성을 갖지 않은 것은 물론 세계성도 갖지 않았다. 왜 그러냐 하면 전체주의 문화운동의 목표는 통일되어 나가는 세계문화를 지역문화로 분할하며 분화하여 나가는 계층문화를 민족문화로 통일하려는 데 있기 때문이다. 다시 말하면 그는 현대문화의 기본적 분화방향에도 배치하거니와 기본적 통일방향에도 일치하지 않는 것이다. 따라서 우리는 이중의 의미에 있어서 그가 현대문화의 발전법칙에 저촉(抵觸)함을 알 수 있다. 전체주의 문화의 '리액셔널리티[reactionality]'는 이러한 역사적 근거에서 유래한 것이다.

분해된 집단의 위에 한낱의 통일된 문화가 오래 동안 존속할 수 있으며 세계시민의 앞에 한낱의 고립한 문화가 오래 동안 지지(支持)될 수 있을까? 해답은 명백하다. 사회의 기본적 발전방향에 일치하지 않는 문화는 문화로서 존속하기 어려운 것이다.

전체주의는 자족자급의 경제단위를 추구하여 각 경제단위의 분열을 초치(招致)함으로써 그들의 경제생활을 촌락, 장원, 지방시장으로 복귀시키리라는 것은 스코트 니어링이 그의 『파시즘』론에서 한 말이다. 곡선적으로 운동하는 역사에 있어서 경제의 이러한 직선적 역전이란 원래 있을 수 없는 것이지만 기어이 있다고 우긴다면 문화에 대해서도 다음과 같이 말할 수 있다.

전체주의 문화가 오래 동안 지속한다면 그는 지방적 자연경제에 대응하는 촌락문화로 퇴화하고 말 것이다.

— 『조선일보』 1937년 12월

과학의 법칙성의 문제 (1)

　독일을 본가로 한 현대 역사철학의 동향을 보면 그의 일반적 특징은 역사적 실재를 역사로만 파악하고 자연으로는 파악하지 않으며 특수로만 파악하고 일반으로 파악하지 않는 데 있다. 이 문제에 대하여서는 후일 다른 기회에 말하여 보려 하거니와 역사이론에 있어서의 이러한 편향은 비단 철학계에 있어서뿐 아니라 경제학계에 있어서도 한낱의 특징적 조류를 이루고 있다. 우리는 그의 전형으로서 아몬, 슈톨츠만, 페트리 등에 의하여 대표되는 현대독일의 사회학파의 이론경제학을 들 수 있다. 이들 경제학 이론가들이 기도(企圖)하는 경제학 체계가 각각 상이한 이론적 구조를 가졌음에도 불구하고 그들 간에 공통되는 중요한 방법론적 특징은 경제학의 대상인 사회의 경제적 구조를 그의 기초(Grund)를 이루는 사회적 자연—물질적 기술적 측면과 분리하여 윤리적 목적론적 의미에 있어서의 단순한 사회적 범주로 취급하려는 데 있다.

　역사이론, 경제이론에 있어서의 이러한 시대적 편향을 우리는 현대학자들의 단순한 주관과 사의(肆意)의 우연한 일치로 해석하여서는 잘못이다. 학문이론이란 늘 그 시대의 현실관계를 관념적으로 표현하여 놓은 것이다. 그러므로 인류사에 있어서 현대가 함축하고 있는 전형기적 의의를 십분 통찰한다면 우리는 역사이론, 경제이론에 있어서의 이러한 편향이 갖고 있는 현대적 의의를 용이하게 이해할 수 있을 것이다.

경제사상(經濟事象)은 물론이고 일반적으로 역사사상(歷史事象)이란 것은 그의 근저를 이루는 자연으로부터 절단될 때에는 람프레히트의 역사이론에 있어서와 같이 심리적 법칙에 의하여 해석되지 않으면 리케르트의 역사철학에 있어서와 같이 가치원리에 의하여 이해되지 않을 수 없는 것이다. 다시 말하면 자연으로부터 분리할 때에는 역사의 기본법칙은 물질적인 것에 주관적인 것으로 대치되거나 그렇지 않으면 역사의 기본적 성격은 법칙성을 떠난 단순한 개별성에서만 이해되기 쉬운 것이다.

따라서 역사의 객관적 법칙성의 옹호는 시대의 동향에 관심하는 자에게는 시대적 과제의 하나가 되지 않을 수 없다.

이러한 의미에서 나는 우선 이곳에서 역사과학의 일부문인 경제학의 법칙성 문제를 말하여 보겠다.

18세기의 중농학파, 고전학파의 경제학은 그 연구의 목표를 역사를 초월한 경제의 일반법칙을 해명하는 데 두었었다. 케네[F. Quesnay], 스미스[A. Smith], 리카르도[David Ricardo] 등은 경제법칙의 개념 밑에서 어떤 특정국민의 경제생활만을 지배하거나 또는 그 국민의 특정한 역사계단만을 지배하는 특수한 역사적 법칙이 아니고 어떤 국민생활이나 어떤 역사계급을 물론하고 일률로 규제하는 일반적, 추상적 법칙을 이해하였었다.

18세기 학자들의 경제사상의 지도이념이며 겸하여 연구대상으로 정립된 것은 이른바 경제의 '자연적 질서(Ordre Natuel)'로서 케네가 말한 저명한 이 경제의 '자연적 질서'라는 개념에는 두 가지 의미가 있다. 그는 첫째 인간의 의지와 욕망에 의존하는 주관적 질서에 대립되는 의미에 있어서의 객관적 질서를 의미하는 것이며, 둘째는 시간과 공간에 제약되는 역사적 질서에 대립되는 의미에 있어서의 영원적 질서를 의미하는 것이다. 이리하여 케네 자신은 물론 그를 후계한 고전파 학자들은 이 자연적 질서의 개념 밑에서 그들의 현실적 연구대상인 생산의 자본제 형태를 생산의 자연적 형태, 즉 생산의 자연적 필연성에서 출현하여 의지, 정치 등등으로부터 독립한 객관적, 물질적 형태로 이해하였으며, 또한 사회발전의 일정한 역사계단(歷史階段)에서 출현한 이 객관적, 물질적 형태를 모든 사회형태를 일양(一樣)으로 지배하는 추상적, 자연적 형태로 간주하였다.

따라서 이와 같이 상정된 경제질서 밑에서는 경제학자가 말하는 소위 경제객체로서의 물재(物材)가 자연물로 표상될 것은 물론 경제주체로서의 인간도 자연인간으로 표상되지 않을 수 없으며 인간 대 인간의 사회적 관계가 물 대 물(物對物)의 절대적 자연적 관계로 나타나지 않을 수 없다.

연구대상으로서의 경제질서가 이와 같이 일종의 자연적 질서로 상정되는 때에는 우리는 무난하게 그 연구방법으로서 수학적, 자연과학적 방법을 경제학에 도입할 수 있을 것이다. 이리하여 경제학의 건설과 발전에 혁혁한 공적을 끼친 고전파 학자들은 자연과학적 방법을 그들의 연구에 도입함으로써 경제학의 법칙정립은 무난히 할 수 있었으나 또한 이 방법의 일면적, 보편적 특성을 기탄없이 추진시킴으로써 다양이질(多樣異質)한 경제발전의 제역사계단(諸歷史階段)을 한낱의 회색으로 색칠해 버렸다. 다시 말하면 저들은 이 방법에 의하여 자본제 생산을 연구함으로써 그의 경제 제범주와 제법칙을 객관적, 법칙적으로 재현할 수 있었으나 또한 그것을 역사 제계단을 초월한 일반적, 추상적인 것으로 재현하였다.

이 결함은 물을 것 없이 그들의 연구가 '자연적 질서', '경제인간 (Homo Economicus)' 등 형이상학적 원리에서 출발한 데서 유래한 것이다.

우리는 이 사실을 고전경제학의 최후의 완성자인 리카르도의 연구방법과 이론체계에서 실증할 수 있다. 이곳에서 리카르도를 예증으로 드는 것은 그가 고전경제학의 완성자였던 만큼 그에게 이르러 고전파의 방법과 이론이 순수한 형태로 결정(結晶)되었기 때문이다.

리카르도의 방법으로부터 논한다면 그는 고전학파의 방법을 아담 스미스의 절충적 사용에서 순화하여 순수한 수학적, 자연과학적 방법으로 앙양시켰다. 스미스는 일방 경제질서의 내적 연관— 생리적 구조를 연구 분석하는 데 종사하는 동시에 또한 생활과정에 나타난 경제사상(經濟事象)의 기술(記述) 분류에 대한 흥미를 버리지 못하였다. 이리하여 그는 이 양면의 작업, 즉 경제구조의 내면적 분석에 있어서는 이른바 연역적 방법을 쓰고 경제사상(經濟事象)의 외면적 기술에 있어서는 귀납적 방법을 썼었다. 다시 말하면 한낱 과학적 방법의 전개과정에 있어서 통일된 양면을 이루어야 할 귀납과 연역을 스미스는 기계적으로 분리하여 하나는 경제구조를 분석하는 내면적 방법으로 쓰고 하나는 경제사상을 기술하는 외면적 방법으로 썼던 것이다.

그 결과로서 스미스의 이론체계의 전건축(全建築)은 과학적 요소와 속학적(俗學的) 요소의 두 낱의 색다른 재료로 구성되지 않을 수 없었다. 스미스의 경제학이 후일에 일방 리카르도, 『캐피탈』 저자[3]를 거쳐서 과학적 경제학으로 발전하는 동시에 타방 세이, 맬서스 [T.R. Malthus]를 걸쳐서 속류경제학으로 전락한 이유의 일반(一半)

---

3) 『캐피탈』의 저자는 『자본론』의 저자인 마르크스를 지칭한다. 검열을 의식한 명명으로 서인식은 물론이거니와 다른 저술가들도 사용하는 방식이다. 가령, 레닌을 일리치라고 명명하는 등.

은 실로 이곳에 있는 것이다.

리카르도는 그 방법에 있어서 스미스가 그 주저(主著)에서 병용(倂用)한 외면적 방법을 포기하고 순수한 내면적 방법에 의거함으로써 경제학 방법을 스미스의 절충적 형태에서 순화시켰으며 그리함으로써 또한 스미스의 이론체계에 있어서의 속학적(俗學的) 요소를 뜯어버리고 그것을 순수한 과학적 요소로 재구성하였었다.

그러나 수학적, 자연과학적 방법의 중요한 특징은 사물을 고정적 동질성에서만 파악하고 이질적 발전성에서 파악하지 못하는 데 있다. 그러므로 이 방법에 의거할 때에는 사유의 추상적 작용들은 사물의 일면적 형이상학적 분석에 떨어지지 않을 수 없다. 구체적으로 말하면 그는 첫째 '직접적'인 소재를 '추상적'인 요소로 분석하여 내려가는 하향과정에 있어서는 사물의 질적 관계를 양적 관계에만 환원하는 까닭에 사물의 질적 특성을 실락(失落)하게 되며, 둘째 이리하여 분해한 개개의 구성요소를 다시 '구체적'인 통일로 종합하여 올라오지 못하게 된다. 다시 말하면 모처럼 양적 관계로 환원된 개개의 요소가 개개의 중간계기를 매개로 하고 다시 이질적인 제요소로 전화=종합되어 올라오는 사유의 상향과정이 없게 된다.

따라서 이러한 특성을 가진 수학적, 자연과학적 방법에 입각한 리카르도의 이론체계에 있어서는 그 연구대상인 생산의 자본제 관계가 절대적 고정적 형태로 재현되지 않을 수 없으며 따라서 그 관계를 표현하는 경제 제범주와 그 제범주 간의 관계를 표현하는 경제 제법칙도 절대적 고정적 형태로 재현되지 않을 수 없다. 물론 리카르도의 분배이론은 생산력의 발전을 전제하였고 그의 지대(地代)이론은 사회의 발전을 전제하였다. 그러나 그는 그것을 형식과 내용, 질과 양의 통일에서 보지 못하였기 때문에 그것은 끝까지 양적 발전으로만 나타났고 한낱 범주의 다른 범주에의 이행,

한낱 법칙의 법칙에의 대체로 나타나지 않았다.

예를 그의 이론체계에서 든다면 그는 분석과정에 있어 상품, 화폐자본을 취급하면서도 그들의 질적 특성을 무시하였기 때문에 그들의 각 역사적 형태—상품가치형태, 화폐형태, 자본형태를 이해하지 못하였으며 또한 분석만 하여놓고 다시 종합과정이 없기 때문에 예하면 가치와 생산가격, 이윤과 잉여가치를 논하면서도 그들을 직접적 동일성에서만 보고 매개적 이질성에서 관계짓지 못하였다.

다시 말하면 리카르도의 이론에는 상품과 자본은 있으나 그들의 발생사는 없으며 가치와 생산가격은 있으나 가치가 생산가격으로 전화하는 과정—역사는 없었다.

이렇고야 이론적으로 재현된 대상이 시공을 초월하여 어떠한 국민의 어떠한 역사계단에든지 존재하는 절대적, 자연적 체제로 나타나지 않을 수 없는 것이며 따라서 그의 내재적 법칙도 어떠한 역사계단이든 일률적으로 규제하는 자연적 일반법칙으로 재현되지 않을 수 없는 것이 아닌가? 사실 리카르도는 그의 주저(主著)에서 솔직하게도 원시 수렵민족의 사이에서까지 자본을 발견하였다. 따라서 그가 감득한 이윤율의 저하법칙은 한낱의 '자연악(自然惡)'으로서 원시사회에서부터 작용하여 왔다고 [해도-편자추가]적어도 이론적으로는 틀림이 없을 것이다.

요약하여 말하면 고전학파는 수학적, 자연과학적 방법에 의거하였던 만큼 그들은 경제학의 법칙정립은 무난히 할 수 있었으나 또한 그 이른바 법칙을 역사를 초월한 추상적 일반법칙으로 정립하였다.

그러나 고전경제학의 정립한 법칙이 추상적이었다는 말은 결코 그의 현실적 효용가치가 없다는 것을 말하는 것은 아니다. 정립한 법칙이 추상적이었던 만큼 그의 효용가치는 도리어 구체성을 획득하였다. 왜? 법칙의 추상성은 도리어 당해(當該) 경제체제의 절대성을 논증하는 것이며 더 나아가 고전학파의 조국인 선진 영자본제(先進英資本制)의 세계적 우위와 그의 세계정책의 이론적 지주가 될 수 있기 때문이다.

따라서 같은 자본제국(資本制國)으로서도 영국과 대척적 지위에 있었던 후진(後進) 독일에 고전경제학에 대립하는 별개의 경제학파가 출현하였다 하더라도 그것은 조금도 신기할 것이 없을 것이다. 우리가 이곳에서 말하는 별개의 경제학파란 전세기 중엽에 대두하여 롯쉘, 힐데브란트, 슈몰텔, 와구넬 등에 대표되는 역사학파의 경제학을 말하는 것이다.

독일의 경제적 후진성은 이 나라 경제이론가들의 현실적 관심을 몰아 경제의 일반적 측면(?)보다도 역사적 측면, 보편성보다도 특수성을 고조하지 않을 수 없게 하였다. 이리하여 고전파 경제학의 대립물로 출현한 역사파 경제학은 전자가 연구대상을 자연적 질서로 상정한 데 반하여 그것을 역사적 질서로 상정하였으며, 따라서 전자가 경제법칙을 자연적 일반법칙으로 이해한 데 반하여 후자는 상대적 특수법칙으로 이해하였다. (기실은 그들의 이론은 구극에는 법칙정립을 부정하였으며 그들의 방법론적 귀결로서도 그리되지 않을 수 없었지만)

물론 같은 역사학 학자라 하더라도 학자를 따라서는 방법과 이론에 완급과 철 불철(徹不徹)의 차이가 있었고 대별하여 말하더라도 전기학파와 후기학파의 간에는 현저한 차이가 있었다. 롯쉘, 힐데브란트 등 전기학파의 방법과 이론은 역사학파의 학적 입장으로 보아 당연히 도달하여야 할 방면에서 관찰할 때에는 불철저한 성격을 탈각하지 못하였다. 그들의 주장은 고전학파의 이론을 근본적으로는 시인하면서도 그의 일반법칙을 현실의 경제사상(經濟事象)에 적용할 때에는 각 국민경제의 발전단계를 고려하여 각각 상응한 정도로 수정하지 않으면 안 되리라는 정도에 그쳤었다. 따라서 전기학파의 방법과 이론은 역사학파로서 당연히 가져야 할 독자(獨自)의 입장에 도달하기 위하여서는 슈몰렐, 와구넬 등 후기학파의 방법과 이론에까지 발전=순화하지 않을 수 없는 것이다. 그러므로 역사학파의 이론의 기본성격을 이해하는 데는 중점을 전기학파보다도 후기학파에 두는 것이 이론상 당연할 것이다.

역사학파가 경제질서를 역사적 질서로 이해하였다는 데는 두 가지 의미가 있다. 첫째 그것은 시공을 초월한 고정적, 절대적, 보편적 질서와 대립되는 의미에 있어서의 진화적, 상대적, 특수적 질서로 이해되었으며, 둘째 인간의 의지와 목적에서 독립한 객관적, 물질적 질서와 대립되는 의미에 있어서의 목적적, 윤리적 질서로 이해되었다. 특히 후자는 칼 쿠니스, 슈몰렐이 그들의 윤리적 역사적 방법론에서 가장 명백히 표백(表白)하였다. 쿠니스는 경제질서를 각 국민성을 기초로 하고 성립한 특수한 역사적 발달의 성과—특히 윤리적, 정치적 발달의 산물로 보고 경제이론의 절대주의를 배제하는 동시에 경제학을 윤리적 정치과학으로 인상할 것을 역설하였으며 이 사상은 슈몰렐에 이르러 더욱 철저한 상대주의, 윤리주의로 결정(結晶)되었다.

따라서 역사학파가 상정한 경제질서란 각 국민에 따라 특수한 성질을 갖고 각 발전단계에 따라 특수한 태양(態樣)을 갖고 발달하는 것이나 그는 또한 인간의 윤리적, 정치적 행동의 특수한 표현형태로 나타나는 것이 되지 않을 수 없다. 다시 말하면 경제관계로 표현된 인간 대 인간의 사회적 관계가 국민적, 윤리적 관계로 나타나며 또한 그러한 물건으로서 역사적으로 발달하여 나가는 것이 되지 않을 수 없다.

따라서 엄밀하게 말하면 역사학파의 입장을 철저화하려면 경제학에서 법칙정립은 배제하고 단순히 개성기술(記述)에만 그치지 않을 수 없는 것이다. 다시 말하면 경제학을 설명과학(說明科學)에서 기술과학(記述科學)으로 폄출(貶黜)하지 않으면 안 될 것이다.

내가 이렇게 말한다 하여서 결코 개개의 역사학파의 학자가 모두 법칙정립을 부정하였다는 것을 말하는 것은 아니다. 학자에 따라서는 특히 힐데브란트나 뿌헬과 같은 사람은 법칙정립을 고조(高調)하였고 그들 자신도 각각 소위 경제의 『단계적 진화법칙』이라 하는 것을 발표하였다. 그러나 그들이 법칙정립을 한 것은 역사학파의 입장으로서는 결코 명예가 아니고 논리적 불철저를 표백하는 데 지나지 못하는 것이다.

역사학파는 몇몇 학자의 항변에도 불구하고 사실에 있어서는 경제학을 보기좋게 설명과학에서 기술과학으로 폄출(貶黜)하였다. 그것은 무엇보다도 그들의 연구방법에서 결과된 필연적 귀결이다. 그들은 고전학파의 이론이 절대주의로 떨어진 죄책을 그 연구방법에 있어 연역적 방법에 치중하였다는 데 돌렸었다. 따라서 그들은 경제학의 '역사적 방법'으로서는 연역적 방법보다도 귀납적 통계적 방법에 치중하지 않으면 안 될 것을 한결같이 고조(高調)하였다.

그런데 아담 스미스의 방법에서도 알 수 있는 바와 같이 귀납법이란 연역법과 정당한 교호관계를 갖고 사용되지 않을 때는 그는 경제사상(經濟事象)의 현상형태를 분류, 기술하는 데만 그치고 그의 본질적 핵심으로 분석, 설명하여 들어갈 수 없는 것이다. 다시 말하면 귀납이 연역과 분리하여 단순한 외면적 방법으로 전화할 때에는 그는 경제의 내면적 기구가 아니고 경제생활의 발전과정에서 나타나는 역사적 제사상을 수집하고 정리하는 데만 시종하고 마는 것이다. 그러므로 우리는 외면적 귀납법에 의거하는 한 경제사상의 분류적 기술에 의하여 경제 제단위—예하면 각 국민경제의 '유형[Typus]'은 정립할 수 있으나 '법칙[Gesetze]'은 정립할 수 없는 것이다.

그러므로 칼 쿠니스가 그의 주저에서 롯쉘이 법칙정립의 환상을 가진 것을 배제하고 제시대, 제국민의 경제사상의 '유사성[Ähnlichkeit]'을 해명하는 데 경제학의 한계임무를 둔 것이나 슈몰렐이 그의 대저(大著)에서 힐데브란트의 경제진화법칙에 회의하고 역사적 법칙이란 알 수 없다는 것, 오직 알 수 있는 것은 통계적 법칙(개연성) 뿐이라고 한 말은 귀납법에 의거하는 역사학파의 입장으로서는 당연한 귀결로 보지 않으면 안 된다.

이리하여 역사학파는 그들의 학문적 사업으로써 호대(浩大)한 역사자료를 수집정리하여 구라파의 경제사 연구에는 위대한 공헌을 하였으나 경제학은 끝끝내 건설하지 못하였다. 아니 더욱 정확히 말하면 그들은 경제학을 경제사 속에 해소하여 버렸다.

따라서 경제학의 임무를 법칙성의 인식에 두는 입장에서 볼 때에는 이와 같은 기술학(記述學)은 과학으로서의 자격을 상실할 수밖에 없는 것이다.

그럼에도 불구하고 동일한 외면적 귀납법에 의거하면서도 힐데브란트나 뿌헬과 같은 사람은 위에서도 말한 바와 같이 경제의 단계적 진화법칙을 말하고 또한 법칙정립의 가설로서 혹은 '경제적 본성'(알구네) 혹은 '최소수단의 원리'(뿌헬)을 내어 세웠다. 그러나 사실에 있어서는 그들은 첫째 법칙을 정립하기보다도 유형을 정립한 데 불과하였다. 리스트의 경제 5단계설은 물론하고 힐데브란트가 경제발달사를 자연, 화폐, 신용의 삼단계로 분류한 것이나 뿌헬이 가내(家內), 도시, 국민의 삼단계로 분류한 것은 사상(事象)의 대량적 관찰에 의하여 경제사의 제단계의 일반적 유형과 그들의 계기순서(繼起順序)를 배열하여 놓은 것이지 결코 그 자체가 곧 그들이 말하듯이 경제발전의 내재적, 법칙적 사실을 표시하는 것은 아니다. 이 점에 있어서는 막스 베버의 역사파(歷史派) 단계론에 대한 다음과 같은 평은 정곡을 얻었다고 볼 수 있다. "이론가는 걸핏하면 이론과 역사를 혼동한다. ……선정된 개념적 특징에 따라서 생긴 정형(定型)의 계열이 법칙적으로 필연한 역사적 연속인 것 같이 나타나는 것이다.” 그리고 둘째 그들이 법칙정립의 원리로서 정립한 ‘경제성의 원칙’이라는 것도 칸트류의 용어를 차용한다면 법칙의 규제원리(단 일종의 인성론적 견지에서의)는 될는지 모르나 구성원리는 될 수 없는 것이다. 왜 그러냐 하면 이따위 원리는 천세(千歲)를 두고 사물에 접종(接種)시켜 본대야 그리로서 법칙이 ‘생산’될 리는 만무하기 때문이다. 단 한가지 효용가치가 있다면 이미 소여(所與)된 법칙을 일종의 인성론적 철학의 입장에서 ‘이해’하는 수단은 될 수 있을 것이다.

이와 같이 역사학파의 본령은 역사적 법칙이 아니고 역사적 유형의 정립에 있다면 그 이른바 역사적 유형이 참으로 역사적 개별성을 대표할 수 있는가 하는 문제를 다시 생각하여 보자. 물을 것 없이 유형이란 ‘類’(類概念)를 의미하는 측면에 있어서는 일반성을 대표하는 것이나 ‘型’(個概念)을 의미하는 측면에 있어서는 개별성을 대표하는 것이다.

그런데 역사학파는 외면적 귀납법에 의거하였던 만큼 경제의 법칙을 정립하지 못하였을 뿐 아니라 경제의 개성까지도 뚜렷하게 재현하지 못하였다. 왜 그러냐 하면 귀납법은 사물을 분석하는 기능을 가지지 못하였을 뿐 아니라 사물의 질적 특성을 감식하는 기능까지도 가지지 못한 방법이기 때문이다. 이 방법은 존 스튜어트 밀의 말대로 하면 ‘자연의 일양성(一樣性)’이 논제에 국한된 의미에서는 ‘역사의 일양성(一樣性)’을 처음부터 전제하고 성립하는 것이므로 그 자신‘만’으로서는 연구소재의 수집정리에 있어서 현상의 이동(異同)만 보고 질적 이동(異同)은 보지 못한다.

따라서 이 방법에만 의거할 때에는 이질(異質)로 발전하고 이질로 교착된 역사의 상이한 사회구조로부터 소재를 무차별하게 수집하여다가 일반화하기 쉬운 것이다. 그러한 일반화는 의의와 의미를 달리하는 제소재(諸素材)를 기초로 한 것인 만큼 역사의 개별성을 재현할 수 없다. 그리고 그러한 일반화를 한정할 '원리'를 이 방법은 그 자신의 내면(주의하라! 내면이다)에 가지고 있지 않다.

그런데 이러한 일면적 일반화의 경향은 사실 역사학파의 역사소재의 취급방법에 나타났다. 그들은 틀림없는 현대의 자본제 경제를 연구함에도 불구하고 자본전기(資本前期)의 역사소재(歷史素材)를 과학적 음미가 없이 그들의 연구영역으로 수입하는 동시에 타방(他方) 경제사 연구에 있어서는 현대경제의 이론을 아무 한정이 없이 자본전기의 제단계에 적용하였다. 일방 이질적인 제역사 단계에 속하는 소재가 한낱의 역사색(歷史色)으로 색칠되는가 하면 타방 동일한 역사단계에 속하는 것이 이질의 제역사형(諸歷史型)으로 분주(分鑄)되기도 하였다. 이리하여 그들은 모처럼 역사적 연구를 주장하였음에도 불구하고 그 연구의 성과는 경제의 역사적 개별성을 실락(失落)하는 경우가 많았다. 역사적 방법에 의한 역사의 평판화(平板化)! 이 실례는 역사학파의 제단계이론(諸段階理論)에서도 역력히 지적할 수 있는 바로 다름 아닌 역사학파의 한사람인 뿌헬 자신이 일찍이 말한 바이다.

그러나 소재선택에 대한 과학적 음미가 없기로 말하면 비단 역사뿐 아니라 다른 과학과의 관계에 있어서도 그러하였다. 그들은 틀림없는 경제를 연구함에도 불구하고 법률정치학의 영역에서 자료를 탐구하였을뿐 아니라 심지어 심리학, 인종학에서까지 경제학을 추론할 기본원리를 찾았다.(슈모렐)

원래 '개(個)'가 '개(個)' 되기 위하여서는 그는 '특수'의 속에 '일반'을 포함하지 않으면 안 된다. 그리고 그 '일반'이란 우리가 보통 말하는 '류(類)'와 같은 것이 아니고 그 '류(類)'까지도 내면적, 일의적(一義的)으로 규정하는 것이 되지 않으면 안 된다. '현실적인 것’은 ‘합리적인 것’이 되지 않으면 안 되며(헤겔), ‘역사적인 것’은 ‘필연적인 것’이 되지 않으면 안 된다(캐피탈의 저자). 그러나 역사의 법칙적 필연을 재현할 수 없는 역사학파가 이러한 근본적 의미에 있어서의 역사의 개별성을 재현할 수 없는 것은 차라리 당연하다.

요컨대 역사학파는 외면적 귀납에 의거하였던 탓으로 경제의 법칙정립도 못하고 경제의 개성인식에도 철저하지 못하였다. 차라리 경제학의 학적 구성은 단념하고 ‘보고서’나 작성하던가 그렇지 않으면 고전학파로 복귀하는 것이 옳지 않았을까.

그러나 경제의 역사적 개성의 인식에 철저하지 못하였다는 말은 물론 그들이 경제를 역사로서 파악하려한 공적을 부인하는 말은 아니다. 그들은 정(正)히 경제를 역사로서 파악하려 하였기 때문에 법칙정립까지도 미련이 없이 내어던졌다. 그것은 고전학파가 법칙을 정립한 대가로 역사를 실락(失落)한 것과 호(好)대조를 이루는 것이다.

그러면 경제를 법칙성에서 파악하면서도 개별성에서 파악하는 방법, 일반으로 파악하면서도 또한 특수로 파악하는 방법은 없는가? 경제의 법칙성과 역사성을 다함께 살릴 수 있는 방법 즉 경제의 법칙은 역사적 법칙으로 경제의 역사는 법칙적 역사로 재현하는 방법은 없는가?

경제의 이러한 전면적 파악이 형식적, 기계적 방법에 의하여 될 수 없는 것은 고전, 역사 양파(兩派)의 학문적 업적이 입증하여 주는 것이다. 고전파는 연역법에 의하여 경제를 법칙일반으로 파악한 대신 역사개성을 실락하였으며 역사파는 귀납법에 의하여 경제를 법칙일반으로 파악하지 못한 대신 역사개성으로서도 철저히 살리지 못하였다.

그런데 형식논리의 입장에서도 경제학을 법칙과학으로 살리는 동시에 역사과학으로서도 살리려는 의도가 리케르트의 이원적 문화과학적 방법론의 위에서 여러 사람에 의하여 구상되면서 있다는 것을 우리는 간과할 수 없다. 그 중에서도 중요한 자는 경제학자로 영명(令名)이 높은 좀바르트[Werner Sombart]라 한다. 그러나 그도 아직 의도에만 그치고 구체적 성과가 없는 모양이다. 리케르트 자신은 그의 생전에 경제학의 문화과학으로서의 위치를 지적한 데 그치고 끝끝내 방법적 기초는 제공하지 못하였다. 그는 그 대신 자기의 문화과학 방법론을 경제과학에 성공적으로 적용한 사람으로서 막스 베버[Max Weber]의 이념형[idealtypus] 방법을 들었다.

그러면 이념형 방법론의 방법적 특색은 어디 있는가? 그는 요약하여 말하면 경제개념을 이념적으로 구성하여 그것을 일종의 규범으로 정립하고 현실의 경제적 사실을 그에 의하여 내면적, 일의적으로 의미붙여 주는 데 있다.

베버 자신의 말을 빌어 말하면 "현념형(現念型) 개념은 현실적인 것을 서술하는 것이 아니고 그 서술에 일의적(一義的)인 표현수단을 제공하는 데 있다." 예하면 '도시경제'라는 개념을 구성할 때에 이 곳저곳에 있는 제다(諸多)의 도시경제를 대량적으로 관찰하고 그 관찰에 의한 산술적 평균으로서가 아니고 그것을 전연히 한낱의 이상형으로서 구성하여 놓는다. 그리고 "역사적 노작(勞作)에 부과된 과제는 현실(도시경제를 말함)이 이에 대하여 얼마나 멀고 가깝게 서 있는 것 또는 일정한 도시의 경제적 성질이 얼마만한 정도로 개념적 의미에 있어서의 도시경제라고 불러도 좋은가 한 것을 개개의 사실에 취(就)하여 확정하는 방법이다."

따라서 우리는 이 방법에 의거할 때에는 틀림없이 각 경제조직의 개별성은 정립할 수 있을 것이다. 왜 그러냐 하면 이 경우에는 경제를 내면적, 통일적으로 해석할 수 있기 때문에. 그러나 그는 현실형이 아니고 말 그대로 이상형이다. 뿐만 아니다. 이 방법에 의거할 때에는 경제의 발전을 필연성, 법칙성에서 파악할 수 없는 것이다. 그는 무엇보다도 발생적 방법이 아니다. 역사를 역사로서 재현하는 것이 아니라 역사를 이념으로 구성한다. 따라서 이 방법에 의거할 때에는 역사가 현실적, 필연적 발전계열로 나타날 수 없고 따라서 역사의 발전순서가 전도되는 수가 있다. 이념의 논리적 차서(次序)에 역사의 현실적 차서(次序)가 따라가지 않을 수 없기 때문이다.

이와 같이 보아오면 우리는 형식논리의 입장에서는 경제를 일반적 법칙성에서 파악하는 동시에 또한 역사적 개별성에서 파악할 수 없는 것을 알 수 있다.

경제를 법칙과 개성에서 파악할 수 있는 방법은 오직 사물을 동질과 이질, 일반과 특수에서 전면적으로 파악할 수 있는 방법뿐이다.

그리고 그것은 사물을 동일의 대립, 대립의 동일에서 보는 모순의 논리, 즉 변증법에서만 가능한 것이다. 역사는 법칙을 파악할 때에 비로소 필연성을 갖게 되며 필연은 역사를 파악하고야 비로소 구체적인 법칙이 된다. 그리고 그 법칙, 즉 역사적 법칙을 물질적 객관적인 것으로 재현하는 것은 물을 것 없이 유물변증법이다.

『캐피탈』의 저자가 자본제 생산의 해부에 있어 역사적 법칙을 이론적으로 재현하는 데 성공한 것은 그가 이 방법을 그의 방법으로서 활용한 데 있다. 그는 이 방법을 사용함으로써 경제의 법칙을 고전경제학의 비한정적인 추상성에서 해방하여 그에게 역사성을 부여하였다. 역사학파가 역사를 고조(高調)하다가 경제학을 해소(解消)한데 반하여 그가 고전파 경제학을 역사적 법칙과학으로 발전=지양시킨 것은 이 때문이다.

그러나 유물변증방법에 의한 대상의 재현이 역사적 법칙성적으로 되는 것은 근본적으로 말하면 대상 그 자체가 원래 역사적 법칙성적으로 조성되어 있기 때문이다. 만일 대상 그 자체가 역사적 법칙성적으로 조성되어 있지 않다면 누구나 요술을 쓰지 않는 한 그것을 역사적 법칙성적으로 재현할 수 없는 것이다.

'모르못트'를 해부하는 의학자의 메스는 '모르못트'의 형태학적 구조를 재현하기에 적당한 구조를 갖지 않으면 안 될 것이다. 이 의미에서 유물변증법은 일정한 사회의 경제적 구조를 해부하는데 적당한 메스이다. 그러나 그 메스에 의한 '모르못트'의 해부가 형태학적으로 재현되는 것은 '모르못트'의 생리적 구조가 원래 형태학적으로 구성되어 있기 때문이다.

—『조선일보』1938년 1월

과학의 법칙성의 문제 (2)

　　그러면 경제학의 대상―일정한 사회생산 제관계가 역사법칙적으로 조성된 근거는 어디서 찾아야 할까? 물을 것 없이 생산 제관계(生産諸關係)가 역사법칙적으로 조성되어 있다는 말은 곧 경제로 표현된 인간 대 인간의 관계가 역사적 법칙으로 규제되어 있다는 말이다. 그리고 역사법칙이란 자연의 일반법칙과 달라서 인류 역사의 각 발전계단에 따라 각각 상이한 형태를 갖는 것이다. 그 의미에 있어서 그는 같은 자연법칙으로서도 물화학적(物化學的) 법칙보다도 차라리 생물의 발달법칙과 상사(相似)한 점이 있는 것이다. 서술의 편의상 인간의 경제생활이 역사법칙성을 갖는다면 그는 어떠한 논리적 전제 밑에서 가능할 것인가? 어떠한 사물을 물론하고 '역사적'이 되기 위하여서는 이질적, 발전적인 것이 되지 않으면 안 될 것이며, '법칙적'이 되기 위하여서는 그 이른바 이질적 발전이 내면적, 필연적인 것이 되지 않으면 안 될 것이다. 그런데 사물의 이질적 발전도정이 내면적 필연성으로 관철되는 것은 헤겔에 의하면 그가 모순물의 통일로서 형성되어 있는 경우에만 가능할 것이다. 이곳에서 우리는 『캐피탈』의 저자가 자본을 해부한 결과

경제의 역사법칙의 성립근거를 생산 제관계와 생산제력(生産諸力)의 대립·통일의 관계에서 찾은 사실에 착목하지 않을 수 없다.

생산 제관계와 생산제력은 사회적 생산과정에 있어 형태와 내용의 관계를 갖고 호상(互相) 대응하여 있는 통일체이다. 생산제력의 발전으로 말미암아 형태가 내용을 싸지 못할 때에는 생산 제관계는 한낱의 관계로부터 발전적인 다른 관계로 전화하지 않을 수 없으며 그러면서도 그 관계와 관계에의 이행이 인간의 의지로부터 독립한 법칙적 필연으로 관철되는 것은 그가 생산제력의 소여(所與)의 발전계단에 의하여 내면적, 일의적으로 결정되기 때문이다. 다시 말하면 생산 제관계의 형성, 발전, 전화(轉化)가 내면적 법칙성을 갖고 철(鐵)과 같은 자연사적 과정으로 관철되는 것은 그가 생산제력의 일정한 발달상태에 대응하는 형태로서 양자가 교호적(交互的) 인과관계를 갖고 통일되어 있기 때문이다.

그런데 생산관계와 생산력을 모순물의 통일이라 하면 그들은 당연히 동일의 일면을 가진 동시에 또한 상이한 일면을 가지지 않을 수 없다. 생산관계란 생산력과의 결합을 사상(捨象)하고 사회적 형태에서만 볼 때에는 인간 대 인간의 순수한 사회적 관계이나 생산력은 노동력과의 결합을 사상하고 물재적(物材的) 내용에서만 볼 때에는 단순한 기술체제(노동수단과 노동대상의 복합체)이다. 다시 말하면 생산력은 기술체제와 사회적 노동력과의 결합을 의미하는 한(現實態의 생산력)에 있어서는 생산관계와 동일한 일면을 가지는 것이나 단순한 물질적 기술체제를 의미하는 한(可能態의 생산력)에 있어서는 생산관계와 상이한 일면을 갖고 있는 것이다.

그러므로 우리는 일정한 기술체제를 떠나서 생산관계를 말할 수 없다. 생산 제관계를 인간의 생리체제에 비유한다면 기술체제는 그의 골격계통으로 볼 수 있다. 다시 말하면 생산 제관계란 일정한 기술체제를 기초로 하고 그 위에 형성된 인간 대 인간의 결합관계이다.

그러므로 철포(鐵砲)의 발견과 함께 군대의 제조직이 변화하듯이 기술체제가 변화하면 생산 제관계도 따라서 변화하지 않을 수 없다.

"수만구(手挽臼)는 봉건군주를 가진 사회를 낳고 증기구(蒸氣臼)는 산업자본가를 가진 사회를 낳는다." 이 의미에 있어서 "이미 멸망하여 버린 동물 종속(種屬)의 신체조직을 인식하는 데는 그 유골의 구조를 아는 것이 필요함과 같이 노동요구(勞動要具)의 유물을 아는 것은 기왕에 있어서의 경제적 사회형태를 판별하는 중요한 '껀지'가 된다"고 말하는 것이다.

그렇다면 인간 대 인간의 생산 제관계=경제의 생리체제를 율(律)하는 역사법칙은 그의 골격계통인 기술체제를 떠나서 성립할 수 없는 것이 아닐까? 물론 생리체제가 곧 골격계통이 아닌 만큼 기술체제 그 자체를 율(律)하는 공예학적(工藝學的) 법칙이 곧 경제법칙이 아님을 우리는 잘 안다. 그러나 동물의 생리적 구조가 골격계통의 구조 여하에 달렸으며 따라서 일정한 동물신체의 생리법칙은 곧 골격계통의 구조에 의하여 결정되는 만큼 기술체제를 떠나서 경제법칙을 말할 수 없다. 그리고 "개인이 그 내부에서 생산하는 사회적 관계, 사회적 생산관계는 물질적 생산수단의 생산력의 변화 및 발달과 함께 변화하며" 따라서 "경제상의 각 시대를 구별하는 것은 무엇이 만들어지느냐 하는 것이 아니고 어떻게 어떠한 노동요구(勞動要具)로 만들어지느냐 하는 데 있는" 만큼 경제법칙은 당해(當該) 생산 제관계의 기술적 체제가 변화함을 따라 이질적인 다른 특수법칙으로 전화하지 않을 수 없다. 따라서 경제법칙의 역사적 개별성을 찾는다면 우리는 그것을 생산 제관계와 물질적 기술적 생산력과의 관계에서 찾을 수 있을 것이다.

그런데 기술체제는 인류의 사회적 생산사의 산물인 만큼 그는 물론 끝까지 역사적, 사회적 범주에 속하는 것이다. 그러나 물질생산과정에 있어서의 현실적 기능에서 보면 그는 일방 인간 대 인간의 사회적 배속관계(配屬關係)를 매개하는 측면에 있어서는 역사적, 사회적 과정이나 타방 인간 대 자연의 물질 대면관계(代面關係)를 매개하는 측면에 있어서는 한낱의 자연적, 기계적 과정임을 잊어서는 안 될 것이다. 다시 말하면 생산이 사회적 생산이 되기 위하여서는 생산수단은 자연으로 향하기 전에 먼저 인간 대 인간의 특수한 사회관계로 분배되지 않으면 안 될 것이다. 생산이 또한 물질적 생산이 되기 위하여서는 자연으로 향하는 생산수단은 또한 자연의 제법칙―물화학적, 생리적 법칙에 적응하도록 배치되지 않으면 안 될 것이다. 이 의미에 있어서 기술체제란 경제학적 범주인 동시에 또한 공예학적 범주이다. 그리고 공예학적 범주로서의 기술체제란 물을 것 없이 한낱의 사회적 자연―사회 외의 자연을 제일의 자연이라면 이것은 제이의 자연이다. 그리고 이러한 공예학적 범주로서의 기술체제를 떠나서 경제학적 범주로서의 기술체제가 별개로 존재하지 않는 것도 물을 것 없는 것이다.

따라서 우리는 이곳에서 생산노동의 두 낱의 측면―자연적 도정(道程)과 사회적 도정 더 나아가 사회와 자연이 기술체제를 중간계기로 하고 대립=통일의 관계에 있는 것을 알 수 있다.

그렇다면 우리는 경제의 역사법칙과 자연의 일반법칙이 기술체제를 매개로 하고 여하한 관계를 이루고 있는가 하는 것도 알 수 있지 않은가?

인간노동을 일정한 사회적 형태로부터 독립하여 인간 대 자연의 물질대사관계 일반으로 고찰한다면 그는 이른바 '생산일반'으로서 인간이 인간으로서 존속하는 한 언제든지 운행되는 한낱의 자연적 도정이다. "인류가 그 자신의 행위에 의하여 자연과의 간(間)에 있어서의 대사기능(代謝機能)을 매개, 조절, 관리하는" 이 과정에 있어서는 "인류는 한낱의 자연력(自然力)으로서 자연소재(自然素

材) 그 자체에 대립한다." 그리고 자연력과 자연소재의 중간에서 전자의 활동을 후자에 전달하는 노동요구도 이 측면에 있어서는 끝까지 물리적, 기계적, 화학적 물재(物材)로서 기능하는 것이다.

그러므로 생산일반으로서의 이 과정에 있어서는 인간 대 자연의 관계는 자연 대 자연의 관계로서 끝까지 자연의 일반법칙에 규제되지 않을 수 없다.

그러나 인간은 자연의 일부로서 자연에 대립할 뿐 아니라 사회의 일부로서 사회에 대립하여 있는 것이다. 인간은 생산에 있어서 비단 자연에 대하여 작용할 뿐 아니라 인간 동류(同類)의 간에도 호상(互相) 작용하는 것이다. "그들은 일정한 방법으로 서로 작용하며 또한 그들의 행위를 서로 교환하는 데 의하여서만 생산한다. 생산하기 위하여서는 그들은 서로 일정한 연락(連絡) 및 관계에 산다. 그리고 이러한 사회적 연락 및 관계의 내부에서뿐 그들의 자연에 대한 작용 즉 생산이 수행된다." 그러므로 "생산이 문제되는 경우에는 그는 늘 일정한 사회적 발전단계에 있어서의 생산—사회적 개인의 생산을 의미한다." 따라서 생산일반으로서의 노동의 자연적 과정이란 한낱의 추상이고 그는 늘 구체적으로는 특수생산—인간 대 인간의 특정한 생산관계로서 수행되는 것이다.

다시 말하면 노동의 자연적 과정은 구체적으로는 늘 사회적 과정으로 한정되어 나타나는 것이다. 그리고 생산노동에 있어서의 인간 대 인간의 특정한 생산관계는 기술적 생산력의 발달에 의한 생산수단의 특성과 그 특성에서 규정된 생산방법에 의하여 규정되는 것이다. "인류는 노동에 있어 노동의 방법 따라서 결국은 생산수단에 의하여 규정된 방법으로써 인류상호의 관계—생산관계를 맺는 것이다."

그러므로 본제(本題)에 돌아가 사회의 생산 제관계가 역사법칙에 의하여 규제되어 있다면 그는 곧 노동의 사회적 과정을 규제하는 법칙으로서 그의 기저인 노동의 자연적 과정을 규제하는 자연법칙과 대립하여 있을 것이다.

그런데 노동의 사회적 과정과 자연적 과정은 모순물의 통일로서 양자는 한낱 사회적 생산과정에 있어서 형태와 내용의 관계를 이루고 있다. 따라서 형태로서의 사회적 노동은 내용으로서의 자연적 노동을 떠나서는 존재할 수 없는 것이다. 예를 자본제 생산에서 든다면 사용가치를 생산하는 노동과정(일반)을 떠나서 가치증식과정으로서의 자본제 생산(특수)은 존재할 수 없는 것이다.

따라서 우리는 자연의 일반법칙을 떠나서는 특수법칙으로서의 역사법칙은 말할 수 없다. 노동의 사회적 과정이 자연적 과정을 근거로 하고서만 형성되는 것과 같이 역사의 특수법칙은 자연의 일반법칙을 근거로서만 성립할 수 있는 것이다. 노동의 사회적 과정이 자연적 과정과 일방 이질적으로 대립하면서도 타방 동질적으로 통일되어 있는 것과 같이 역사법칙과 자연법칙은 일면 이질성을 가지면서도 타방 동일성을 가지지 않을 수 없다.

여기서 우리는 두 낱의 법칙이 그 작용 방향에 있어서는 대립되는 양극을 지향하나 그 출발에 있어서는 동일한 근저로 돌아옴을 알 수 있다. 다시 말하면 두 낱의 법칙은 생산노동을 매개로 하고 일관(一貫)한 자연사적 연관을 갖고 일종의 공근관계(共根關係, Fonjugiert-heit)를 형성하고 있는 것이다. 노동과정은 사회와 자연의 교착점이다. 이 포인트에서 자연법칙과 역사법칙은 동일로 돌아오는 것이다. 그러나 노동과정은 또한 자연과 역사의 분화의 기점이다. 그러므로 이 포인트에서 두 낱의 법칙으로, 대립으로 나가지 않을 수 없다. 그리고 이 두 낱의 법칙은 이와 같이 그 근저에 있어서 동일성을 가졌기 때문에 또한 철저한 대립=길항의 관계에 설 수 있는 것이다. 어떠한 '사물', '관계'를 물론하고 그 근저에 있어서 동일=일반을 갖지 않은 이질=특수는 '모순'의 관계에 설 수 없는 것이다.

  그러면 이와 같이 변증법적 공근관계(共根關係)를 이루고 있는 두 낱 법칙에 있어 누가 근원이며 누가 파생인가? 그것은 물을 것 없이 자연법칙이 근원이며 역사법칙은 그로부터 파생한 것이다. 왜? 사회는 자연으로부터 분화한 것이며 또는 끝까지 자연의 일부로서 발전하는 것이기 때문이다. 인류사회의 발생사는 이것을 말하는 비근한 예이다. 인류와 원류(猿類)를 구별하는 기본적 표식은 인간적 노동이다. "노동은 인간을 만들어 내었다." 인간을 동물로부터 구별하는 최초의 역사적 행동은 "생산자료(生産資料)를 스스로 생산하기 비롯한 데 있다." 이와 같이 인류가 원류(猿類)로부터 진화하여 인류사의 첫 페이지를 열게 된 것은 노동의 덕택이다. 인류는 노동요구라는 무기를 파악한 데서 사회적 인간으로 전화하였던 것이다. 바꾸어 말하면 우주적 자연이 유구한 자연사적 과정의 일정한 계단에 이르러 자연과 사회로 분화한 것은 인간적 노동—생산수단의 사용에 의한 합목적적 노동의 성과이다. 우리는 이곳에서 사회를 율(律)하는 역사법칙이 자연법칙으로부터 분화=전화한 것임을 알 수 있다.

  그러나 인간은 자연에서 사회로 전화하였다 하여서 그날, 즉 인류사에 들어서는 날부터 자연과 영원히 단절한 것은 아니다. 사회는 의연히 자연의 일부이며 그의 일부로서 역사적으로 발전하여 온 것이다. 인간=사회는 인간=사회인 동시에 의연히 동물=자연이다. 그리고 사회적 존재로서의 인간과 자연적 존재로서의 인간과를 통일시키는 것은 의연히 노동이다. 위에서도 본 바와 같이 통일이란 일면에 있어서는 대립을 의미하며 타면에 있어서는 동일을 의미하는 것이다. 다시 말하면 사회를 자연과 단절시키는 것도 노동이려니와 그와 연속시키는 것도 노동이다. 자연법칙과 역사법칙이 일면 상이하면서도 타면 동일한 것은 정(正)히 이 때문이다.

그들이 두 낱의 이질적 질서=사회와 자연에 대응하는 점에 있어서는 서로 단절=상이한 것이나 사회와 자연의 접촉면인 노동과정에서 서로 연속되어 있는 점에서는 동일한 것이다.

그리고 이와 같은 두 낱 법칙 간의 관계가 위에서 말한 노동의 자연적 과정과 사회적 과정과의 간의 교호관계로 구현하였던 것이다. 그리고 노동의 이 두 낱의 측면을 구체적으로 통일하는 것이 광의의 생산수단(노동수단 및 노동대상) 체계—기술체제이다. 그러므로 물질생산의 기술체제를 중간 계기(공동영역)로 하고 자연법칙과 역사법칙이 변증법적 통일관계를 이루고 있는 것을 알 수 있다. 이 의미에 있어 우리는 자연의 합법칙성을 떠나서 역사의 합법칙성을 말할 수 없는 것이다.

그러나 이 말은 결코 역사법칙이 자연법칙에 의하여 일방적으로 제약된다는 것을 의미하는 것은 아니다. 그렇기는 커녕 자연법칙은 늘 역사법칙에 의하여 한정되는 '팻시브'의 입장에 서게 된다. 『자연변증법』의 저자의 말을 빌면 보다 저차(低次)의 운동형태의 법칙은 보다 고차의 운동형태에 있어서는 종속적 법칙으로 떨어지고 마는 것이다. 사회는 자연의 진화사적 과정의 가장 높은 계단의 운동형태인 만큼 역사는 자연에 대하여서는 늘 능동적 존재이며 역사법칙은 자연법칙에 대하여 늘 한정적 역할을 하게 된다. 인간은 역사를 생산하고 변개할 뿐 아니라 자연까지도 생산하고 변개하는 것이다. 노동기술이 발달함을 따라 인간의 자연법칙을 이용하는 방법도 달라진다.

그러나 자연이란 달래는 데 의(依)하여서만 굽힐 수 있는 물건이다. 그러므로 자연법칙에 역행하는 노동기술이란 원래 있을 수 없는 것이다. 요컨대 이곳에서 문제삼는 것은 역사법칙은 그 기원에서 볼 때에 자연법칙으로부터 분화한 것이며 또한 그러한 물건으로서 현실의 노동과정을 통하여 호상 제약하면서 있다는 것이다.

　그리고 두 낱의 법칙이 이와 같이 공근관계를 갖고 있다면 경제관계의 기저를 이루는 노동과정을 떠나서 경제의 법칙성의 성립근거를 찾을 수 없는 것이 아닐까? 물론 역사과학의 임무는 사물의 동질보다도 이질의 해명에 있으며 또는 이질을 해명하는데 의하여서만 사물의 역사적 특질을 포착할 수 있는 것이다. 그렇기 때문에 그『캐피탈』의 저자는 경제관계의 연구에 있어 역사사회의 기저를 지배하는 자연법칙은 들어서 말하지 않았다. 그러나 '특수'를 '특수'로서 이해하는 데는 '특수'를 '일반'과 연관시켜 보는 데 의하여서만 비로소 '특수'의 성립근거를 정확히 알 수 있다. 그가 자본제 생산—가치증식과정을 연구하는 데 그 목표를 두었음에도 불구하고 그것을 노동과정—노동의 자연적 과정과의 대립=통일에서 관찰하였기 때문에 참으로 '캐피탈리즘'을 발견할 수 있었던 것이 아닌가? 물론 특수를 일반에 환원하는 것이 자연과학의 임무라면 역사과학의 임무는 일반에서 특수를 추출하는 데 있다. 그러나 역사의 특수성이 현대와 같이 유행하는 상세(狀勢) 밑에서는 특수를 특수로 '살리'기 위하여서도 돌아가서 특수를 일반에 의하여 '관계짓는 것'이 필요할 것이다.

　이와 같이 보아 오면 사회경제의 구성 제형태를 규제하는 객관적 법칙성은 그의 기초를 이루는 물질생산의 합법칙성에서 유래한 것이다. 그리고 물질생산의 합법칙성은 자연과 역사의 통일과정에서 유래한 것이다. 다시 말하면 사회경제의 구성 제형태가 특수관계인 동시에 그 특수 속에 관계 일반을 싸고 있는 것은 그가 그 근저에 있어서 물질적 기술체제를 기초로 하였기 때문이다. 아니 기술체제를 통하여 자연과 대립=통일되어 있기 때문이다. 그러므로 경제관계를 물질적 기술체제와 분리하여 취급할 때에는 적어도 그의 역사성, 법칙성을 물질적, 객관적인 것으로 재현하기 어렵지 않을까?

이상의 서술은 『캐피탈』의 저자의 이론을 그대로 추적하여 본 데 불과하다.(오해한 점이 있는지 모르나) 이와 같이 추적하여 놓고 돌아서 보면 우리의 평범한 두뇌에도 그가 왜 경제학의 기초개념을 생산에 두었으며 생산의 분석에 중점을 두었던지 진의를 알 수 있다. 물론 『캐피탈』의 분석은 상품에서 출발하였다. 그러나 분석의 단초를 상품에 둔 것은 그 목표가 생산일반을 분석하는 데 있는 것이 아니고 틀림없는 특수생산—자본제 생산의 분석에 있기 때문이다.

그리고 그가 생산을 역사와 자연, 일반과 특수의 통일로 본 데서 또한 유물변증법의 새로운 방법적 특성을 가장 잘 살 수 있었던 것이 아닐까? 사물을 양과 질, 일반과 특수의 통일로 파악하는 것이 이 방법의 한 가지 특성이다. 그리고 이 방법의 이러한 특성은 경제구조의 분석을 자연과 역사가 결합되어 있는 생산노동의 분석에서 출발시키는 데서 가장 잘 살릴 수 있을 것이다. 저자가 분석의 단초로 잡은 상품이란 생산노동의 자본제 형태이다. 자본제(資本制) 노동의 가장 일반적인 역사적 형태가 곧 상품이다. 따라서 상품의 분석은 곧 자본제(資本制)의 분석으로서 상품의 이중성—사용가치와 교환가치는 곧 노동의 이중성으로 환원된다. 자본제 노동은 사용가치를 생산하는 동시에 가치를 생산한다. 아니 가치를 생산하기 위하여서 그의 물질적 측면인 사용가치도 생산하는 것이다. 노동일반의 산물로서의 사용가치는 자본제 노동의 산물로서는 가치로 한정되지 않을 수 없다. 사용가치 일반이 자본제 관계를 매개로 하고 사회적 형태로 나타난 것이 가치이다.

이상과 같이 보아 오면 경제학의 기초를 생산에 두었던 고전학파가 경제의 객관적 법칙은 용이(容易)히 정립하였으나 그의 역사적 특성을 실락(失落)한 비밀도 용이히 알 수 있다. 저들은 경제의 기초를 생산으로 보았음에도 불구하고 그것을 생산일반으로만 보고 특수생산으로 보지 못하였다. 저들이 취급한 생산이란 사회 외에서 영위되는 고립생산이었다. 저들은 이와 같이 생산노동을 사회적 측면—역사에서 분리하여 자연적 측면에서만 보았기 때문에 경제법칙은 실락(失落)한 것이다. 고전학파가 가치를 노동에 환원하면서도 노동이 가치형태를 취하는 이유를 알지 못한 것도 노동의 이중성—역사성과 자연성, 가치와 사용가치의 대립=통일을 간파하지 못한 것과 논리적 인과관계를 가진 것이다.

득형태(得形態—貸銀, 利潤, 地代 등)의 기원을 설명하기 위하여 경제학에 도입한 노동, 생산수단, 토지 등을 자연적, 기술적 요소라 하여 경제생활에 있어서의 그들의 적극적 작용을 부정하였다. 이리하여 그는 일방 오태리(墺太利: 오스트리아-편자주) 학파의 심리주의와 타방 고전학파의 자연주의를 배제하고 이른바 '사회적 방법'에 의한 경제의 '사회적 내용'의 구명을 제창하였다. 따라서 그는 경제의 사회적 내용을 말하면서도 그 이른바 '사회적 내용'을 물질적, 기술적 체제와는 완전히 분리하여 해석한다. 이 점에 있어 그는 또한 『캐피탈』의 저자와 대립되는 입장에 서게 된다. 양자가 모두 경제의 사회적 성질을 말하면서도 『캐피탈』의 저자는 경제의 사회적 내용, 즉 생산 제관계는 물질적, 기술적 생산력의 일정한 발전단계를 전제하고 성립하는 것이며 전자는 후자에 의하여 결정되는 것을 말하였다. 다시 말하면 경제에 있어서의 사회적인 것과 물질적인 것의 변증법적 통일, 전자에 대한 후자의 규정적 역할을 주장함으로써 경제학을 일원적 유물론의 위에 건설한 것이 『캐피탈』의 이론이다. 그러나 스톨츠만에 의하면 경제의 이러한 유물론적 파악은 인간을 물질에 의하여 조종되는 '허수아비'의 지위로 폄하하는 것 외에 아무 것도 아니다. 따라서 물질적, 기술적 생산의 발달에 의하여 경제의 사회적 발달을 설명하는 것은 그로서는 용인할 수 없는 바이다. 이리하여 그는 물질적, 기술적 생산력은 인과

법칙에 종속된 한낱의 자연적 범주로 보고 생산 제관계—경제의 사회적 형태는 가치관계에 의하여 결정되는 한낱의 윤리적 범주로 보았다. 생산 제관계는 인간의 윤리적 의지의 창조의 산물로서 일정한 도덕적 목적에 의하여 향도되는 '사회적 통제'의 결과이다.

그리하여 그는 경제관계를 일정한 '사회적 통제'형(型)으로 보고 경제학의 연구대상을 그러한 의미의 '사회적 내용'에 두었으며 그것은 인과원리에 의하여서가 아니고 목적원리에 의하여 연구되지 않으면 안 될 것을 주장하였다.

따라서 이러한 윤리적 '사회적 방법론'에서 출발한 스톨츠만은 이윤, 임은(賃銀), 지대, 가치 등 경제 제범주를 일정한 도덕적 가치를 추구하는 '사회적 통제형'의 목적이상(目的理想)에 의하여 규정되는 물건으로 보았다. 예하면 이윤은 자본이 생산수단을 점유하고 있는 데서 수취(收取)하는 잉여가치의 전화(轉化) 상태—유통과정을 통하여서의 표현상태가 아니다. 그와 반대로 그것은 사회적 통제의 일정형(一定型)을 기초로 하고 자본에 생산수단에의 보수(報酬)로서 양여(讓與)되는 생산물의 일정 부분이다. 임은, 지대도 동일한 사회적 통제형에 의하여 결정되는 노동과 토지에의 보수상태(報酬狀態)이다.

따라서 스톨츠만에 의하면 생산물의 가치도 사회적 통제형에 의하여 노동, 생산수단, 토지 소유자들에게 분배되어 돌아가는 각 소득총액에 의하여 결정되지 않을 수 없다. 소득형태가 가치에 의하여서가 아니고 일종의 계획경제에 의하여 결정되는 이상 가치는 소득형태에 의하여 결정되지 않을 수 없기 때문이다. 이리하여 스톨츠만의 경제학에 있어서는 '생산'의 기본적 범주인 가치가 '분배'에서 결정되는 한낱의 파생적 범주로 떨어지고 경제학의 중요 대상은 생산관계에서 분배관계로 이행하였다.

그러면 사회적 통제형에 의한 각 소득액의 결정에 있어서 객관적 기준이 되는 것은 무엇인가? 이 근본문제에 이르러서 그는 그 것을 설명하기 위하여 최소한도의 보수를 의미하는 '한계소득'의 이론을 내어 세웠다. 임은(賃銀)은 생산성이 최소한 노동자의 사회적 최저 필요생활비에 의하여, 이윤은 생산성이 최소한 자본가의 사회적 최저생활비에 의하여 결정된다는 것이다.

이리하여 경제학에서 '물질적 생산'을 축출하고 경제를 통일적으로 설명할 객관적 지반을 잃어버린 스톨츠만은 끝끝내 심리학파의 문하에 가서 후자의 소득이론에 있어서의 '한계효용'의 원칙을 차래(借來)하지 않을 수 없었다. 이리하여 심리학파의 한계효용이론에 대한 그의 비판도 결국은 무의미한 '잔소리'가 되고 말지 않는가?

경제관계를 그의 토대를 이루는 물질적, 기술적 생산과 분리하여 단순한 사회적 분배관계로 취급하면서도 그의 객관적 법칙성을 확립할 수 있을까? 다시금 의문이 없지 않다!

그야 어쨌든 '사회적 통제' 국민경제의 '전체성'(슈판), '윤리적 원칙'(슈판) 등을 말하는 사회파 경제이론이 민족윤리와 계획경제에 상기(上氣)한 오늘날 독일의 나치스 경제학의 수립에 있어서 중요한 이론적 원천이 될 것만은 틀림없을 것이다.

—『조선일보』 1938년 2월

지성의 시대적 성격

　오늘날의 시대적 정열은 지식계급의 행동을 절실히 요망한다. 함에도 불구하고 지식계급은 일반적으로 시대의 정열에 동화하지 않고 행동적 현실에 대해서 고답적 태도를 취하는 것이 상태(常態)이다. 지식계급의 이러한 시대로부터의 퇴각적 경향을 사람들은 흔히 지식계급의 무력으로 돌린다. 그러나 그것은 참으로 지식계급이 무력한 탓일까? 일찍이 지식계급은 그의 계급적 체질이 행동에 부적하다는 탓으로 한때 과도한 냉대까지 받은 일이 있다. 그럼에도 불구하고 당년의 지식계급은 시대를 신뢰하고 행동에의 의욕을 버리지 않았었다. 따라서 오늘날의 지식계급이 현실로부터 퇴각하는 데는 단순히 무력(無力) 두 자로 낙착시키기 어려운 깊은 이유가 있을 것이다.

　사람들은 흔히 말한다.

　지식계급이 행동에 소극적인 것은 지성이 과잉한 탓이라고. 이것은 물론 피상을 핥는 관찰이다. 역사의 어떤 시기에 있어서든지 지성이 과다하여 행동이 저해받은 예는 없다. 지성이 풍요하면 행동도 풍요하고 지성이 첨예하면 행동도 첨예한 것이 상례이다. 그러나 지성의 과잉이 행동의 소극을 낳는다는 말에는 한낱의 '아이러니'가 있다. 원래 지성의 과잉이란 지성의 편재상태(偏在狀態)를 말하는 것으로 그것은 곧 이면에 있어 지성의 빈곤을 의미하기 때문이다. 예하면 미국에 금이 편재하여 있다는 말은 미국에 금이 과다하다는 것보다도 타국에 금이 과핍(過乏)하다는 것을 의미하는 것이다. 지식인에게 지성이 과잉하다는 것은 그들이 지성에 식상하였다는 것을 말하는 것이 아니라 그들을 위요(圍繞)한 현실이 너무나 비지성적이라는 것을 의미하는 것이다.

그러나 지성의 기능이 행동의 예과(豫科)에 있는 이상 행동에서 단절된 지성의 내부에는 자양작용(自壤作用)이 일어날 우려도 없지 않다. 역사의 어떠한 시기에고 지성이 사실(事實)에 대답하는 기능을 상실하는 때에는 돌아가 자기의 존재이유를 묻는 것도 이 때문이다. 이 땅에는 아직 그러한 현상이 출현하지 않았으나 최근 우리는 지식계급 자체로부터 가끔 지성의 무력을 고백하는 사실들을 보게 된다. 물론 그들이 지성의 무력을 고백하는 심리가 일률로 지성에 대한 회의에서 출발하였다고는 볼 수 없다. 그러나 지식인 전체가 모두가 모두 지성에 대하여 명랑한 신뢰를 갖고 있지 않은 것만은 사실이다. 개중에는 막연한 신뢰의 이면에 우울한 불신을 내장한 것도 있다. 그리고 명랑한 신뢰라 하여서 반드시 지성에 대한 정당한 인식을 기초로 한 것인가 하면 그렇지도 않다. 우리는 이러한 현상을 오늘날의 지성이론, 문화이론에서 발견할 수 있다. 현대를 가리켜 지성의 혼란시대라 한다면 그것은 물론 과장일 것이다. 그러나 지성이 정돈된 시기가 아닌 것만은 틀림없는 사실이다.

오늘의 지성문제는 현대의 문화적 현실과 깊은 연관을 갖고 있다. 따라서 문화와의 연관을 떠나서 지성을 논함은 무의미한 짓이다. 사람들은 흔히 말한다. 현대문화를 위기문화, 혹은 혼란문화라고. 우리는 우선 이 말부터 음미하여 보자!

우리는 참으로 엄밀한 의미에 있어 현대문화를 위기문화 혹은 혼란문화라 부를 수 있을까? 첫째 문화의 위기란 일반적으로 전형기 문화에 수반하는 징조이나, 기실은 전형기 문화에 있어서도 어떠한 특정한 문화원리의 입장에서만 말할 수 있는 징조이다. 예하면 근대 '르네쌍스' 문화는 '카톨리시즘'의 입장에서 볼 때에는 한낱의 위기문화임에 틀림없었지만 '프로테스탄티즘'의 입장에서 볼 때에는 한낱의 탄생문화였다. 그와 같이 현대문화도 광의의 '프로테스탄티즘'의 입장에서 볼 때에는 한낱의 위기문화일는지 모르나 보다 높은 문화원리의 입장에서 본다면 문화의 위기가 아니라 문화의 탄생일는지 모른다. 그리고 문화의 혼란이라는 것도 어떠한 문화형태에 있어서고 문화의 중심에서가 아니고 문화의 주변의 세계에서만 볼 수 있는 현상이다. 문화의 주변이란 문화의 중심을 위요(圍繞)한 비인칭적인 일상성의 세계를 말하는 것이다. 이 일상성의 세계에서만 볼 때에는 어떠한 문화의 문화현상이고 문화의 중심과 단절되어서 개개(個個)가 모두 질서 없는 사실로서만 노현(露現)하는 법이다. 그와 반대로 우리가 만일 이미 생산된 문화의 입장을 떠나서 생산하는 문화의 입장, 즉 객체로서의 문화를 떠나서 주체로서의 문화에 돌아와 볼 때에는 문화의 위기란 기실은 위기가 아니고 문화적 현재의 단속적(斷續的) 측면을 말하는 것에 불과하며 문화의 주변을 떠나서 문화의 중심에 돌아와 볼 때에는 문화의 혼란이란 것도 기실은 혼란이 아니고 문화적 현재의 문화원리 혹은 문화 제세력 간의 '안타고니즘[antagonism][1]'을 표현하는 것 이외의 아무 것도 아니다.

그런데 문화의 '안타고니즘'이란 역사의 중심인 '사회의 기본구조'에 있어 생산의 형식과 내용이 상극하는 데서 기인하는 것이며

---

1) 拮抗作用

따라서 그것은 문명이 한낱의 문화체계로부터 보다 높은 문화체계로 이행하는 과정에 있어서는 언제든지 수반되는 한 가지 '필연악(必然惡)'이다. 그리고 다름 아닌 문명의 이 이행과정이 기성문화의 입장이나 체계에서 볼 때에는 위기와 혼란으로 보이는 것이다. 원래 어떠한 문화를 물론하고 그 문화적 입장에서만 볼 때에는 당해(當該) 문화체계 내에서 생긴 모순은 모두 위기와 혼란으로밖에 더 안 보이는 법이다. 그것은 지성논리의 판단의 입장에서 볼 때에는 갑(甲)은 갑인 동시에 을(乙)이 될 수 없는 것과 다를 것이 없다. 판단의 입장에 머무는 한 갑이 을도 될 수 있다는 것은 틀림없는 판단의 모순이다. 그와 동일한 논법으로 문화의 논리에 있어서도 한 개의 문화원리 한 개의 문화체계에만 칩거하는 한 문화 제원리 간의 '안타고니즘'은 지성의 이해를 초월하는 수수께끼, 즉 위기와 혼란으로 보이지 않을 수 없다.

따라서 판단의 모순을 해결하기 위하여서는 '판단의 판단'인 추론에의 이행이 필요함과 같이 문화도 그 모순을 해결하기 위하여서는 보다 높은 종합문화의 계단으로 이행하는 것이 필요하다. 지성도 문화적 사실의 모순을 단순한 위기와 혼란으로 보지 않고 다름 아닌 모순으로 인식하기 위하여서도 입장의 비행(秘行)이 필요한 것이다.

그러므로 현대문화에 있어서도 위기와 혼란을 말할 수 있다면 그는 원리적으로는 기성문화, 기성지성의 입장에서만 할 수 있는 말이다. 이 의미에 있어 우리는 현대문화의 위기와 혼란을 말하는 한 의식하고 안한 것은 별개의 문제이고 원리적으로는 근대 기성문화의 원리인 '리베랄리즘'의 영향을 탈각하지 못하였다고 볼 수 있다. 나의 이 말이 무용한 천착(穿鑿)이 아님은 현대 서구의 지성옹호 운동에 상도(想到)함으로써 족할 것이다. 그의 현대적 의의는 물론 높이 평가하여야 할 것이나 그와 동시에 그가 서구민(西歐民)

의 전통문화를 암흑한 시대적 정열에서 구출하려는 '리베랄리스트'의 입장에서 출발한 것임도 잊어서는 안 될 것이다.

오늘날 지식계급이 현대문화를 위기문화, 혼란문화로 보는 이유는 어디에 있는가? 사람들은 흔히 그 이유로서 지성과 사실의 상극 '로고스'와 '파토스'의 상반(相反)을 말한다. 사실이 지성을 억누르고 '파토스'가 '로고스'를 짓밟는 데에 현대문화의 위기와 혼란이 있다 한다. 그러나 이것은 에토스로 화(化)한 기성지성의 입장에서 역사적 진리의 일면만을 보고 타면을 보지 못한 관찰이다. 어느 중요한 역사적 시기이고 사실과 지성 '로고스'와 '파토스'가 상극하지 않은 예가 드문 것이다. 원래 역사란 사실과 지성 다른 말로 환언하면 사실과 존재(지성이란 존재를 '로고스'로 언표한 것임)의 상극이 없이는 발전할 수 없는 것이다. 사실과 존재의 상극이 심하면 심할수록 그 시기의 역사는 그 양식이 더욱 '유니크'하고 그 내용이 더욱 풍부하여지는 법이다.

존재와 사실의 완전한 일치란 사실이 존재에 해소되는 경우에만 있을 수 있는 것으로 그것은 자연의 역사는 될망정 인간의 역사는 아니다.

우리는 흔히 근대 르네상스 문화를 지성문화라 말하나 그것은 캐톨릭 신앙문화에 대립하는 의미에서 하는 말임을 잊어서는 안 된다. 중세 공동사회의 초신론적(超神論的) 신앙을 기초로 한 캐톨릭 '전통' 지성의 입장에서 볼 때에는 르네상스 문화는 지성문화라기보다도 도리어 지성으로써 해석할 수 없는 혼돈한 사실이었다. 원래 지성, 즉 '로고스'가 말할 수 있는 것은 사실이 아니고 존재이다. 존재를 지성의 극한개념이라면 사실은 존재 이래의 원시적 행동이다. '로고스'가 설명할 수 있는 것은 존재이고 그의 기능은 존재의 설명으로써 끝나는 법이다.

지성은 체계와 질서를 지향하는 폐색된 세계임에 반하여 사실은 체계와 질서를 깨트리고 전진하는 개방된 세계이다. 우리는 이 사실을 잊어서는 안 된다. 역사상의 장대한 문화체계가 새로운 역사적 사실의 출현과 함께 산산이 부서지고 새 사실의 영도 밑에 새 문화 새 지성의 체계가 건설된 전례를 우리는 역사의 구석구석에서 눈이 시도록 보지 않았던가?

그러므로 사실과 지성의 관계를 이와 같이 대립적 측면에서 볼 때에는 현대문화에 있어서의 사실과 지성의 상극은 지성에 사는 지식계급에게는 비극일는지 모른다. 그러나 그것이 아무리 지성에 대한 비극이라 하더라도 사실은 사실대로 긍정하지 않으면 안 된다.

그러나 사실을 사실대로 긍정하라는 말은 결코 지성을 포기하고 사실에 추수하라는 말은 아니다. 사실과 지성, 사실과 존재는 일면 대립하면서도 타면 통일되는 측면이 있기 때문이다. 사실과 존재의 상극이 없는 곳에 인간의 역사가 없는 것은 물론이지만 사실과 존재의 통일이 없는 곳에도 역사일반이 없는 것이다.

사실이란 단속성(斷續性)과 이질성(異質性)을 가진 것이나 역사란 단순히 단속과 이질로서 끝나는 것은 아니다. 그러면 이질적, 단속적인 사실로부터 어떻게 동질적, 연속적인 역사가 형성되는가? 사실을 주체적이라면 존재는 객체적인 것으로 전자는 입장의 지양을 따라 후자로 전화하는 법이다. 사실은 자기를 초월하기 위하여서는 존재에 가 결연(結連)되지 않을 수 없다. 칼[2]의 논법대로 하면 생산의 '력(力)'은 '관계'를 통하여서만 자기를 표현할 수 있으며 짐멜[G. Simmel]류(流)의 표현을 빌면 생(生)은 생의 형식에 연결함으로써만 자기를 초월할 수 있는 것이다.

존재란 곧 사실의 존재양식, 정립형 형식을 말하는 것이다. 다시 말하면 사실에 질서와 법칙을 부여하는 것이 존재이다. 그러므로 사실은 문화적 현재에 있어서 늘 존재로서의 문화를 절단하면서

---

2) 칼 마르크스

행진하지만 그 경과한 족적은 그대로 또한 일정한 질서와 법칙을 형성하여 가지고 존재로서의 역사에 와 연결되는 법이다. 따라서 우리는 이렇게까지도 말할 수 있다. 사실을 역사운동에 있어 단속적 측면을 대표하는 것이라면 존재는 그의 연속적 측면을 대표하는 것이라고. 역사란 이와 같이 사실과 존재의 대립과 통일로써 형성된 것이다.

그런데 사실은 존재를 단절하면서도 존재에 와 연결된다는 것은 역사는 결국 지성으로써 파악할 수 있다는 것을 의미하는 것이다. 사실에 질서를 부여하는 것이 존재라면 존재에 '로고스'를 부여하는 것이 지성이다. 그리고 지성은 존재를 통하여 사실을 '로고스'화 할 수 있다는 것은 곧 지성에 의한 사실 지배의 가능성을 말하는 것이다.

다시 말하면 역사란 일면 비합리성을 갖고 지성의 지배를 넘어서는 것으로 그 의미에서는 그는 의지적 구조를 가진 것이나 결국은 그 비합리가 합리화하여 지성에 포섭되는 까닭에 그 의미에서는 그는 지성적 구조를 가진 것이다. 간단히 말하면 지성은 존재를 매개로 하고 사실을 지배할 수 있는 것으로 결코 무력한 것이 아니다. 그러므로 현대문화에 있어서의 사실과 지성의 상극은 참다운 지성에 사는 사람에게는 조금도 비관할 사실이 아니다. 사실과 지성은 대립적 측면에서 볼 때에는 지성의 비극일는지 모르나 다시 통일적 측면에서 볼 때에는 그곳에는 조화가 지배하는 것이라 사실과 지성의 존재를 매개로 한 이러한 '디알렉틱[dialectic]'을 망각하기 때문에 지성으로써 제재(制裁)할 수 없는 역사적 사실이 출현할 때마다 우리는 필요 이상의 장폭(帳幅)을 띤 동요를 하는지도 모른다.

그러나 지성을 억누르고 나가던 사실이 결국은 지성에 와 포섭된다 하여서 우리는 조급하게 낙관할 것도 아니다. 왜? 역사에서 상극하는 사실과 존재가 통일로 돌아오는 것은 오직 입장의 초월에 의하여서만 가능하기 때문이다. 생의 형식(존재)과 내용(사실)의 상극은 새 형식의 실현에 의하여서만 통일되며 생산의 형식(존재)과 내용(사실)의 모순은 새 생산관계의 성립에 의하여서만 지양되는 것이다. 일정한 문화의 입장에 있어서의 사실과 존재의 모순은 당해(當該) 문화의 입장에서는 지양될 통로가 없는 법이다. 그 상극이 지양되기 위하여서는 역사는 한낱의 입장=단계에서 보다 높은 입장=단계로 이행하지 않으면 안 될 것이다. 한낱의 전제에서 해결될 모순이라면 그것은 모순이 아니며 그것이 모순인 한에는 그 해결에는 반드시 두 낱의 전제가 요구되는 것이다. 이것이 이 논제에 있어 가장 중요한 문제이다. 나는 이상에서 사실은 자기를 초월하는 데 의하여서만 존재로 전화할 수 있다고 한 말이 있다. 한낱의 입장에서 객화(客化)하지 못하던 사실을 다시 객화할 수 있는 입장이란 보다 높은 차원의 입장이다. 사실의 지양에 입장의 지양이 필요하다 함은 이러한 이유에서다.

그렇다면 존재를 언표하는 지성도 사실을 '로고스'화 하여 지성의 지배 밑에 두기 위하여서는 한 개의 지성의 입장에서 보다 높은 지성의 입장으로 이행함이 필요할 것이 아닌가? 그렇다! 역사의 운동을 따라 또는 역사의 운동에 선주(先走)하여 지성도 입장에서 입장으로 비연속적, 연속적으로 운동하여야 할 것이다. 또 한번 역사적 사실을 들춘다면 '캐톨리시즘'의 지성은 근대문화의 사실을 설명하지 못하였다. '캐톨리시즘'의 입장에서 볼 때에는 근대 시민문화는 어김없는 비합리적 사실이었다. 이 어김없는 비합리적 사실을 합리적 존재로 인상(引上)한 것은 다름 아닌 '프로테스탄티즘'의 지성이다. 그리고 '프로테스탄티즘'은 근대문화 뿐 아니라 캐톨리시즘 문화까지도 설명할 수 있었다.

그것이 가능한 것은 '캐톨리시즘' 보다도 '프로테스탄티즘'이 지성의 역사적 발전에 있어 보다 높은 차원의 지성이기 때문이다. 그러므로 현대문화에서 우리가 현재 목도하고 있는 지성과 사실의 상극을 극복하기 위하여서도 우리는 동일한 논법으로 이미 에토스로 화(化)한 지성의 입장을 버리고 보다 높은 지성의 입장으로 이행하는 것이 필요할 것이다. 지금 새삼스레 지성사의 유물로 화(化)하면서 있는 근대 계몽지성을 무기로 하고 비약적으로 유동하는 역사적 사실을 제패(制霸)하여 본댔자 생생한 새 사실이 질곡으로 화한 옛 지성형식에 포섭될 리가 만무하다. 원래 문화의 위기, 지성의 위기란 내용과 형식의 상극에서 기인하는 것으로 기성의 문화형식, 지성형식에 그들의 내용이 될 새 사실이 포섭되지 않는 데서 발생하는 것이다. 따라서 현대문화의 위기를 극복하는 길은 그들의 묵은 원리를 버리고 신문화적 원리, 지성원리를 발견하는 데 있다.

그러면 그 원리는 어디에서 찾아야 할까? 술어의 초월은 곧 주어의 초월을 의미하는 만큼 신문화원리는 원칙적으로는 신문화체계의 실현과 함께 실현될 것이다. 그리고 그것은 물론 단순한 지성의 이행이 아니고 역사의 단계이행을 기다려서만 가능할 것이다. 그러나 우리는 역사의 운동에 선주(先走)하여 그 원리의 골격만은 현재 상극하는 사실군(事實群)의 '본질적 연관'을 통하여 예상할 수 없을까? 현대의 역사적 제사실은 혼돈한 덩어리로 보이나 문화의 중심에 돌아가 보면 단순히 혼돈한 것도 아닐 것이며 '질료'에 내재하지 않은 '형상'은 원래 '형상'이 될 수 없는 것이라면 현재의 사실군의 전연관(全連關) 속에는 반드시 신문화원리가 내포되어 있을 것이다.

문화원리란 문화의 방향을 지시하는 점에서는 문화의 지표로 볼 수 있으며 문화의 구조를 도시(圖示)하는 점에서는 문화의 모형으로 볼 수 있는 것이다. 이러한 문화원리를 발견하는 것이 현대

지성의 임무일 것이며 그리하여 발견된 것이 장래할 지성의 원리도 될 것이다. ‘캐톨리시즘’과 ‘리베랄리즘’은 각기 과거의 신분인간과 시민인간의 문화원리인 동시에 지성원리였다.

우리는 ‘캐톨리시즘’이 시민인간을 영도할 원리가 못되는 것과 같이 ‘리베랄리즘’이 장래할 인간을 영도할 원리가 아님을 현재의 상극하는 사실을 통하여 알았다. 그렇기에 현재 ‘리베랄리즘’에 포섭되는 사실까지도 포섭할 수 있는 보다 고차의 지성원리가 요구되는 것이다. 다만 이곳에서 말하는 것은 그것은 우리의 ‘두뇌’로서 ‘창조’할 것이 아니고 ‘사실’ 속에서 ‘발견’하여야 한다는 것이다. 사실에서 발견된 지성만이 이미 ‘에토스’로 화한 저차(低次)의 지성이 사실로만 보던 사실을 ‘로고스’에까지 인상할 수 있는 것이다. 그리고 그러한 지성원리 위에 건설된 문화만이 현재 상극하고 있는 사실과 존재를 한 개의 체계에 통일할 수 있을 것이다.

나는 이상에서 사실과 지성이 통일에서 대립으로 균형에서 상극으로 나갈 때에는 지성은 그 사실을 다시 통일로 재래(齎來)하기 위하여서는 일정한 객화(客化)된 문화적 입장에 머무르지 말고 역사의 운동을 따라 입장에서 입장으로 이행할 것을 말하였다. 지성의 발전은 단순한 직선적, 연속적 진보에 있는 것이 아니다. 양적 진보와 함께 질적 비약이 필요한 것이다. 사실에서 한정되면서도 사실을 한정하면서 역사적으로 운동하는 데에 지성이 ‘역사적 이성’이라 붙여지는 이유가 있는 것이다. 역사적 이성이라 하면 우리는 흔히 역사과정의 배후에 실체적으로 존재하는 그 무엇과 같이 생각하기 쉬우나 기실은 역사와 함께 운동하는 이러한 주체적 지성을 말하는 것이다. 그 의미에 있어서는 그는 도리어 ‘원시적 사실’의 한 아이다. 현대의 지성인간의 적지 않은 부분이 지성의 세기(엄밀하게 말하면 사실과 지성이 통일된 시대)에서 사실의 세기(엄밀하게 말하면 사실과 지성이 분열한 시대)로 돌입하자, 문화의 위기와 혼란을 말하는 것은 기성의 객화된 지성으로써 역사의 새로운 사실들을 심판하기 때문이 아닐까? 기성지성의 입장에서 볼 때에는 현대문화는 확실히 타개될 통로를 잃고 있다. 나는 이상에서 문화의 '안타고니즘'은 기성문화의 입장에서 볼 때에는 위기로 보이며 문화의 주변에서 볼 때에는 혼란으로 보이는 법이라고 한 말이 있다. 문화의 주변이란 비인칭 명제의 세계, 즉 하이데거의 이른바 '범인(凡人, Man)'의 세계로서 관습과 전통을 토대로 하고 성견(成見)과 상식이 지배하는 곳이다. 따라서 문화의 주변은 그 구조에 있어 정상적으로는 기성문화의 외각(外殼)으로 형성되는 법이며 그렇기에 그곳에서는 우리의 일상생활의 상식과 범례에 원배(遠背)하는 사실이 출현할 때마다 필요 이상의 동요가 일어나는 것이다. 따라서 문화 전환기에 있어서 문화의 혼란을 말하는 지성은 일응(一應) 사실에 대해서 비판적 태도를 취하는 것 같으나 그 이른바 비판의 척도(가치)에는 권위(오소리티[authority])와 전통(오소독씨[orthodoxy])에서 차래(借來)하는 것도 없지 않은 법이다.

그와 반대로 우리는 지성에 상극되는 사실이 출현할 때에는 기성의 척도를 버리고 사실에 즉하여 사실 그 자체의 본질적 연관을 추적함으로써 그 사실을 극복할 새로운 지성의 원리를 예상하여 볼 것을 말하였다.

그러나 사실이란 글자 그대로 사실이다. 개개의 사실은 모두 이질적, 단속적으로 출현하는 독립적 개체적인 것이다. 그렇다면 사실에 즉하여 사실극복의 원리를 발견한다는 것은 무의미한 말이 아닌가? 그렇다! 그러나 사실이 모두 개체적 사실로만 보이는 것은 우리가 사실의 입장에서 개개의 사실을 모두 그 직접성에서 이해하기 때문이다. 따라서 지금 만일 문화의 중심에 돌아가 개개의 사실을 문화의 중심에 연결하여 그 매개성에서 본다면 어떨까? 그 경우에는 모든 사실이 단속과 이질을 버리고 전체가 한낱의 연관을 형성하여 나타날 것이 아닌가? 따라서 우리는 사실을 적어도 지성의 대상으로 하는 한 문화의 중심에 돌아가 모든 사실을 그 연속성, 의존성에서 보지 않으면 안 될 것이다. 다시 말하면 사실을 이른바 ‘체득’하지 않고 ‘인식’하기 위하여서는 우리는 사실을 사실적으로 보지 말고 존재로 탈태(脫態)하여 존재적으로 보아야 할 것이다.

그런데 우리가 현대문화의 전국면을 사실의 입장에서 돌아다보면 어떠한가? 우리는 적어도 세 계열의 사실군을 그 경향성에 따라서 분류할 수 있다. 그 하나는 세계성을 지향하는 것이며 다른 하나는 민족성을 그리고 또 하나는 계층성을 지향하는 것으로서 이들 세 계열의 사실군은 현재 곳곳에서 호상(互相) 반발하면서 있다. 그러나 지금 만일 이들 사실군은 문화의 중심에 돌아가 연결성, 의존성에서 본다면 우리는 한 말로 다음과 같이 말할 수 있다. 즉 그것은 한스 프라이어[3]의 말대로 하면 역사적 현재에 내포된 계층 제원리 우리의 말대로 하면 문화의 중심을 위요(圍繞)하고 있는 계층 제세력간의 ‘안타고니즘’의 표현이라고. 그리고 그 ‘안타고니즘’은 결국 문화적 중심의 기초를 이루는 생산의 사실(내용)과 존재(관계)의 상극에서 기인하는 것이라는 것은 위에서도 누누이 한 말이다. (사회의 사실적, 존재적 구조에 대해서는 후일 독립한 논제로 말해 보겠다)

그러면 현대 자본제 생산의 사실과 존재의 상극은 어디서 유도된 것인가? 나는 한말로 그것은 존재로서는 계층적 구조를 갖고 사실로서는 세계를 지향하는 데서 유도된 것이라고 본다. 그렇다면 현대생산의 동향을 따라서 당래할 문화의 문화원리로서의 골자

---

3) Hans Freyer(1887~1969) 독일의 사회학자. 에토스 과학으로서의 사회학을 주창함. 나치즘과 결부된 역사주의로 2차대전 후 비판받음.

만은 예상할 수 없을까? 존재로서는 계층적 구조를 갖고 사실로서는 세계를 지향하는 현대의 생산은 다름 아닌 전대의 생산, 즉 존재로서는 신분적 구조를 갖고 사실로서는 민족을 지향하던 봉건제 생산의 뒤를 답습한 것이다. 그러므로 현대사회의 기본적 동향은 그 발전과정에서 종합하여 볼 때에는 개괄적으로 말하여 민족에서 계층으로 분화하면서 세계로 통일되어 나가는 과정에 있다고 볼 수 있지 않은가? 그리고 이것이 만일 사실이라면 현대문화도 그 행로의 다난(多難)이야 어떻든 그 기본적 동향에 있어서는 족계문화(族系文化)(?)에서 계층문화로 분화하면서 세계문화로 통일되어 나가는 과정에 있다고 보지 않을 수 없다. 그리고 또한 현대문화의 기본적 동향이 그러하다면 그 중심이 최후로 정착할 곳은 민족을 '소어(小語)'로 하고 세계를 '대어(大語)'로 하고 계층을 '매어(媒語)'로 한 그 어떠한 입장일 듯이 생각한 일부의 예상도 과히 무리한 추측은 아닐 것이다.

그러나 그렇다 하더라도 문명의 이러한 발전과정이란 모순과 알력이 없이 평탄하게 진행할 리가 만무하다. 세계를 지향하는 사실로서의 생산과 계층을 지향하는 존재로서의 생산의 간(間)에 우선 상극이 발생하고 그로부터 유도된 사회 제세력 간의 '안타고니즘'의 표현으로서 현대문화에 있어서의 지성과 사실의 상극이 결과되었다는 것은 아마 현대의 상식이리라.

근대 '리베랄리즘'은 현대의 문화적 사실을 지배할 성능(性能)을 잃고 퇴각의 일로를 걷고 있다. 그가 남긴 현대의 보편지성은 자기의 형식 속에 포섭할 수 없는 두 계열의 사실군에 봉착하고 있다. 지성이 지성으로서의 특성을 잃지 않는 한 그 어떠한 지성을 물론하고 세계를 지향하는 보편성을 가져야 할 것은 물론이나 근대 '리베랄리즘'이 남긴 현대의 보편지성은 불행히도 그 보편성 속에 개별화의 원리를 내포하지 못하였다.

오늘날 민족성을 지향하는 사실 계열의 '로고스'화의 원리로서 세기의 무대에 출현한 '토탈리즘'이 근대지성에 맞서는 이유는 정(正)히 이곳에 있다. 그러나 현대의 '토탈리즘'은 근대지성이 보편성 속에 개별화의 원리를 가지지 못한 반대로 개별성 속에 보편화의 원리를 가지지 못한 지성이 아닐까? 현대문화의 중심구조의 기본적 동향에서 볼 때에는 족계(族系)(?)에서 직접으로 세계에 나갈 통로는 단절된 듯이 보이기 때문이다. 그리고 이 의미에 있어서 역사진행의 현단계에 있어서는 민족과 세계는 절대로 모순되는 개념으로 보아진다. 만일 그렇다면 인류를 민족에서 세계로 매개하는 데는 매어(媒語)가 필요하지 않을까? 개(個)를 류(類)에 매개하는 데는 종(種)개념이 요구되는 법이다. 그러므로 매어, 즉 종개념을 다시 주어로 정립하는 입장에서만 현대문화의 입장에서 해결할 수 없는 민족과 세계의 상극을 지양할 수 있는 것이다. 그렇다면 현대지성이 현대문화의 위기를 극복하기 위하여 이행할 입장이란 어떠한 입장일까? 현대문화의 위기는 그 어떠한 형식으로든지 계층의 문제를 해결함이 없이는 해소될 수 없을 것이다.

여기까지 말하고 보면 사실의 상극을 따라 지성의 입장이행을 말한 나의 본의가 결코 사실에 추수하는 것이 아님을 알 수 있을 것이다. 추수하기는커녕 지배하려는 데서 다름 아닌 입장의 초월이 필요한 것이다. 단순히 세계를 지향하는 보편지성의 입장을 떠나 일방 주어로 되는 동시의 타방의 술어도 될 수 있는 매어적(媒語的) 입장에서만 지성은 세계를 지향하는 사실을 포섭할 수 있는 동시에 민족을 지향하는 사실까지도 포섭할 수 있을 것이다.

그러나 지금까지 우리가 말한 것은 지성의 입장에 있어서의 사실의 포섭이다. 그러나 실제에 있어서 지성은 사실을 완전히 포섭할 수 있는 것인가? 사실은 주체적, 개체적인 것인 만큼 지성의 포섭=분석작용은 아무리 진행하여도 그곳에는 늘 잉여가 남는 법이다. 따라서 지성은 사실을 완전히 지배할 수 없는 것으로 지성에 포섭된 한에 있어서의 사실이란 기실은 존재로 정립된 사실이다. 사실은 지성의 대상으로 맞서는 순간 곧 존재로 탈태(脫態)하는 법이다. 그러면 지성은 존재만은 지배할 수 있는 것인가? 그렇지도 않다. 존재는 지성의 극한에 성립되는 보다 높은 차원의 세계로서 지성이 '로고스'의 세계에 속하는 것임에 반하여 그는 도리어 행동의 대상세계에 속하는 것이다. 객체적인 존재는 주체적으로 보면 모두 사실이다. 지성이 지배할 수 있는 것은 '로고스' 뿐이다. 그렇다면 지성의 입장에서 다시 사실의 입장으로 돌아와 '사실'을 '사실'대로 잉여없이 포섭할 수 있는 것은 무엇인가?

그것은 그 자신이 주체적, 개체적인 행동 뿐이다. 사실(Tat-Sache)이란 원래 행동(Tat)의 사실(Sache)인 만큼 행동에만 완전히 포섭될 수 있는 것이다. 지성도 주체적 사실로써는 도리어 행동의 일면에 불과한 것이다. 이 의미에 있어 행동은 지성까지도 포섭할 수 있는 것으로 행동의 입장은 지성의 입장보다도 보다 높은 차원의 세계이다. 다시 말하면 사실은 행동에 포섭되는 때에만 현실적으로 지배될 것이다.

그럼에도 불구하고 오늘날의 지식계급은 현대의 문화상황 밑에서는 지성의 입장에서 행동의 입장에까지는 올라가지 못하게 되었다. 이곳에야말로 현대 지식계급의 고민이 있을 것이다. 현대 지성문제의 현대적 문제로써 가장 중요한 의의를 가지는 것은 이 일면이다. 지금까지 말한 일(一) 계열의 지성문제는 주로 지성 내부에 있어서의 입장과 입장의 문제로 볼 수 있으나 타(他) 계열의 지성문제는 주로 지성과 행동과의 간의 문제이다. 다시 말하면 문제의 성질에 있어 전자보다도 후자가 더욱 고차적 성질을 갖고 있다. 그리고 이것은 지성과 행동 간의 문제인 만큼 단순한 지성의 입장에서는 해결할 수 없는 문제이다.

그러나 우리는 결어적으로 이만큼한 상식만은 말할 수 있지 않을까? 지성을 행동으로 소화 못하는 경우에는 지성을 반추하는 것만도 지성에 사는 사람의 양식이리라고. '슬라브' 사람의 이른바 검(劍)과 도(刀)의 영웅이란 누구나 다 될 수 없는 것이지만 파스칼이 말한 "사고하는 갈대"로서의 긍지만은 누구나 다 가질 수 있을 것이다.

지성이란 복점(卜點)을 일삼는 '지혜(Weisheit)'도 아니며 기전(機轉)을 일삼는 '상식(Sense)'도 아니다. 지혜는 현리(玄理)의 투시에나 필요한 것이며 '센스'는 처세의 안이(安易)에나 필요한 것이나, 지성의 직능은 사물을 '인식'하고 가치를 '비판'하는 데 있는 것이다. 우리는 이 점을 명백히 인식하지 않으면 안 될 것이다. 지혜는 입장 이상이란 의미에서 초입장의 것이며 '센스'는 입장 이하라는 의미에서 비입장의 것이나 지성은 늘 일정한 입장에 있어서의 지성으로 그는 끝까지 입장적(立場的)인 것이다. 입장을 떠난 지성이란 있을 수 없는 것이다. 지성의 이른바 비판적 특성이라 하는 것도 지성이 원래 입장적인 데서 가능한 것이다. 지성의 이러한 입장적인 특성은 지성의 본질이 '논리'에 있는 데서 유래하는 것이다. 지성의 본질을 가장 잘 표현하는 추론형식을 보라! '전제'가 없는 곳에는 '귀결'이 없지 않은가? 그러므로 지성에 사는 인간은 늘 일정한 입장에 사는 것이며 따라서 지성을 버리지 않는 한 그는 늘 일정한 입장을 버려서는 안 될 것이다. 사람을 따라서는 지성은 입장적(立場的, standpunktlich)이 아니고 견지적(見地的, gesichtpunktlich)이라 할는지 모른다. 입장적인 것은 지성이 아니고 행동이라 할는지 모른다. 물론 그렇다. 그러나 견지(見地)도 일의적, 일방향적인 한에는 입장에까지 심화할 수 있는 것이다. 그러므로 지성은 늘 일정한 입장에서 일정한 가치에 의하여 '사실'을 비판하는 직능을 버려서는 안 될 것이다. 사실이 그 직능의 포기를 요구할 때에도 그 직능을 버리지 않는 데에 '논리'가 동시에 '윤리'가 되는 엄숙한 의의가 있는 것이다.

사람들은 흔히 말한다. 인간은 시대를 이해하기 위하여서는 시대의식에 살아야 한다고.

그러나 그것은 음미를 요하는 말이다. 시대의식이 문화중심의 동향을 솔직하게 반영하는 수도 있지만 여론과 '게발트[Gewalt]'의 '프리즘'을 통하여 왜곡하여 반영하는 수도 있는 것이다. 그리고 시대의식을 생산하는 직접적 기구는 현대사회에서는 '저널리즘'이며 그 생산된 시대의식을 소비하는 것은 우리의 시정(市井) 생활이다.

그러므로 시대의식은 비판의식이기 보다도 일상의식인 것이 상례이다. 따라서 우리는 의식에 산다면 시대의식에 보다도 역사의식에 살아야 할 것이다. 시대를 이해하는 것도 역사이며 시대를 비판하는 것도 역사이다. 따라서 역사의식은 시대의식보다도 고차원의 의식이다. 시대에 살아야 한다는 것은 결코 시대에 매몰하여 살아야 한다는 것을 의미함은 아닐 것이다. 참으로 시대를 이해하는 데는 일면 시대에 살면서도 타면 시대를 초월하여야 할 것이다.

시대란 유한성과 특수성을 가진 것이며 그 유한과 특수는 일면 유한에 살면서도 타면 유한을 초월하는 입장에서만 명백히 파악할 수 있는 것이다. 역사란 시대와 같이 유한으로 끝나는 것이 아니고 유한과 무한의 통일이다. 역사의식이 시대를 비판할 수 있는 것은 그가 유한의식으로 끝나는 것이 아니고 일면 무한의식도 되기 때문이다. 헤겔의 말을 빌면 역사는 절대정신의 두개매적소(頭蓋埋積所)이다. 객관정신의 근저에는 절대정신이 움직일 것이다.

우리는 현대를 허물없이 살기 위하여서는 시대의식에 휩쓸리어 시대에 매몰하기보다도 승의(勝義)의 역사의식의 견지에서 시대를 굽어보면서 지내는 것이 옳지 않을까.

끝으로 사과할 것은 이곳에서 풍부한 역사사상(歷史事象)을 건조

한 지성의 논리적 구조에 결박하여 해석한 것이다. 사상(事象)의 이
러한 논리화는 물론 관념론적이다. 그러나 그것은 나에게는 필요
한 의상(衣裳)이며 또는 고의로 선택한 의상이라 하는 것을 양해하
여 주기 바란다.

—『조선일보』 1938년 7월

전통론

1.

최근 이 땅에서도 시대적 조류를 배경으로 하고 문화의 전통문제가 지식계급의 관심을 끌고 있다. 본지(本誌) 상에 나타난 것만으로도 「서구정신과 동방정취」[1]에 관한 종합논문이라던가 「고전부흥의 이론과 실제」에 관한 제가(諸家)의 의견 징발(徵發)과 같은 것은(고전이 곧 전통이 아님은 물론이나) 문화의 전통문제에 관한 현대인의 관심의 일단을 표현하는 것으로 볼 수 있다. 대개 문화의 전통이 문제되는 것은 문화의 자각현상의 하나로 옛 문화가 경색하고 새 문화가 생성하는 문명의 전형과정에는 언제든지 수반되는 것이다. 개개의 국민적 입장을 떠나서 적어도 세계사적 입장에서 볼 때에는 현대가 정(正)히 문명의 전형기이며 따라서 문화의 자각의식이 문화의 제영역을 관류하고 있는 것은 두말할 것도 없다. 따

---

1) 1938년 7월 31일~8월 7일까지 『조선일보』에 연재된 논문을 가리킨다. 필자와 논문제목의 세목은 다음과 같다. 이효석(「육체문학의 전통에 대하여」, 이병기(「대자연에 귀의하는 동방인」, 이태준(「탄식하는 동방정취」), 최재서(「휴매니즘과 종교」)

라서 문화의 전통이 오늘날에 문제되는 것은 시대적 필연성에서 보아 당연하다. 그리고 그 의미에 있어서 이 문제에 대하여 일반적 윤곽을 그려보는 것도 무의미한 짓은 아닐 것이다.

2.

근대 구라파에 있어서 전통이 주로 종교적 전통으로 문제된 데 반하여 현대의 우리에게 있어서는 그것은 주로 민족적 전통으로 문제되는 듯하다. 오늘날 학자들 가운데는 민족과 다른 역사적 실재와를 구별하는 중요한 표식으로서 전통을 들고 민족을 전통적 존재로 규정하는 사람도 없지 않다.

그러면 전통이란 무엇인가? 우선 전통일반의 특성을 말하기 위하여 이 말의 원어에 해당한[tradition]의 어원부터 캔다면 라틴어의 [traditio] 또는 tradaret[Tra=trans. dare=geden]에서 발원한 것으로 독어의 [widerlieferung]에 해당하며 영어의 [succession]의 의미까지 가졌다 한다. 따라서 이 말은 그 어의에서 해석한다면 양도, 전달, 전승, 계속 등을 의미하게 된다.

그런데 전달 혹은 계속이라 불려지는 한 전달되고 계속되는 일정한 내용이 있지 않으면 안 될 것이며 그 내용은 이 경우에 있어서는 특히 인간생활의 표현이란 점에서 역사적, 문화적 내실이 되지 않으면 안 될 것이다. 그리고 그 역사적, 문화적 내실은 또한 과거로부터 전달되는 것인 만큼 시간적으로 보아 이미 낡은 것 이미 지나간 것일 것임은 두말할 것도 없다. 그러므로 전통이란 그 전달되는 내용에서 볼 때에는 우선 문화적 제유산을 지시하게 된다. 그러나 일정한 내용이 전달되기 위하여서는 그 전달을 가능케

하는 일정한 작용을 전제하지 않으면 안 될 것이다. 이 의미에 있어서 전통의 성격규정에 있어서는 전달하는 작용적 측면까지도 한각(閑却)할 수 없을 것이다. 그러나 전통의 본의는 전달하는 측면보다도 차라리 전달되는 측면에 있다. 그 이유는 이 소론(小論)의 전개에 따라 명백하게 되려니와 이 사실은 우리의 건전한 상식까지도 시인하는 바이다.

누구나 전통이라면 곧 전달되는 내용으로서의 기성의 문화유산을 상상하고 전달작용은 도리어 전통의 대립개념인 창조의 속성으로 돌리는 것이 상례이다. 요컨대 전통이란 사적 성격(事的性格)보다도 물적 성격(物的性格)을 가진 것으로 'transgeden'이기보다도 'Das trans = Gegebende'이다.

그야 어쨌든 전통은 그 내용에서 볼 때에는 첫째 과거의 역사에 속하는 것으로 모두 과거적 성격을 가진 것이다. 그리고 과거의 역사에 속하는 것으로서 현대의 역사에 사는 우리에게 소여(所與)되는 것은 문화적 소산이란 말이 지시하듯이 한낱의 객체적 존재밖에 더 될 것이 없다. 이리하여 사람들은 흔히 전통이라면 과거적, 객체적 성격뿐 가지지 못한 문화적 유산으로 간주한다. 그러나 이것은 한낱의 상식의 착오이다. 기실은 과거의 역사에 속하는 내용이 모두 전통이 아니고 과거의 것으로서 현대에 전달되어 와서 현재를 반복하는 것만이 전통이 될 수 있는 것이다. 그리고 전통이란 현대에 전달되어 와서 현재를 반복하는 것이라면 그는 또한 단순한 객체적 존재가 아니고 끝까지 주체적 성격을 가진 것이 되지 않을 수 없다. 즉 그는 우리에게 소여되거나 우리와 대립하는 것이 아니고 도리어 우리를 한정하고 우리를 포섭하는 것이다. 그러므로 전통은 둘째 현재적, 주체적 성격을 가진 것이다. 르네상스기의 인문주의자들에게는 이미 지나간 희랍문화는 이른바 고전문화이고 전통문화가 아니었다. 그들에게는 그들의 현대생활에 현재

반복되면서 그들의 현대생활을 현재 한정하면서 있는 현대적 '캐톨리시즘'의 문화가 다름 아닌 전통문화였다. 그와 같이 현대 독일 민족에게는 현재 그들의 생활에 반복하고 그들의 생활을 한정하는 민족적 신화문화가 전통이고, 예하면 근대 계몽인간이 남긴 문화재는 도리어 고전에 속할는지도 모른다.

간단히 말하면 전통은 일방 과거의 역사에 속하는 동시에 또한 현대의 역사에 속하며 타방 객체에 속하는 동시에 또한 주체에 속하는 것이다. 과거가 현재가 되며, 객체가 주체가 되는 것이 곧 전통이다. 전통이 현재적 주체성을 가졌다는 것은 단순한 논리적 귀결이 아니다. 우리는 항용 말로도 인간은 전통을 떠나서는 살 수 없다고 말하지 않는가?

인간은 모태에서 지상에 떨어질 때에 강보 위에 떨어진다기보다도 전통의 위에 떨어진다고 볼 수 있다. 전통은 인간이 그의 사회적 행동을 행동할 수 있는 주체적 지반(地盤)이다. 그러므로 이상한 말 같으나 인간은 전통의 위에서 자기를 받아드리며 전통의 위에서 자기를 형성하는 것이다. 인간을 사회적 존재 ―사회의 개별화라고 말할 수 있다면 우리는 똑같은 권리로 인간을 전통적 존재 ―전통의 화신이라고 말할 수 있다.

그런데 전통이 현재성과 주체성을 가진 것이라면 우리는 당연히 전통을 단순한 문화적 유산으로만 보는 착오된 관념을 뜯어 고치지 않으면 안 될 것이다. 전통을 단순한 문화적 유산으로만 볼 때에는 그는 늘 과거에 그가 형성되던 역사적 시대의 시대적 특성만을 짊어진 듯이 오해되기 쉽기 때문이다. 전통은 현대성과 주체성을 가진 만큼 설사 그것이 과거로부터 전달되어 온 것이라 하더라도 그는 늘 현대사회의 특수한 행동기구와 그 행동기구의 인격화인 현대인간의 인간적 구조를 체현한 것이다. 예하면 근대 '프로테스탄티즘'은 전통으로 볼 때에는 '헤브라이즘'의 연속으로 볼 수

있으나 그는 단연코 원시기독교나 '캐톨리시즘'의 재판(再版)이 아
니고 근대 시민사회의 독특한 기구와 시민인간의 독특한 성격을
체현한 것이다. 그러므로 근고(近古)에 있어서 '캐톨리시즘'의 교의
(敎義)가 '성서에 의한 성서의 해석'을 억압하고 현대에 있어서 민
족적 신화가 강당과 가두에서 지성에 의한 세계해석을 방축(放逐)
한다 하더라도 그것은 결코 그 교의(敎義), 그 신화의 과거적 특성
에서만 유도된 것으로 보아서는 안 된다. 그를 제약하는 근본적
조건은 늘 현대의 역사적, 사회적 상황 속에 복재(伏在)하여 있는
것이다. 그 의미에 있어서 전통이란 단순한 문화적 유산이 아니고
과거의 소산으로서 현대사회에 전래하여 현대의 사회기구에 알맞
도록 '모디파이즈' 되어 가지고 우리의 사회생활에 있어서 없지
못할 행동양식으로 고결(固結)한 것으로 보지 않으면 안 될 것이다.

3.

그러나 전통은 또한 우리가 현대 사회기구에 적응하여 나가는
행동양식인 만큼 그는 반드시 시간의 경과를 따라 우리를 포섭하
는 경위(境位)에서 우리와 대립하는 경위로 이행하는 법이다. 역사
사회란 한낱의 고정한 물리적 '메카니즘'이 아니고 부절(不絶)히 운
동하고 발전하는 것인 만큼 사회의 형식과 내용은 언제든지 균형
과 통일을 유지하는 것이 아니고 균형에서 상극으로, 통일에서 대
립으로 나가는 것이다. 이리하여 형식이 내용을 합리적으로 '콘트
롤'할 수 없게 되면 그 사회형식에 알맞도록 주조된 행동양식으로
서의 전통이 우리의 일상생활을 보증하고 추진시키던 포섭적 기능
을 잃고 도리어 그의 대립물인 행동의 질곡으로 전화할 것은 두말

할 것도 없다. 이리하여 전통이 우리를 포섭하던 경위(境位)에서 우리와 대립하는 경위로 전위(轉位)한다는 것은 곧 전통이 현재에서 과거로 탈락하고 주체에서 객체로 이행한다는 것을 의미하는 것이다. 그리고 전통이 포섭의 경위, 즉 우리의 배면에서 대립의 경위, 즉 전면으로 전위할 때에 우리는 비로소 전통을 전통으로 자각하는 법이다. 쉬운 말로 말하면 전통이 우리를 키워주고 우리를 안아주다가 우리를 매질하고 우리를 구박할 때에 우리는 전통의 정체를 비로소 자각하는 법이다. 따라서 전통은 그 자각태에 있어서는 늘 과거적, 객체적인 것으로 나타나는 법이며 이 점이 그의 대립개념인 창조가 그 자각태에 있어서 늘 현재적, 주체적인 것으로 나타나는 것과 대조를 이루는 것이다. 근고(近古)의 인문주의자들은 현재 '캐톨릭' 문화에 살면서도 그 문화를 과거적인 것이라 하여 뒤로 밀치고 도리어 옛날의 희랍문화를 현재적인 것이라 하여 앞으로 당겨 왔다. 그와 같이 현대의 많은 '휴매니스트'들도 현재 자기가 살고 있는 민족적 신화문화를 도리어 전통으로 몰고 전대의 계몽문화를 창조문화라 하여 앞으로 당겨온다.

그러므로 전통의 셋째의 특성은 전통이 현대적, 주체적 성격을 가졌음에도 불구하고 의연히 과거적, 객체적인 것으로 자각되는 데 있다. 그리고 전통의 특성이 현재에 반복되고 있으면서도 과거로 자각되는 데 있다면 전통의 자각이 비판적, 부정적 방향으로 유도될 것은 자명하며 그 부정의식이 그를 부정하는 의식적 행위로 표현될 것도 두말할 것 없는 것이다. 이리하여 전통은 결국 미래를 대표하는 사회세력의 의식적 행위를 통하여 부정되는 것이다.

그러나 전통은 결코 인간의 부정적 행위를 통하여 죽어 없어지는 것은 아니다. 우리는 전통의 이 넷째의 특성을 명확히 인식하여 두지 않으면 안 될 것이다. 사람들은 흔히 전통은 한번 부정되면 죽어 없어지는 듯이 말한다. 그러나 부정을 통하여 소멸하는 것은 이른바 관습이고 전통이 아니다. 관습이 한 개의 사회형태와 운명을 같이 하는 것임에 반하여 전통은 그 부정을 매개로 하고 사회에서 사회로 끊임없이 '지양'되어 나가는 것이다.

예하면 인간이 죄 지으면 종교재판에 부치는 중세의 사회적 '관습'은 한번 부정되자 소멸하여 버렸으나 그와 반대로 '헤브라이즘'의 전통은 근고인간의 부정적 행위를 통하여 '캐톨리시즘'으로서 죽고 '프로테스탄티즘'으로서 갱생하였다. 이와 같이 전통이란 한 시대와 운명을 같이하는 것이 아니고 사(死)와 부정(否定)을 통하여 시대에서 시대로 생연(生延)하여 나가는 것이다. 그 의미에 있어 그는 한 시대 한 사회에 살면서도 한 시대 한 사회를 넘어서는 것이다. 이리하여 그는 자기부정을 통하여 과거적인 것에서 다시 현재적인 것으로 이행하며, 객체적인 것에서 다시 주체적인 것으로 지양되는 것이다. 다시 말하면 그는 부정을 매개로 하고 형식과 내용을 변혁하면서 끊임없이 그 생명을 생연(生延)하여 나가는 동시에 그 입장을 전환하여 나가는 것이다. 그러므로 전통이란 죽으면서 살아나가는 것이며 파괴되면서 생성하는 것이다. 낡아가면서 새것이 되며 지나가면서 돌아오는 것이다.

이곳까지 와서 우리는 비로소 알 수 있다. 전통은 일면 과거적, 객체적인 것으로 과거와 현대의 역사에 속하는 것이나 또한 인간의 현재적, 부정적 행위를 매개로 하고 끊임없이 갱생하여 나간다는 점에서는 생성으로서의 역사(원시역사)에 속하는 것이다. 더욱 소상히 말하면 그는 과거로부터 전달되어온 점에서는 과거의 역사에 속하며 현대생활에서 반복되는 점에서는 현대의 역사에 속하나 부정적 행위를 매개로 하고 갱생하는 점에서는 미래의 역사에 속하는 것이다. 그리고 이곳까지 와서 전통의 전달형식이 본능이나 관습의 그것과 완전히 상이한 것을 알 수 있다. 본능과 관습은 무의식적으로 전달되는 것임에 반하여 전통은 의식적으로 전달되는 법이다. 본능과 관습은 끝까지 긍정적으로 전달되는 것임에 반하여 전통은 끝까지 부정적으로 전달되는 법이다. 관습은 한번 부정되면 소멸하여 버리는 까닭에 행위적으로 부정할 수는 있으나 부정적으로 전달할 수는 없다. 부정적으로 전달되는 것은 부정을 통하여 갱생하는 것이 아니면 안 될 것이다. 본능의 전달형식은 이른바 '유전(遺傳)'이며 관습의 그것은 이른바 '전습(傳習)'이나 전통의 전달형식은 끝까지 갱생(更生)이다. 유전은 생득적인 것이므로 원래 무의식적으로 전달되는 것이며 전습은 획득적인 만큼 일응(一應) 습득이 필요하나 그것은 대개 암시와 모방 등에 의하여 자연생장적으로 습득되는 것이다. 오늘날 사회심리학자가 관습을 사회적 유전이라 부르는 것도 이유 없는 것이 아니다. 그러나 전통은 부정을 통하여 전달되는 만큼 거기는 의식적, 변혁적 행위가 요구되지 않을 수 없다. 본능과 관습은 말하자면 그 전달되는 내용은 그대로 있고 그를 짊어진 인간이 세대에서 세대로 대체되는 것 뿐이나 전통의 그것은 그를 짊어진 인간이 대체할 뿐 아니라 그 인간의 창조적 행위(창조란 늘 '기성(旣成)'의 부정이다)를 통하여 그 내용이 근본적으로 변신되면서 재생산되는 것이다. 그러므로 유전(遺傳)과 전습(傳習)에 의하여 전달되는 본능과 관습은 하나는 자연적 충동양식이고 하나는 사회적 행동양식이라는 차이는 있을망정 두 낱이 모두 몰개성적, 일반적인 것이 되지 않을 수 없다. 갑(甲)과 을(乙)의 본능과 관습이 딴 법은 없다.

그러나 전통은 그를 짊어진 인간의 부정적 행위를 통하여 재생산되는 만큼 자연히 개성적, 특수적인 것이 되지 않을 수 없다. 그리고 그 의미에 있어 본능은 물론하고 관습까지도 자연적 시간 위에 성립하는 것이나 전통은 역사적 시간 위에 성립하는 것으로 볼 수 있다. 자연시간이 단순히 과거에서 현재로 흘러내리는 직선적,

등질적 시간임에 반하여 역사시간이란 '행위적 현재'와 자연시간과의 통일로서 구성되는 것이다. 오늘날 많은 학자들이 전통을 필연과 자유의 통일이라고 말하는 본의도 이곳에 있으리라. 요약하여 말하면 본능은 물론이고 관습까지도 자연적 실재의 전달과 같이 기계적, 동질적으로 반복되나 전통이야말로 역사적 실재로서 개성적, 이질적으로 갱생하는 것이다. 관습이 흔히 사회학적 개념으로 통용됨에 반하여 전통이 승의(勝義)의 역사학적 개념으로 통용됨은 결코 이유없는 일이 아니다.

4.

나는 이상에서 전통의 특성을 규정하여 첫째 그는 그 내용에 있어 과거의 역사에 속하는 것이라 말하였다. 그러나 둘째 과거의 역사에 속하는 것이 모두 전통이 아니라 과거에서 현대에 전래하여 현대사회의 행동양식으로 화하여 그 사회기구에 사는 인간의 주체적 측면을 구성하는 것이 전통이라 하였다. 그러나 셋째 전통이란 단순히 현재적, 주체적인 것이 아니라 인간의 행위적 자각의 입장에서 과거적, 객체적인 것으로 객화(客化)하고 부정할 수 있는 것이라 말하였다. 그러나 넷째 인간의 부정적 행위를 통하여 소멸하는 것이 전통이 아니고 다시 갱생하여 사회적 행동인간의 현재적, 주체적 측면을 구성할 수 있는 것이 전통이라 말하였다. 그러나 이러한 형식적 제규정은 독자의 두뇌를 혼란시킬 염려가 있으므로 지금부터 이상에 말한 제규정을 내용적으로 정돈하여 보자!

전통이 현대사회의 행동기구에 적응한 행동양식으로 구화(具化)할 때에 그 사회적 행동기구에 무의식적, 타성적으로 순응하는 인간에게 있어서는 (나는 이러한 인간은 자연생장적으로 행동한다는 의미에서 영어의 'Behaviour'의 의미를 참작하여 행동인간이라 부르고 싶다) 전통이 곧 그 인간의 인격을 구성할 것은 두말할 것도 없다. 사회적 행동기구란 동물의 자연적 환경과 같이 단순히 외부에만 존재하는 것이 아니고 행동주체의 행동하는 방식으로서 그 주체의 행동과정 그 물건에 부착하여 있는 것이다. 그러므로 동물은 가령 그의 행동양식을 변한다 하더라도 자연적 환경은 있는 그대로 있는 것이지만 인간집단은 한번 그의 행동방식을 변하면 그 사회기구가 전연 변질하여 버린다. 그러므로 전통은 일방 현대사회의 현실적 토대를 기초로 하고 객관적 문화 제'형상'(文化諸'形象')과 과거의 문화 제유산(文化諸遺産)에 연결하여 있으면서도 타방 그 전통에 타성적으로 순응하면서 행동하는 행동인간의 행동 그 물건에 소지(所持)되어 있는 것이다. 이리하여 전통은 사실에 있어서 우리의 주체적 인격을 구성하고 있는 것이다.

그러나 이러한 것은 비단 전통 뿐 아니라 본능도 자연적 존재로서의 인간에 있어서 그러한 것이며 관습도 사회적 존재로서의 인간에 있어서 그러한 것이다. 본능은 조선(祖先)이 갖고 있던 과거적 소질로서 부자상전(父子相傳) 하여 현재에 와서 자연인간의 작용중심으로 기능하고 있다. 동물이 그의 본능을 부정하지 못하고 본능 그대로 생활하듯이 인간도 단순한 자연인간으로서 충동의 세계에 머무르는 한 그에게 있어서는 본능은 현재적, 주체적 측면을 구성하고 있는 것이다. 그러나 인간은 자연인간인 동시에 또한 협의의 사회인간이다. (이곳에서 특히 협의라는 말을 쓰게 되는 것은 역사와 사회를 '편의상' 개념적으로 일응(一應) 구별하자는 본의에서다.) 그리고 자연을 장소로 하고 충동인간이 형성된다면 사회를 장소로 하고는 행동인간이 형성된다고 볼 수 있다. 인간은 자연적 존재로서는 본능이 구사(驅使)하는대로 운동하는 한낱의 충동인간이나 협의의 사회적 존재로서는 기성의 사회기구가 구사하는대로 타성적으로 행동하는 한낱의 행동인간이다. 그리고 인간생활에 있어서는 자연적 계기보다도 사회적 계기가 우위를 점하는 만큼 사회를 자연보다도 고차의 존재로 볼 수 있다면 우리는 저차(低次)의 충동의 세계에서 고차의 행동의 세계로 이행할 때에는 충동의 세계에서 부정하지 못하는 본능을 능히 부정할 수 있다. 우리는 한낱의 생물인간으로서 자기의 자매(姉妹)에 대하여 느끼는 수욕(獸慾)을 한낱의 사회인간으로서는 사회적 '관습'에 의하여 부정할 수 있다.

다시 말하면 사회적 행동의 세계에서 볼 때에는 본능은 현재도 아니고 주체도 아니다. 그리고 생물의 사회를 충동의 체계로 보고 인간의 사회를 행동의 체계로 볼 수 있다면 생물의 사회적 행동이 주로 본능에 의하여 영위되는 반대로 인간의 사회적 행동은 주로 '관습'과 '전통'에 의하여 영위되는 것이다. 그러므로 협의의 사회인간은 한 개의 관습적 존재—관습의 화신, 전통적 존재— 전통의 화신으로서 관습과 전통은 사회인간으로서의 우리에게 있어서는 현재적, 주체적 측면을 구성하는 것이다. 내가 이상에서 전통의 현재적 주체성을 말한 것은 다름 아닌 사회를 장소로 한 이러한 행동인간의 입장에서 한 말이다.

그러나 인간은 협의의 사회적 존재인 동시에 또한 승의(勝義)의 역사적 존재이다. 승의의 역사인간이란 일정한 유한한 사회에 타성적으로 적응하여 무의식적으로 행동하는 것이 아니고 늘 그가 점유하고 있는 유한한 사회를 목적의식적으로 부정하고 새로운 역사를 창조하기 위하여 행위하는 인간을 말하는 것이다. 사회를 행동(Behaviour)의 체계로 볼 수 있다면 역사는 정히 행위(Conduct)의 계열이다. 오늘날 많은 역사이론가들에 의하여 사회가 일반적, 몰개성적 세계임에 반하여 역사가 개성적, 이질적인 행위의 세계로 논의되는 것도 결코 이유없는 것이 아니다. 그리고 단순한 사회적 행동인간이 움직일 수 없는 사회적 환경도 역사적 행위인간은 능히 움직일 수 있다면 역사인간은 사회인간보다도 고차의 존재로 볼 수 있다. 만(萬) '타스'의 촌부(村夫)가 움직이지 못하던 19세기 초두의 불란서 사회를 나폴레옹이 능히 움직였다.

이와 같이 역사인간이 사회인간보다도 고차의 존재라면 이번은 행동의 세계에서 객화(客化) 혹은 부정하지 못하던 관습과 전통도 일단 행위의 세계로 이행할 때에는 능히 객화 혹은 부정할 수 있는 것이다. 상투짜고 갓 쓰던 관습과 부형을 효경(孝敬)하던 전통은 근대조선의 역사 전환기에 이르러 우리 선진(先進)들의 목적의식적 행위를 통하여 폐기(관습) 혹은 개조(전통) 되었다. 그러므로 역사적 행위의 세계에서 볼 때에는 관습과 전통은 과거적인 것, 객체적인 것밖에 더 될 것이 없다. 다시 말하면 역사인간의 행위적 현재에서 볼 때에는 사회인간의 행동적 현재는 한낱의 과거밖에 더 될 것이 없다. 오늘날 학자들 가운데는 현대와 현재를 구별하는 사람도 있지만 내가 이곳에서 말하는 '행동'적 현재란 정(正)히 '현대'를 말하는 것이며 '행위'적 현재란 곧 현대와 구별되는 의미에 있어서의 '현재'를 말하는 것이다. 기성사회의 행동기구를 무의식적, 긍정적으로 반복하는 것은 곧 '현대역사'를 '그대로' 반복하는 것 이외의 아무 것도 아니다. 행위적 사실의 좌표에서 볼 때에는 현대를 긍정하는 현대적 현재는 이미 지나간 현재이다. '행동'은 현대를 긍정하는 '현대적 현재'의 입장에서 성립하는 것이나 행위는 그 어떠한 곳에서든지 현대를 부정하는 '미래적 현재'의 입장에서만 가능한 것이다.

그러므로 행위는 엄밀한 의미에 있어서 늘 부정적 실천을 의미한다는 것을 우리는 잊어서는 안 된다. 그러므로 관습과 전통이 현대적, 주체적 성격을 가진 것임에 불구하고 과거적, 객체적인 것으로 정립되는 것은 다름 아닌 역사적 행위인간의 입장에서만 가능한 것이다. 내가 이상에서 전통은 현대적, 주체적 성격을 가진 것임에 불구하고 의연히 과거적, 객체적 성격을 가진 것이라 말한 것은 정히 이러한 행위적 인간의 입장에서 한 말이다. 전통의 주체적 현재성과 객체적 과거성을 동일한 차원의 입장에서 동시에 말하는 것은 한낱의 논리적 혼란이다. 역사와 사회, 행위와 행동이라는 차원을 달리하는 입장에서만 각개의 입장에 상응하게 주체적 현재성과 객체적 과거성을 말할 수 있는 것이다.

그런데 인간이 일단 사회의 장에서 역사의 장(엄밀하게 말하면 역사의 장은 현대역사의 첨단이다)으로 이행하여 행동에서 행위로 전향할 때에는, 즉 그가 사회적, 행동적 주체에서 역사적, 행위적 주체로 전향할 때에는 관습과 전통은 행동의 주체에서 행위의 객체로 위치를 전위하게 되며 따라서 그들은 곧 부정되지 않을 수 없다. 그러나 위에서도 말한 바와 같이 관습은 부정을 통하여 소멸하는 것이나 전통은 부정을 통하여 지양되는 법이다. 상투짜고 갓 쓰던 관습은 한번 부정된 뒤로는 적어도 이 땅의 도시에서는 그의 영자(影子)를 감추었으나 부형을 효경하는 전통만은 봉건적 형태를 변혁하여 가지고 오늘날도 의연히 어떠한 근대적 형태로 남아 있을 것이다. 그러므로 관습은 행동의 세계에만 살 수 있는 것임에 반하여 전통은 행동의 세계와 함께 행위의 세계에도 살 수 있는 것이다. 이리하여 그는 이미 경화(硬化)된 기성사회의 행동양식으로서 죽고 새로 생성하는 보다 높은 사회형태에 적응한 행동양식으로 재생산되는 것이다.

그러나 이곳에서 주의할 것은 전통이 갱생한다는 것은 결코 개개의 전통이 영원의 생명을 가졌다는 것을 의미함은 아니다. 예하면 '헤브라이즘'이 금일까지 구라파 역사에서 전통으로 생연(生延)하였다 하여서 금후에도 수천재(數千載)를 두고 생연하여 나가리라고 생각하여서는 오해이다. 역사에는 그러한 의미의 영원한 전통

은 없는 법이다. 그가 설사 오늘날까지는 전통으로 존재하고 갱생
한다 하더라도 금일 아닌 내일에 갱생하지 못할 때에는, 즉 사멸
하는 순간부터는 그는 전통의 범주에 속할 수 없다. 그러나 그와
반대로 그가 갱생하여 나가는 순간까지는 백퍼센트의 전통의 자격
을 가진 것이다. 그러므로 개개의 전통은 그 역사적 생명에 있어
서는 유한한 물건이나 그 논리적 요청으로서는 늘 영원성을 요구
하는 것이다.

즉 그는 어느 날이나 죽어 없어지고 마는 것이나 전통으로서 존
재하는 한 또한 죽어 없어져서는 안 된다. 이 의미에 있어서 전통
은 유한과 무한, 절대와 상대의 통일로 볼 수 있다.

5.

그러면 전통이 행동의 주체에서 행동의 객체로 전화하는 객관
적, 사회적 근거는 어디 있는가? 전통이 우리의 일상생활을 타성
적, 목가적으로 지배할 수 있는 것은 원칙적으로는 그 전통의 행
동양식에 따라서 행동하는 것이 곧 자기의 일상생활을 안일하게
영위하는 가장 편의(便宜)한 방법이 될 수 있는 경우이다. 이러한
경우에는 전통이 우리의 일상행동의 안전한 지침이며 기준이 될
수 있는 만큼 우리는 그 전통에 대하여 아무런 반성이 없이 우리
의 생활을 그에게 투탁(投託)할 것이다. 그러므로 전통이 행동의 주
체로 기능할 수 있는 것은 일정한 사회기구가 우리의 일상생활을
무난히 (콘트롤) 할 수 있는 시기, 즉 사회의 형식과 내용이 통일과
균형을 유지하고 있는 시기이다. 그와 반대로 전통이 우리의 일상
생활을 타성적, 목가적으로 지배할 수 없는 것은 그 전통의 준칙

위에 입각한 행동이 우리의 생활에 불운을 초래하는 경우이다. 이러한 경우에는 그것이 우리의 일상행동의 안전한 지침이 될 수 없는 만큼 우리는 자연히 그에 대한 맹목적 신뢰를 버리고 도리어 자각적, 비판적 태도를 취하게 될 것이며 그러한 자각적, 비판적 태도는 또한 필연적으로 그에 대한 의식적, 부정적 행위로 유도될 것이다. 그러므로 전통의 화신인 인간이 전통의 탈을 벗고 행동적 주체에서 행위적 주체로 이행하는 것은 일정한 사회기구가 성원 전체의 일상생활을 합리적으로 '콘트롤'할 수 없는 시기, 즉 사회의 형식과 내용이 심대한 대립과 분열의 상태에 있는 시기이다. 그러므로 우리는 개괄적으로 다음과 같이 말할 수 있다. 전통이 '행동'의 주체로 존속할 수 있는 것은 역사의 상대적 안정기이며 '행위'의 객체로 전화하는 것은 역사의 전형기라고. 역사의 전형기에 있어서는 전통은 관습과 같이 '행동'을 매개로 하고 무의식적, 긍정적으로 반복될 수 없고 '행위'를 매개로 하고 의식적, 부정적으로 전달될 수밖에 없는 것이다.

그리고 만일 전통이 행동의 세계에서 행위의 객체로 상향(上向)하는 것이 역사의 전형기에 볼 수 있는 현상이라면 그와 반대로 그가 행위의 객체에서 행동의 세계로 타행(墮行)하는 것은 주로 역사의 평화적 안정기가 아닐까? 제아무리 위대한 역사적 행위에 의하여 형성된 전통이라 하더라도 장구한 시일을 두고 반복하면 한낱의 평범하고 진부한 형식적 질곡으로 동결(凍結)하기 쉬운 법이다. 그러므로 역사의 전형기에 볼 수 있는 전통이 우리를 매질하는 현상은 그 일반이 평화적 안정기에 준비되는 것으로 보아서 틀림없을 것이다. 그리고 전통의 의식화와 부정이 사회의 형식과 내용의 상극에서 기인하는 것이라면 우리는 그 구극(究極)의 원인을 사회의 기본구조를 이루는 물질생산의 형식과 내용의 상극으로 귀착시키지 않으면 안 될 것이다. 그야 어쨌든 이상의 논지를 요약하면 전통은 일반적으로 역사의 상대적 안정기에는 행동적, 긍정적으로 반복되고 전형기에는 행위적, 부정적으로 전달되는 것을 알 수 있다.

만일 그렇다면 우리는 또한 전통의 발전은 늘 역사의 전형기에 일어나는 것을 알 수 있지 않을까? 역사의 평화적 안정기에 있는 전통의 무의식적, 긍정적 반복은 전통의 내용은 그대로 있고 그를 짊어진 행동만이 행동에서 행동으로 대체할 뿐이므로 그것은 말 그대로 등질적 연속이다. 비연속적 연속만이 전통의 이질적 발전을 가져올 수 있는 것이다. 역사사회를 한낱의 원추형의 물체로 본다면 충동의 연속으로서의 자연은 그의 저면(底面)을 대표하며 행동의 연속으로서의 사회는 그의 주변을 대표하는 것이나 행위로서의 역사는 그의 첨단을 대표하는 것 뿐이다. 주변은 주로 행동과 행동의 공존관계를 형성하므로 행동에서 행동으로 전달되는 것은 무의미한 반복 뿐이나 역사의 전과정은 첨단과 첨단을 연결한 점선을 형성하여 행위에서 행위로 비약하므로 그곳에는 늘 부정을 통한 '질'의 생성이 있는 것이다. 오늘날 전통의 발전성을 말하는 사람들이 많지만 원래 부정이 없는 곳에는 엄밀한 의미의 발전이 없는 것이다.

그러면 전통의 부정적 발전은 어떠한 형태로 수행되는가? 트렐츠에 의하면 과거의 역사적 사실로서 현대생활의 구성요소로 전승되는 것은 그가 그의 사회적 체구(體軀)를 상실한 뒤에도 의연히 '이데올로기'로 존속되기 때문이라 한다.(트렐츠가 말하는 이데올로기는 관념학적 의미의 것이다) 예하면 '헤브라이즘'이 역사 제시대를 통약(通約)하는 전통문화로서 오늘날의 구라파 사회에까지 생연(生延)한 것은 그가 고대 유태민족의 예언자 시대에 가지고 있던 정치적 '데마고그'로서의 역사적 성격을 탈락(脫落)하고 시대에서 시대로 전달되는 과정에서 한 개의 합리적 인간윤리학으로 전신한데서 가능하였던 것이다. 그러므로 '트렐츠'적으로 말하면 일정한 사회의 행동양식으로서 그 사회적 체구가 상실된 뒤에도 이질적인 다른 시대에 전통으로 전승되는 것은 '로고스'적 형태로 전달되는 것으로 볼 수 있다. 이러한 관점에서 그는 구라파 문화의 전통을 대표하는 세 낱의 '이데올로기'로서 '헤브라이즘'과 '헬레니즘'과 고대 '임페리얼리즘[imperialism]'을 들었다.

트렐츠의 이론은 물론 역사를 정신사로 보는 이른바 문화사적 입장에 있어서의 입언(立言)이다.

우리의 상식대로 말한다면 정신을 정신 그 자체에서 보는 역사관은 정신사까지도 역사적, 구체적으로 파악할 수 없는 것이다. 한 말로 '헤브라이즘', '헬레니즘'이라 말하지만 그들의 이데올로기적 형태는 시대를 따라 다른 법이다. '헤브라이즘'을 막연하게 인간윤리학이라 말하나 기실은 '헤브라이즘'의 시민적 형태—'프로테스탄티즘'에 이르러 '헤브라이즘'은 인간윤리학으로 전화하였던 것이다.

그야 어쨌든 트렐츠의 말대로 전통이 이데올로기적 형태로 전달되는 것이라면(오늘날의 사회학자들 가운데는 전통을 '습속' 형태의 한낱으로 보는 사람도 없지 않지만) 우리는 끝으로 오늘날의 한스 프라이어의 사회이론의 구문(口吻)을 빌어 전통의 문화이론을 구상할 수 있지 않을까 한다. 일정한 시대의 문화는 결코 단일한 요소로서 구성되는 것이 아니고 여러 가지 전통적 요소의 복합으로서 형성되는 것이다. 그리고 그들 전통적 요소는 개개가 모두 과거의 역사 제시대의 특정한 사회적 체구(體軀)와 연결되어 있다는 점에서는 한낱의 과거적 계제(階梯)를 이루는 동시에 또한 그가 과거의 역사적 성격을 탈락하고 현대사회의 문화단층 내에 한낱의 구성요소로 현재하고 있는 점에서는 한낱의 현재적 성층으로 볼 수 있다.

다시 말하면 과거의 제(諸) 역사적 시대를 지배하던 문화적 내실은 그가 존속할 역사적 기반을 가지고 있는 한 그 시대의 사회적 체구(體軀)가 소멸하는 데 따라서 사멸하는 것이 아니고 계제(階梯, Stufe)에서 성층(成層, Sohichte)으로 발전하여 현대문화의 내부에 와서 한낱의 전통으로 작용하는 것이다.

이렇게 볼 때에는 문화의 전(全) 발전과정은 종적으로 보면 역사 제시대를 구성하는 문화 제원리(文化諸原理)의 계제에서 계제에의 연쇄로 볼 수 있는 동시에 횡적으로 보면 전통 제요소의 성층과 성층의 연관으로 볼 수 있다.

만일 그렇다면 우리는 오늘날의 과제인 민족적 전통의 문제에 있어 한 개의 일반적 결론을 추출할 수 없을까? 전통의 계제에서 성층에의 발전은 일방에 있어서는 계제로서의 단절을 의미하는 만큼 전대의 그것과 현대의 그것은 그들의 역사적 성격을 달리한다. 그리고 그의 현대적 형태는 끝까지 현대사회의 기본구조와 그에 조응하는 현대문화의 구성원리에 의하여 제약되는 것이나 그는 또한 타방에 있어서는 성층으로서의 연속을 의미하는 만큼 자연히 그를 짊어진 제(諸) 문화공동체—가족, 교단, 민족 등의 공동체로서의 특수성까지도 수반하지 않을 수 없다. 민족적 전통이 일방 각 역사적 시대의 특이한 사회적 성격을 표현하면서도 타방 제역사적 시대를 일관하여 각 민족의 자연적 성격을 대표하는 듯이 보이는 것은 이 때문이다. 그리고 그 의미에 있어서 우리는 민족적 전통을 시대사적 측면에 있어서 일반적인 것, 합리적인 것으로 취급하면서도 또한 자연적 측면(민족을 '역사적 자연'이라 하는 의미의)에 있어서 특수적인 것, 비합리적인 것으로 규정할 수 있다. 사람을 따라서는 전통을 '로고스'적인 동시에 '파토스'적인 것, 역사적인 것인 동시에 자연적인 것으로 보는 이유도 이러한 곳에 있으리라. 그러나 전통의 본질이 문화의 특수적, 비합리적 측면을 대표함에 있는 한 그는 도리어 역사의 발전을 따라 소멸할 운명을 짊어진 것이다.

어떠한 민족문화이고 정상적 상태에 있어서는 그의 내면적 발전과
외래문화와의 접촉과 동화에 의하여 특수에서 보편으로 비합리에
서 합리로 진행하기 때문이다. 문화의 특수적, 비합리적 측면은 시
간의 경과를 따라 마찰과 도태에 의하여 소멸되고 과거의 것으로
현대에까지 전통으로 전승되는 것은 도리어 일반적, 합리적 측면
이 되지 않을 수 없다. 그러므로 전통의 발전은 곧 문화의 특수태
로서의 전통이 자기를 해체하고 문화의 일반태로서의 그것에 지양
되어 나감을 의미하는 것이다. 다시 말하면 전통은 전통일반으로
서는 영원성을 가진 것이나 개개의 특수전통으로서는 모두 유한성
을 짊어진 것이다. 인류문화의 세계사적 발전의 일정한 계단(階段)
에 이르러서는 문화의 특수태로서의 제민족적 전통이 전인류를 통
합한 문화의 일원적 체제에 지양되리라는 것을 예상하는 것도 무
리한 짓이 아닐 것이다.

6.

　현대는 정히 역사가 전형(轉形)하는 시기이다. 이것은 누구나 하
는 말이다. 그 만큼 전통에 대한 부정의식이 한 개의 세계적 저류
를 이루고 있다. 그러나 그 반면에 있어서 전통에 대한 긍정의식
이 또한 그만 못하지 않게 한 개의 세계적 표류(表流)를 이루고 있
는 것만도 사실이다. 그리고 이것은 그 이세(理勢)에 있어서 당연한
추향(趨向)이다. 전통은 그의 부정의식이 커가면 그 반작용적 타세
(墮勢)로서 도리어 자기를 고지(固持)하는 성능을 가진 것이다. 인간
생활의 집중적 표현을 정치라 하면 전통도 일정한 사회의 생활양
식으로서 정치의 지향하는 방향을 지향하지 않을 수 없다. 이리하

여 다른 역사적 시대에 있어서와 같이 현대에 있어서도 미래를 대표하는 정열의 전통을 부정하는 의식이 커가는 반면에 전통을 전통으로서 유지하려는 다른 한 가지 긍정적 자각이 과거를 대표하는 정열로부터 대두하여 온 것이다.

그런데 전통의 긍정의식은 한번 자각되면 늘 배진(背進)하는 모양이다. 즉 그는 전통의 현대적 경위(境位)에서 그가 생성하던 과거의 역사적 체구(體軀)로 소행(溯行)한다. 이것은 전통이 과거의 역사에서 전달되어온 것이라는 점에도 그 이유가 있지만 그보다도 전통은 옛 것일수록 우월하고 낡은 것일수록 고귀하다는 한낱의 가상적(假象的) 가치를 갖고 있기 때문이다. 그리고 이것이 특히 현대에 있어서 중요하다. 전통의 부정의식이 커간다는 것은 전통을 내면적으로 지지(支持)하던 권위가 권위로서의 가치적 우월을 상실하였다는 것을 반증하는 것이다. 전통은 단순한 외부적 지력(支力)만이 아니고 일정한 내면적 가치를 배경으로 하고서만 성립할 수 있는 것이다. 역사의 평화적 안정기에 그가 행동주체로 기능할 수 있었던 것도 그가 우리의 신뢰를 획득할만한 일정한 가치적 우월을 가졌었기 때문이다. 그렇기에 그는 능히 자기를 주장하고 타인을 자기에게 복종시킬 수 있었던 것이다. 그 권위가 동요할 때에 전통의 위력을 대행할 수 있는 것은 그의 가상적 가치이다. 이리하여 현대에 있어서도 전통은 전통을 부르면서 과거로 소행(溯行)한다.

현대의 많은 전통주의자는 우월한 의미의 전통의 가치를 찾기 위하여 역사를 소행(溯行)한다. 금일에서 작일(昨日)로 작일에서 재작일(再昨日)로. 그러나 전통의 우월한 가치가 참으로 창고(蒼古)한 곳에만 있을까? 뿐만 아니라 저들은 그것을 창고한 것 중에서도 특히 특수한 것에서 찾는다. 동양문화의 그것은 서양문화와의 상이한 측면에서 독일문화의 그것은 불란서 문화와의 상이한 측면에서. 그러나 전통의 우월한 가치가 참으로 특수한 곳에 있을까? 창고(蒼古)한 것에 보다도 도리어 현대의 발전된 형태 속에 특수한 것에 보다도 도리어 현대의 보편화한 것 속에 있는 것이 아닐까? '헤브라이즘'의 우월한 가치는 누가 보든 유태민족의 정치적 '데마고그'의 단편(斷片)에서 보다도 인류적 종교로 보편화한 '프로테스탄티즘'의 합리적 인간윤리학 속에 있을 것이다. 그런데 그보다도 중요한 것은 그들은 그 창고(蒼古)한 것 그 특수한 것에 우리의 행위를 규제하는 규범적 가치를 부여하려 한다. 게르만 정신은 독일민족인 한 그 누구나 준수하여야 할 규범이다. 그러나 특수한 것이 반드시 규범성을 가질 수 있을까? 적어도 형식적으로 볼 때에는 특수가 특수되기 위하여서는 일면적 개별성을 갖지 않으면 안 될 것이나 규범이 규범되기 위하여서는 보편적 일반성을 갖지 않으면 안 될 것이다.

현대의 암흑한 정열은 이성을 가진 인간에게 전통에 살기를 요구한다. 이것은 요컨대 인간을 행위에 살지 말고 행동에 살라는 것을 의미하는 것이다. 그러나 행동인간이란 불미(不美)한 의미에 있어서의 '사회적 동물'이다. 자연적 환경에 반사기능을 갖고 타성적으로 순응하는 것이 동물이라면 사회적 환경에 타성적으로 반응하는 행동인간의 생활방식은 동물의 그것과 다를 것이 없다. 그러므로 인간에게 전통에 삶을 요구하는 것은 인간으로서의 긍지를 버리고 동물로서의 생활을 부과하는 것이다.

누구나 말하듯이 전통을 떠나서 창조와 발전이 없는 것은 물론이다. 동물은 불행히 전통을 갖지 못한 탓으로 자자손손이 늘 최초의 출발점에 돌아가 조선(祖先)의 생활을 반복하지 않을 수 없다. 그와 반대로 인류는 다행히 전통을 가졌기 때문에 누적하는 전통을 토대로 하고 작일과 금일, 금일과 명일이 모두 이질적 시간을 형성하게 되고 그들에게는 문화적 발전이 있는 것이다. 그러나 우리는 끝까지 이 사실을 잊어서는 안 된다. 전통은 우리의 문화행위가 그것을 토대로 하고 출발하는 한낱의 출발점이고 그곳에 도달하여야 할 목표점이 아니라는 것이다. 전통이 문화행위의 목표점으로 정립될 때에는 그곳에는 퇴보와 묵수 뿐 남을 것이 없다. 그리고 전통은 문화행위의 출발점인 만큼 목표점이 긍정되기 위하여서는 그는 늘 부정되지 않으면 안 된다. '스타트 라인'을 부정하지 않는 경기선수는 일보도 전진할 수 없는 것이다. 사람들은 현대를 '리액셔널[reactional]'한 시대라고 말한다. 그것은 즉 전통과 창조의 대립적 관계에 있어서 전통이 우위를 점하고 있다는 사실을 말하는 것이다. 전통의 이러한 우세는 역사의 운동곡률(運動曲率)을 쓸데없이 비대(肥大)시킬 뿐이다. 현대야말로 전통이 부정되어야 할 시기이다. 그것은 전통의 발전과 명예를 위하여서도 그러하다. 전통의 위력을 위하여 전통을 긍정하는 것은 인간을 동물로 축락(蹴落)하고 전통을 관습으로 타하(墮下)시키는 것 이외의 아무 것도 아니다.

—『조선일보』1938년 10월

현대의 과제(1)

　우리는 보통 역사적인 것이라면 특수적인 것으로 취급하는 버릇이 있다. 우리의 상식 뿐 아니라 많은 역사이론가들도 그리 생각하였던 모양이다. 자연과학이 특수를 일반에 환원함에 반하여 역사과학은 일반에서 특수를 추출하는 것으로 본 리케르트의 이론도 말하자면 이러한 견해를 대표하는 것이리라. 물론 역사적인 사상(事象) 치고는 그 어느 것이나 특수하지 않은 것이 없다. 예하면 민주제도가 해이하면 독재정치가 출현하는 역사상에 흔히 반복되는 정치적 사실은 븐트가 그의 저서에서 말한 바와 같이 인간일반의 심리법칙에 의하여서도 이해하고 낙착시킬 수 있을런지 모른다.

　그러나 그렇다 하여서 우리가 만일 옛날 희랍의 군주제와 현대의 '파시즘'의 기원을 단순히 인간의 심리적 과정에 환원하고 해명하는 것으로서 만족한다면 어떨까? 그리함으로써 우리는 인간심리의 그 어떠한 추상적 법칙성은 확증할 수 있을런지 모르나 적어도 이 두 개의 정치사적 사실의 상이한 역사적 특질만은 이해할 수 없는 것이다. 이러한 의미에서 우리도 역사적인 것의 특성을 특수적인 것에 두는 우리의 상식적 견해에 동의하지 않을 수 없다.

그러나 단순한 특수적인 것이 참으로 역사적인 것이 될 수 있을까? 좀더 깊이 생각한다면 누구나 역사가 단순히 특수적인 것이 아니고 도리어 보편적인 의미를 가진 것을 알 수 있으리라. 단순히 특수적인 것은 이른바 일상적 사상(事象)이고 결코 역사적인 그것이 아니다. 일상적인 사상은 말하자면 부분과 부분의 관계로서 늘 특수에서 비롯하여 특수로 끝나는 것이지만 역사적인 사상은 현대의 역사철학자들도 말하는 바와 같이 부분과 전체의 관계로서 부분을 통하여 전체가 문제되며 전체와의 연관에서 부분이 문제되는 법이다. 다시 말하면 일상적 세계가 단순한 '인과관계'를 문제할 수 있는 세계임에 반하여 역사적 세계는 '필연과 우연'을 문제할 수 있는 세계이다. 역사가가 역사서술에 있어서 일상적인 사상을 모조리 취급하지 않고 이른바 "사실을 선택하는 것"도 이 때문이며 우리가 사회적으로 계기(繼起)하는 허다한 사건 가운데서도 특히 한 시대의 전체적 운명을 좌우하는 사건에 봉착할 때에 격별(格別)하게 역사적 사건 혹은 역사적 의의를 가진 사건이라 부르는 것도 이 때문이다. 부분을 부분으로서만 보는 일상세계에 머무르는 한 크로체[B.Croce]의 말마따나 모기떼에 수난(受難)한 한 사람의 개인적 사건과 '크세룩세스[Xerxes][2]'의 원정과의 간에 의의의 경중을 말할 수 없는 우리로서도 일단 부분을 전체에서 보는 역사적 세계로 이행할 때에는 그 사이에 명백한 의의의 차이를 논단할 수 있다. 그 의미에 있어서 우리는 도리어 역사적인 것을 보편적인 것이라 말할 수 있다. 다시 말하면 역사적인 사실은 특수적인 것인 동시에 또한 보편적인 의미를 가진 것이 아니면 안 될 것이다. 특수적인 것으로서 동시에 보편적인 의미를 함축한 것만이 역사적인 것이 될 수 있다. 부분은 일방 전체에 대한 초월적 측면에 있어서는 부분으로서의 특수성을 가지는 동시에 또한 전체와의 내재적

---

2) 고대 페르시아의 왕

측면에 있어서는 도리어 전체로서의 일반성을 함축하는 것이다. 보편은 특수를 통하여서만 실현될 수 있는 동시에 특수는 보편을 근거로 하고서만 존재할 수 있는 것이다. 그러므로 단순한 보편적인 것이 역사적인 것이 될 수 없는 것과 같이 단순한 특수적인 것도 역사적인 것이 될 수 없다.

그러면 역사에 있어서의 보편적인 것 전체적인 것이란 무엇인가? 그것은 븐트가 역사상의 정치적 변동을 통약(通約)하는 원리로서 정립한 심리적 법칙과 같은 '추상적, 보편적'인 자연적 원리가 아니고 도리어 일정한 역사적 시공에 제약된 것으로서 독일관념론에서 흔히 말하는 시대정신과 같은(이것은 물론 궁색한 예다) '구체적, 보편적'인 시대적 원리이다. 역사 제시기의 구분원리로서의 시대개념은 원래 보편사적 범주로서 그는 일방 외연적 방면에 있어서는 제국민의 특수적인 사건을 포섭하는 보편성을 가진 동시에 타방 내포적 방면에 있어서는 한 역사계단의 전체성을 대표하는 개념이다.

그러면 시대개념의 구체적 내용을 형성하는 것은 무엇인가. 그것은 시대구분의 표지선택에 따라 다를 것으로 사람을 따라서는 이성적 자유의 실현상태(피히테·헤겔) 혹은 정치적 동향의 지배적 특질(랑케) 혹 사회심리의 지배적 경향(람프레히트)에 따라 시대를 구별하지만 한 시대의 문화와 정치를 근본적으로 제약하는 것은 물질생산이다. 따라서 우리가 만일 물질생산의 양식에 따라 시대를 구별한다면 한 시대의 전체성을 대표하는 것은 그 시대의 생산의 지배적 특질의 동향이 되지 않을 수 없으리라.

그런데 시대는 일방 제민족의 특수한 행동=사건을 역사적 보편에까지는 인상할 수는 있으나 타방 또한 다른 시대와의 관계에 있어서는 끝까지 상대적인 것이다. 이리하여 우리는 역사적인 것을 특수적인 것으로 보는 논법에 따라 역사적인 것을 흔히 상대적인 것이라 말한다. 세상에 그 어떠한 물건치고 역사적 세계에 들어와서 자기의 절대성을 주장할 수 있는 것은 없는 법이다. 가치와 같이 논리적 요청으로서는 절대성을 요구하는 물건도 일단 오성적(悟性的) 세계에서 역사적 세계로 이행할 때에는 이른바 '역사적 가치'로서의 상대적 특성을 수반하지 않을 수 없다. 한 시대에 있어 절대적 권위를 갖고 우리의 백반(百般) 생활을 재단하던 봉건적 도덕율도 일단 다른 시대로 이행하자 지상의 모든 권력과 함께 운명을 같이 갖지 않았던가? 예로부터 사물을 역사적으로 고찰한 사람들이 거지반 숙명적으로 상대주의로 떨어진 것도 이 때문이리라. "종교이든 철학이든 이상이든 모든 역사적 현상은 유한하다는 것, 따라서 사물연관의 인간적 파악의 모든 종류는 상대적이라는 것— 이것이 역사적 세계관의 최후의 결론이다"한 딜타이의 비장한 선언은 정히 저간의 소식을 말하는 것이다.

그러나 우리는 역사를 단순한 상대적인 것으로 보아서 정당할까? 역사가 단순한 특수적인 것이라면 우리는 횡단적으로 역사의 통일적 본질을 발견할 수 없듯이 역사가 단순한 상대적인 것이라면 우리는 종관적(縱貫的)으로 역사의 일원적 발전을 말할 수 없는 것이다. 그럼에도 불구하고 인류의 생활이 역사의 진행을 따라 저차에서 고차로, 비합리에서 합리로 향상하여 왔으며 그 성과로서 문화의 진보와 가치의 누적이 실현되어 온 것이 엄연한 사실이 아닌가? 역사가 단순한 상대적인 것이라면 심한 말로 우리는 야만에 대한 문명의 우위를 말할 수 없으며 중세에 비(比)한 근대의 우월을 말할 수 없다. 그러나 역사는 단연코 시대에서 시대로 일정한 족적과 궤도가 없이 진행하는 것은 아니다. 시대는 일방 자시대(自時代)로서의 '폐쇄성'을 갖고 있으며 그 의미에 있어서 그는 단속적(斷續的), 개별적인 것이나 그는 또한 타방 타시대(他時代)에의 '전개성'을 갖고 있으며 그 의미에 있어서 그는 도리어 연속적, 일반적인 것이다. 역사에 있어 근원적 의미를 갖고 있는 발전개념은 원래 절대와 상대의 상즉(相卽)에 의하여서만 성립할 수 있는 것이다. 그는 일방 시대와 시대의 초월적, 단속적 관계를 포함한 동시에 타방 또한 시대와 시대의 내재적, 연속적 관계를 포함한 것이다. 다시 말하면 일정한 시대는 다른 특정한 시대와의 관계에 있어서는 부분 대 부분의 관계로서 상대적인 것이나 역사의 전(全) 발전과정과의 관계에 있어서는 부분 대 전체의 관계로서 도리어 절대성을 갖는 것이다.

그러므로 역사의 시대에서 시대에의 추이에는 반드시 내면적, 필연적인 연관이 있는 것이며 그 내면적, 필연적인 연관을 관통하여 생산과 문화의 질적 향상과 양적 증대가 수반되는 법이다. 이리하여 간결한 말로 정식화한다면 일정한 역사적 현재는 늘 그 이전의 제시대적 상대의 총화로서의 절대적 의의를 갖는 것이다. 현재는 일방 이미 지나간 제시대나 다를 것 없이 역사발전의 일정한 단계를 대표한다는 점에서는 상대성을 가진 것이나 또한 이미 지나간 제시대의 계속적 발전의 총성과(總成果)라는 점에서는 도리어 절대적 의의를 갖는 것이다. 헤겔이 말한 "정신의 현재의 세계, 현재의 현상, 정신의 자기의식은 역사에서 이전에 존재한 것으로 나타난 모든 계단을 자기의 내부에 포괄하고 있다"는 말도 이러한 의미에서 해석할 수 있는 것이다. "정신이 자기의 배후에 남기고 온 듯이 보이는 제계기(諸契機)도 그 정신의 현재의 깊이에 보존되어 있는 것이다." 그러므로 역사의 단속적 제단계에 즉(卽)하여 제문화가치의 상대적 유한성만을 보고 그 단속적 단계를 관통하여 문화일반, 가치일반의 앙양과 누적을 보지 못하는 것은 역사에 대한 척안적(隻眼的) 관찰밖에 더 될 것이 없다. 이곳에서 말하는 문화일반의 앙양이란 그의 질적 고양을 의미하며 문화일반의 누적이란 그의 양적 퇴적을 말하는 것이다. 역사의 계단에서 계단에의 이행은 문화의 질적 전화를 재래(齎來)하는 만큼 시대가 교체함을 따라 문화의 시대사적 형태가 각각 상이할 것은 두말할 것도 없다. 그러나 역사의 계기 제계단(繼起諸階段)은 곧 문화의 발전차원의 높고 낮은 가치적 차서(次序)를 형성하는 만큼 그들 제문화형태 간에는 시간적 서열에 수반하는 질적 차서의 상이(相異)가 생기지 않을 수 없다. 그리고 역사의 계단에서 계단에의 전형과정(轉形過程)에서 문화의 일부가 옛 권력과 함께 파괴와 소멸을 당할 것도 두말할 것 없는 것이다. 그러나 헤겔의 지양이란 말이 명백히 표시하듯이 문화의 다른 부분은 늘 다음 시대에 전달되어 갱생하는 법이다. 그러므로 종합하여 말하면 역사의 발전이 정상적인 한에는 그 어떠한 역사적 현재이든 '질적'으로 앙양된 형태에 있어서 그 이전의 제시대의 문화적 내실을 그 내부에 다층적으로 포섭하고 있는 것이다. 즉 그는 양적으로는 과거 제시대의 문화를 그 내부에 다층적으로 포섭하고 있으면서 질적으로는 현대라는 특정한 시대의 구성원리에 의하여 한낱의 특수한 통일적 형태를 형성하고 있는 것이다. 헤겔이 현대를 과거의 종합으로 본 것이나 오늘날 한스 프라이어가 사회질서의 제(諸)구성원리를 일방 문화사의 발전단계의 계기로 보는 동시에 타방 또한 모든 역사적 현대에 현존한 제구성 요소로 간주한 것도 이유없는 것이 아니다. 물론 이곳에서도 문화의 기초를 이루는 생산의 운동형식은 문화의 그것과 적지 않은 상차(相差)를 가진 것을 잊어서는 안 될 것이다. 문화사에 있어서는 현대가 과거를 포섭하는 경우에 과거의 제유산이 반드시 말 그대로 현대적 에텔에 의하여 일양화(一樣化), 단일화하는 것이 아니고 적든 크든 그들이 생성하던 시대의 형질은 보유하고 있는 것이나 생산사(生産史)에 있어서는 과거의 제(諸)생산방법이 현대의 그것의 일(一) 구성요소로 전달 편성되는 것이 아니고 그 이른바 과거의 성과가 말 그대로 생산력의 분산적 증대로만 나타나는 것이다.(물론 현대에도 과거생산의 유물이 없는 것은 아니나 그것은 말 그대로 유물이고 현대생산의 구성요소는 아니다).

다시 말하면 문화에 있어서는 과거가 현대에 다양한 성층으로 포섭되나 생산에 있어서는 단일한 성층으로 분해하여 버린다. 그 예로는 현대문화가 전형적으로 발전한 나라에 있어서도 그 나라의 문화단층 내에서 말하자면 현대적 형태의 '헬렌'적 성층, '헤브라이'적 성층을 발견할 수 있으나 현대생산이 고전적으로 발전한 나라에 있어서는 그 나라의 생산단층 속에서 말하자면 원시생산이나 노예생산은 발견할 수 없다. 우리가 문화의 전통을 말하면서도 생산의 전통을 말하지 않는 것은 이 때문이다. 그러므로 알프레드 웨버가 문화와 문명의 운동형식을 구별하듯이 우리도 일응(一應) 생산과 문화의 그것을 구별할 수 있다. 문화사는 주로 원환적으로 운동함에 반하여 생산사는 주로 직선적으로 운동한다. 그러나 이것은 양자를 기계적으로 분리하여 본 데 불과하다. 문화의 원환운동은 그가 늘 그의 기초를 이루는 생산의 직선적 운동에 견제되는 만큼 단순한 원환이 아니고 원환적, 직선적이 되지 않을 수 없다. 즉 그는 형태학적으로 이행하는 것이 아니고 시대사적으로 운동한다. 보다 근본적으로 말하면 문화사는 단순한 의미연관이 아니고 존재연관이다. 그리고 그는 '존재의 층'에 속하는 것으로서는 근본적으로 생산사의 이데올로기적 표현으로서의 특질을 가지고 있다. 현대문화에 포섭된 과거적 제성층도 '존재의 층'에 속하는 것으로서는 과거에 생산사의 현실적 발전의 관념적 제계기로 경과한 것이며 현재에 또한 생산사의 현실적 발전의 관념적 제계기로서 출현한 것이다. 생산사는 협의의 생산사로서 포섭하지 못하는 듯이 보이는 과거의 제성층을 그의 통일적 연관──즉 사회사로서 포섭하고 있는 것이다.

그러므로 이상을 집약하여 한 말로 말하면 문화와 생산을 일괄하여 전체로서의 역사의 단속적(斷續的) 측면만 보고 연속적 측면을 보지 못하기 때문에 우리는 흔히 상대주의, 회의주의로 떨어지는 것이 아닐까. 사실 역사에 연속적 측면이 없다면 우리는 역사인식에 있어 현대에서 과거로 소상(溯上)할 수도 없는 것이다. 따라서 우리는 18세기 계몽사가들과 같이 과거의 제(諸)역사계단을 현대를 위하여서만 존재하는 것 같이 생각하는 일면적인 진보사관을 가져서도 안되려니와 각 시대가 모두 독자의 개성과 의의를 가졌다 하여 이 나라의 한 사람 국보(國寶) 철학자와 같이 그들의 인류사적 의의를 현재를 기준으로 하고 도의적으로 평가함을 거부하여서도 안 될 것이다. 이러한 의미에서 우리는 역사를 절대와 상대의 통일로 본다.

단순한 절대적인 것이 역사적인 것이 될 수 없는 것은 물론이고 단순한 상대적인 것도 역사적인 것이 될 수 없다.

그러나 기다리라! 우리가 현재를 절대와 상대의 통일이라 말할 때에 그 이른바 현재란 것이 단순히 이상에서 말한 의미에만 그치는 것일까? 현재란 과거를 계승하고 미래를 잉태하는 것이다. 즉 그는 과거의 도달점인 동시에 미래의 출발점이다. 역사의 끝인 동시에 역사의 처음이다. 그러한 물건으로서 현재는 정히 과거와 미래의 통일면이다. 그런데 지금까지 우리가 말한 역사적 현재란 과거의 성과로서의 현대에 속하는 현재만이었다. 과거의 도달점으로서의 현재만을 말하였고 미래의 출발점으로서의 현재는 문제삼지 않았다. 그러면 미래의 출발점으로서의 현재란 어떠한 것일까? 일상시간의 양태로서의 과현미(過現未)는 동일한 계열에 속하는 등량적(等量的) ‘포인트’의 연속에 불과할는지 모르나 역사시간의 양태로서의 그들은 그 각 ‘모멘트’에 인간의 이질적, 부정적 행위가 그 구성요소로 참가하는 만큼 각각 그 성질을 달리하지 않을 수 없다.

다시 말하면 역사에 있어서는 과거, 현재, 미래가 모두 상이한 차원에 속하는 법이다. 그러나 그들 제차원 간에는 내면적 연관이 없는 것은 아니다. 한말로 말하면 그들 사이에는 부정적, 포섭적 관계가 있다. 저차의 것과 고차의 것은 부정되고 부정하며 포섭되고 포섭하는 관계에 서는 것이다. 과거의 도달점으로서의 현대적 현재가 과거 제시대의 총성과를 그 내부에 자기발전의 제계기로 포섭할 수 있었던 것도 그가 말하는 그대로 과거의 발전의 보편적, 구체적 성과로서 모든 과거를 부정=포섭하는 최고의 차원에 속하기 때문이다. 그러므로 미래의 출발점으로서의 현재는 현대의 부정으로서 현대와 차원을 달리하는 만큼 그는 과거는 물론이고 현대까지도 초월하여 현대까지도 포섭할 수 있는 것이다. 그 의미에 있어 그는 모든 시간을 초월하여 모든 시간을 포섭하는 말 그대로 비시간적인 것이며 과거의 부정인 현대의 재부정인 점에서 말 그대로 절대적인 것이다. 이러한 미래적 현재는 오늘날의 유행하는 용어를 차용한다면 주체적 현재, 행위적 현재로서 객관적 시간, 존재적 시간으로서의 현대적 현재와 늘 대립하는 것이다.

그런데 역사적 현재란 정히 과거를 계승하고 미래를 잉태하는 것인 만큼 그는 현대적 현재와 미래적 현재의 통일이었다. 즉 그는 주체와 객체의 통일이다. 그러므로 그는 일방 역사의 일단계로서의 현대에 종속하는 측면에서는 끝까지 현대적, 시간적, 상대적인 것이나 타방 또한 역사의 일단계로서의 현대를 초월하는 측면에서는 도리어 미래적, 비시간적, 절대적인 것이다.

이러한 것으로서 역사적 현재는 정히 승의에 있어서의 절대와 상대의 통일이다. 이러한 현재가 자연과학에서 상정하는 일계열적(一系列的) 시간의 일순간으로서의 현재와 같이 일'점'(一點)으로 표시할 수 없는 것은 물론이고 역사학에서 말하는 '현대'와 같이 일'면'(一面)으로 표시할 수도 없는 것이다. 그는 다면적, 다층적으로 구성된 체적과 깊이를 가진 시간이다.

　이와 같이 역사적 현재는 일방 과거와 현대를 초월하여 모든 시간을 그 속에 내포한 만큼, 즉 다면적, 다층적 구조를 가진 만큼 미래에의 동향에 있어서 무수한 가능적 방향을 가졌다는 것을 우리는 잊어서는 안 된다. 즉 그는 현대를 희랍의 옛날로 끌고 갈 수도 있거니와 '칼'의 중세로 인도할 수도 있다. 그러나 그는 현대를 초월하면서도 또한 현대에 종속하였다는 것을 망각하여서는 안 된다. 더구나 그 현대란 단순한 한 시대＝한 층＝한 면이 아니고 과거의 제시대＝제층＝제면을 내포한 다층적, 다면적인 시대이다. 그러므로 모든 현재는 미래에의 동향에 있어서 현대역사의 객관적 조건—그의 기초를 이루는 생산의 기본구조에 제약되지 않을 수 없다. 이리하여 현대역사의 문화적, 정치적 단층 내에 함축된 무수한 미래에의 가능적 방향은 결국 현대생산의 기본적 동향에 견제되어 유일한 가능적 방향으로 지양되어 나가는 것이다. 그 이유는 이러하다. 정치사, 문화사는 원래 원환적으로 운동하나 생산사는 위에서도 말한 바와 같이 직선적으로 운동하는 것이다. 인류의 기억에서 망각되었던 신화문화도 현대의 요구에 의하여 현대역사에 부활하며 역사의 한 시기를 장식하던 독재정치도 다른 시기에 들어가서도 시대의 정세를 따라 끊임없이 반복한다. 그러나 우리는 현대생산에 염증이 생긴다 하여서 원시생산이나 노예생산으로 복귀할 수는 없다. 문화사의 운동이 원환적인 것은 문화의 유형론적 이론이 가능한 실례에서 보아서도 알 수 있다. 문화사가 원환적이 아니라면 역사를 종관(縱貫)하여 이질적 다양을 일양화(一樣化)하는 '유형' 범주에 의하여 문화를 분류할 수 없는 것이다. 그리고 정치사가 원환적으로 운동하는 것은 역사 제시대를 정치형태를 표식으로 하고 구분하던 희랍 이래의 많은 사가(史家)들이 이른바 순환사관에 빠진 실례에서 보아서도 알 수 있다. 그들이 정치사를 군주제, 귀족제, 민주제의 영원한 순환으로 본 것이나 현대인이 민주제와 독재제의 교체와 순환을 말하는 것도 정치사가 원래 원환적이기 때문이다.

이와 같이 정치와 문화가 원환적으로 운동한다면 이상의 논제에 돌아가 현대문화와 현대정치가 갖는 미래에의 무수한 가능적 방향이란 것이 그 개개가 기실 현대역사에 내포된 과거 제시대=제층=제면을 기초로 하고 일어나는 것임을 알 수 있다. 그와 반대로 생산사는 문화사, 정치사와 달라서 직선적으로 운동한다면 문화와 정치의 무수한 가능적 방면의 기초인 과거 제시대, 제층, 제면을 현대에 정착시키는 것은 직선적으로 운동하는 생산사가 되지 않을 수 없다. 다른 말로 바꾸어 말하면 그들 제층=제면은 의미연관을 떠나서 존재연관에서 볼 때에는 현대생산의 현실운동에 따르는 관념적 제계기=이데올로기적 제성층에 불과하다. 현대생산은 과거의 제시대=제층=제면을 현대에 연결하는 통일적 전체를 형성하고 현재에 문화와 정치가 갖는 미래에의 무수한 가능적 방향은 현대생산의 일 계기로써 발견하는 것이다. 이러한 이유에서 현대역사의 문화단층, 정치단층 내에 포함된 무수한 가능적 방향은 결국 현재생산의 기본적 동향에 제약되어 유일한 가능적 방향으로 지양되어 나갈 것이다. 모든 가능이 현실화하는 것이 아니다. 생산의 기본적 동향을 붙잡고 나가는 놈만이 미래의 계제(階梯) 원리로 등장할 것이다. 원환적으로 운동하는 문화와 정치가 직선적으로 통일되어 시대사적으로 특수한 역사적 특질을 가지는 것도 그 근저에 생산이 있기 때문이다. 우리가 이상에서 시대구분의 표식으로써 랑케와 같이 정치의 지배적 동향이나 람프레히트와 같이 사회심리의 지배적 경향을 선택하지 않고 물질생산의 양식을 취급한 것도 정히 이러한 이유에서다.

이와 같이 역사적 현재가 일방 현대를 초월하면서도 타방 또한 현대에 종속하는 것이라면 우리는 역사에서 절대의 의의를 갖는 현재를 단연코 자의적인 행위나 과제나 요청으로 보아서는 안 될 것이다. 이 경우에 현대란 현대의 일면이 아니고 전면이다. 그는 전면(全面), 전층(全層)을 통일한 체적과 깊이를 가진 시대이다. 그는 미래적 현재의 좌표에서 돌 때에는 상대적이었으나 현대적 현재로서는 과거 제시대를 압축한 절대적인 것이다. 그러므로 역사에 있어 절대성을 갖는 현재, 미래적 현재는 현대에 내포된 제층=제면을 자기의 발전 제계기로 통일하고 있는 현대생산의 내재적 필연성을 주체적으로 초월한 것이 아니면 안 될 것이다.

그리하여 그 객관적 필연을 자기의 계기로 파악하고 자기의 장(場)으로 하고서는 그러한 주체적인 행위나 과제나 요청이 되지 않을 수 없다. 그러한 것으로서만 역사적 현재는 정히 승의의 '작위(作爲)'와 '존재'의 통일로서의 '생성'이 될 수 있다.

그러면 나는 왜 지금까지 이러한 번쇄(煩瑣)한 논리를 장제(長提)하는가. 그것은 현재 우리의 두뇌를 번거롭게 하는 두 낱의 연관된 문제를 취급하기 위한 나 자신의 조잡하나마 간략한 준비로서다. 두 낱의 연관된 문제란 무엇인가? 이 소론의 하반(下半)은 지면의 관계로 다음 기회에 말하겠다.

—『조선일보』 1939년 2월

현대의 과제(2)

그러면 두 낱의 연관된 문제란 무엇인가? 행론(行論)의 순서를 따라 우선 첫째로 이곳에 어떠한 민족이나 계층의 정치적 행동이 출현하였다 하자! 또는 같은 말이지만 세계사의 일정한 지역에 세계 제국민의 관심을 끌만한 어떠한 중대사건이 발생하였다 하자! 그러한 경우에 우리는 걸핏하면 그 행동 그 사건을 역사적 의의 또는 세계사적 의의를 가진 사실이라 말한다. 그러나 그렇게 말할 때에 말하는 당자들이 반드시 모두 그 말의 정당한 의미를 이해하고 사용하는가? 국민생활의 모든 방면에 있어 인식의 철저를 기하는 오늘날에 있어서도 개중에는 반드시 그렇지 않은 실례도 있으리라. 적어도 한 민족의 행동으로서 역사적 의의 또는 세계사적 의의를 가진 것에 상치(相値)하자면 그것은 특수한 것으로서 동시에 보편적인 의의를 함축하며 상대적인 것으로서 동시에 절대적인 의의를 갖지 않으면 안 될 것이다. 다시 말하면 그는 단순히 규모가 거대하다거나 국제적 관심을 집중할 수 있다는 데 보다도 본질적으로는 세계사(보편)적 현재(절대)의 기본적 동향에 관여하여 그의 발전을 촉진하며 따라서 만일 현재에 그가 어떠한 보편적, 절대적 의의를 가진 역사적 과제—그 문제의 해결이 없이는 모든 문제의 해결이 불능하며 그 '우토피'의 실현이 없이는 모든 '우토피'의 실현이 불능한 그러한 핵심적인 문제에 봉착하여 있다면 그 문제의 해결에 적든 크든 어떠한 초석을 제공하고 공적을 남기는 것이 아니면 안 될 것이다. 그리고 세계사적 현재가 요청하는 그러한 보편적, 절대적인 의의를 갖는 문제의 해결에 분관(分關)하는 정도에 응하여서만 그가 갖는 세계사적 의의의 비중이 비로소 평가될 수 있는 것이다. 그렇지 못하는 경우에는 그것은 설사 그 규모는 거대하고 그 영향은 크다 하더라도 결국 한 민족의 단순한 특수적, 상대적 의의밖에 가지지 못하는 것이다.

일지사변(日支事變)[1]이 발발한 뒤로 우리는 많은 사람들로부터 현하 제국(帝國)의 대외행동은 세계사를 혁신하는 중대한 의의를 가진 것이라는 말을 들었으며 현대일본의 최고의 지성을 대표하는 이론가들로부터서는 더 나아가 이번 사변에 세계적 의의를 부여하는 이론적 시도까지 보게 되었다. 사변은 정히 중대하다. 정세의 추이를 따라서는 사태의 전개되는 규모가 적게는 동아(東亞)의 휴척(休戚)을 좌우하며 크게는 세계의 운명에 영향할는지 모른다. 그러나 우리는 오늘날의 사변을 세계사적 의의를 가진 것이라 말할 때에 그 말을 단순한 정치적 '레토릭'으로 사용한다면 몰라도 그렇지 않는 한 그 의미를 적당히 한정하여 오늘날 세계사적 현재가 당면하고 있는 보편적, 절대적 과제에 연결하여 해석하지 않을 수 없다. 그렇지 않는 한 그것이 설사 금후의 동아 제민족의 흥망에 지대한 결과를 재래한다 하더라도 그러한 민족 흥망사적 사실은 한 나라에 있어서의 왕조변천사적 사실과 같이 역사에 있어서의 단순한 '포텐즈[potence]'의 기복은 표현할망정 결코 그것의 '에폭[epoch]'을 결정하는 것은 아니다.

------

1) 중일전쟁(1937.7.7. ~ 1945.8.15.)

그러면 오늘날 세계사적 현재가 해결을 요청하는 보편적, 절대적인 문제란 무엇인가? 하고 물으면 전체주의 이론가들도 견해의 상위(相違)는 있을망정 재래의 다른 종류의 경향(傾向) 이론가들과 같이 '캐피탈리즘'의 문제를 두는 것이 상례이다. 오늘날 어떤 민족은 가진 나라와 갖지 못한 나라의 대립문제를, 어떤 민족은 민족문제를, 어떤 민족은 계층문제를 자기의 과제로 하고 있다. 그럼에도 불구하고 많은 사람들이 '캐피탈리즘'의 문제를 세계사적 현재의 최대문제로 하는 본의는 현세기가 배태한 이러한 제다(諸多)의 중요문제가 기실은 모두 '캐피탈리즘'의 기본적 모순에서 기인하는 것으로 보기 때문이리라.

오늘날 동아 제민족의 운명을 좌우한다는 일지사변도 본질적으로 말하면 이 문제에서 출발하여 이 문제로 귀결될 성질의 것이다.

16세기 이래 서로 격재(隔在)하였던 제국민(諸國民)을 한낱의 세계사적 연관에 통일하여온 것이다. 그 통일되어 나가던 제국민을 오늘날 제종(諸種)의 융화할 수 없는 대립으로 인도한 것도 '캐피탈리즘'의 소치이다. 가치증식률이 오늘날 제민족사를 통약하는 세계사적 원리인 동시에 이 원리가 또한 오늘날의 세계사의 발전행정을 '제동(制動)'하는 조건이다. 그러므로 오늘날 세계사의 일환을 구성하는 민족으로서는 그에게 역사적 과제가 있다면 그 기본적인 것은 당연히 제민족사의 발전을 제동하는 이 문제의 해결에 있지 않으면 안 될 것이다. 그것은 정히 그 어느 국민이나 이 세기에 생활하는 한 좋든 궂든 떠맡은 과제이고 자진하여 자유로 취사(取捨)할 수 없는 것이라는 점에서는 한낱의 운명적인 과제인 동시에 또한 그것은 각 민족의 당면한 제각기의 특수사적 과제와 분리하여 별개로 탐색할 수도 없는 반대로 이 보편사 과제를 떠나서는 각 민족이 제각기의 당면한 특수사적 과제도 해결할 수 없다는 점에서는 각 민족사의 기저를 형성하는 문제이다. 그러므로 오늘날 일본의 현재의 행동이 세계사적 의의를 함축한 것이라면 그는 당연히 세계사의 이 현대적 과제의 해결에 적극적으로 분관(分關)하는 것이 아니면 안 될 것이며 그 분관하는 정도에 비례하여 그의 세계사적 비중이 결정된다고 보지 않을 수 없다.

오늘날 많은 사람들은 현대일본의 세계사적 과제를 동양을 서양으로부터 해방하는 데 둔다. 그러나 서양으로부터의 동양의 해방 그 자체가 곧 세계사적 의의를 구성하는 것은 아니다. 서양으로부터 동양을 해방하는 것도 단순한 사실로서는 동양을 서양에 예속시키던 사실이나 다를 것 없이 한낱의 흥망사적 사실밖에 더 될 것이 없다. 그러나 그 자체에 있어 한낱의 흥망사적 사실밖에 더 될 것이 없는 동양의 해방도 오늘날 세계사의 현대적 과제와 내면적 연관을 갖고 수성(遂成)될 수 있다면 그는 물론 세계사적 의의를 가질 수 있다. 그리고 또한 오늘날 세계사의 내면적 구조연관을 통찰한다면 누구나 '캐피탈리즘' 문제와의 실천적 연관을 떠나서 참다운 의미의 동양의 해방을 말할 수 없음을 알 수 있으리라. 이것은 물론 '캐피탈리즘'의 기초 위에서도 동양의 해방이 일응 불가능하다는 것을 의미함은 아니다. 그러나 그러한 '카멜레온'적 변화는 오늘날 이 땅의 '프라이드'인 동양적 결벽을 갖고 말한다면 동양에 있어서 서양적인 것의 근절을 의미함은 아니다. 왜? '캐피탈'은 서양에서 전래한 것이기 때문에 서양의 것이라는 명제가 오늘날의 공허(公許)된 논리이기 때문이다. 만일 그리된다면 옛날 항유(項劉)[2] 그 누가 득록(得鹿)하든 역사적 의의에서 보아서 그 득실의 다과(多寡)를 논할 수 없던 개탄을 내일의 동아 제민족이 또다시 되풀이하지 않을까? 그 의미에 있어서 우리는 도리어 현대일본의 세계사적 과제를 종래에 한낱의 관념적 명명에 불과하던 동양을 통일된 문화적 실체에 형성함으로써 일방 세계사의 공간적

---

2) 항우와 유방.

외연을 확충하는 동시에 타방 또한 그의 시간적 내용까지도 혁신하는 데 두어야 한다는 사람들의 이론에 한층 구상(構想)의 심성(深性)을 발견할 수 있다. 그러나 주제가 일정한 민족의 역사적 과제를 논함에 있는 이상 문제는 세계사의 공간적 외연을 확충하는 데보다도 도리어 시간적 내용을 혁신하는데 있어야 할 것이다.

역사의 공간적 외연의 확충은 시간적 내용의 혁신을 수반하는 한에서만 역사적 의의를 획득할 수 있기 때문이다. 그러면 세계사적 '현대'의 시간적 내용이란 무엇인가? 그것은 논자가 지적하듯이 단순한 구라파의 원리로서의 구라파주의가 아니고 동시에 세계의 원리로서의 '캐피탈리즘'이었다. 랑케의 말대로 제국민의 활동연관이 현실적으로 존재하는 한에서만 세계사의 성립이 가능하다면 트렐츠의 말대로 전래의 세계사를 계몽시대 이래의 구라파의 역사이론가들이 몽상하던 말 그대로의 세계의 역사가 아니고 구라파적 세계에만 국한된 세계사로 보는 것도 무방할 것이다. 그러나 전래의 세계사가 구라파 제국민의 통일문화를 실체로 하고 출발하였다는 사실은 단연코 그를 향도하던 구라파주의가 구라파의 세계에만 통용될 수 있던 한낱의 지역적인 지도이념에 불과하였다는 것을 의미함은 아니다. 사실은 그와 반대로 구라파 역사의 지도이념으로 출발하였던 구라파주의는 근대 '캐피탈리즘'의 발전을 따라 수세기 동안에 동양 제국민까지도 휘어잡고 말 그대로의 세계역사의 지도원리로 인상되었던 것이다. 그리고 구라파주의가 이와 같이 구주의 원리에서 세계원리로 인상된 것은 그가 세계의 어느 국민이나, 조만간 봉착하고야 말 세계사의 근대적 과제 '포이달리즘3)'의 문제를 솔선하여 해결할 수 있었던 까닭이다.

세계사의 현대적 과제를 '캐피탈리즘'의 문제라 하면 그의 근대적 과제는 '포이달리즘'의 문제였다. 이와 같이 구라파주의가 그

---

3) feudalism

내용에 있어 '캐피탈리즘'이었다면 그의 혁신원리로서 출현하는 것이 '캐피탈리즘'이 될 수 없으며 구라파주의가 단순한 구라파의 원리가 아니고 세계의 원리였다면 그의 혁신원리로서 출현하는 것도 동양적 세계 이외에는 수출할 수 없는 이른바 동양주의가 되어서 안 될 것이다. 그리고 그가 '캐피탈리즘'을 혁신할 수 있는 원리라면 그는 또한 동양의 민족이 생산한 특수원리라 하더라도 조만간 세계의 수요(需要)를 야기(惹起)하고야 말 보편적 원리로 인상되는 법이다. 원래 세계의 수요를 이와 같이 만족할 수 있는 구체적 보편적 원리만이 한 민족은 물론이고 적게는 동양을 포섭하는 동시에 크게는 세계를 포섭할 수 있는 것이다. 민족과 민족의 상극은 한 민족의 특수한 원리에 의하여 해소할 수 없으며 동양과 서양의 상극은 동양의 특수원리에 의하여 해소할 수 없는 것이다. 일반적으로 그 어떠한 사실의 대립이든 그 대립을 통일에까지 인상할 수 있는 것은 그 양자를 포섭할 수 있는 보다 높은 차원의 종합적 원리이다. 이것은 단순한 이성의 논리가 아니고 동시에 역사의 논리이다. 근고(近古)의 봉건적인 제분권(諸分權) 간의 상극을 해결한 것이 근대 '캐피탈리즘'의 민족통일운동이었던 것과 마찬가지로 오늘날의 제민족간의 상극(또는 그의 연장인 제민족 블록간의 상극)을 해결할 수 있는 것은 '캐피탈리즘'을 지양할 수 있는 보다 높은 역사적 원리이다. 그런데 단순한 동양주의가 세계사의 원리가 될 수 없다는 데는 두 가지 의미가 있다. 기성의 '도그마'로서의 동양의 전통적 원리가 세계사 원리가 못될 것은 물론이고 오늘날 소위 '뮤토스'로서 문제되는 동양주의도 말 그대로 동양적 '뮤토스'로서'만' 문제되는 한 다를 것이 없을 것이다. 예하면 많은 논객들이 말하는 것과 같은 서양의 제국주의에 대립하는 의미에 있어서의 동양의 전통적인 '왕도이즘'이나 서양의 개인주의에 대립하는 의미에 있어서의 동양의 전통적인 가족주의가 그대로 세계사의 원리가 못되리라는 것은 오늘날도 대개가 시인하는 듯하나 오늘날 제창하는 사상적 원리로서의 동아협동이론(東亞協同理論)도 그것이 단순한 동양적 '뮤토스'로서 논의되는 한 전자와 다를 것이 없으며 또는 설사 세계적 '뮤토스'로서 제의된다 하더라도 그가 '캐피탈리즘'의 문제와 근본적 연관을 갖고 제기되지 않는 한 그야말로 단순한 '뮤토스'에만 그치고 말 것이다. '포이달리즘'의 유물인 '도그마'로서의 동양적 원리를 세계사의 원리로 추상(推上)하는 것이 역사운동의 비가역성을 무시하는 것과 같이 현대적 '뮤토스'를 '캐피탈리즘'의 문제와 연관없이 제기하는 것은 역사의 보편적, 물질적 토대를 무시하는 것이다.

그러나 우리는 현실과 희망을 혼동하여서는 안 될 것이다. 문제는 오늘날 동아의 정치적 추력(推力)이 사실에 있어서 세계사의 현대적 과제를 해결할 용의가 있는가 하는 데 있다. 다시 말하면 현대일본이 세계사의 현대적 과제를 해결할 주체가 될 수 있는가 하는 것이 문제이다.

어떠한 민족이고 그가 세계사의 일지역을 점유하고 있다는 점에서는 물론이고 단순히 타국민과의 연관적 활동에 분관하고 있다는 점에서도 역사적 주체가 못되는 법이다. 세계사의 주체가 될 수 있는 것은 말하자면 세계사적 민족으로서 자기의 그 어떠한 특수한 과제라도 그 시대의 제국민이 봉착하고 있는 일반적, 근원적인 과제와 연결하여 해결할 수 있는 세계사적 의식을 갖지 않으면 안 될 것이다. 그리고 그러한 세계사적 의식은 또한 일반적으로 자기의 민족적, 특수적 문제와 제국민의 일반적, 공통적 문제와를 실천적으로 통일할 수 있는 특수한 역사적 지위에 처한 민족이 아니면 가질 수 없는 것이다. 그런데 원리적으로 말하면 '캐피탈리즘'이 고도로 성숙한 나라의 선발된 국민만은 그 자체가 그 내부에 민족적, 특수적 문제와 세계사적, 일반적 문제와를 실천적으로 통일할 수 있는 구체적 보편자의 지위에 있다. 그러므로 그들은 모두 세계사적 민족, 즉 주체가 될 가능적 지위에 있다고 보지 않을 수 없다. 왜 그러냐 하면 그들은 모두 자기의 문제를 문제하는 것이 곧 타국민의 문제를 문제하는 것이 되며 타국민의 문제를 해결하는 것이 곧 자기의 문제를 해결하는 것이 될 필연적 운명을 짊어지고 있기 때문이다. 그러나 이곳에 있어서도 선발된 제민족의 가능적(可能的) 지위가 문제 아니고 그들을 현재 지도하고 있는 사회적 성층이 그러한 구체적 보편자의 지위에 서 있는가 하는 것이 문제이다. 그리고 선발된 성층의 현실적 지위도 문제이지만 그들이 객관적 사태에 대응하는 주체적 역량을 가졌는가 하는 것도 문제이리라. 현대 일본이 과연 세계사의 주체가 될 용의(用意)를 가졌는가? 만일 세계사의 기본적 방향계수(方向係數)와 현대일본의 정치적 동향과의 간이 막대한 편차가 생긴다면 모든 것이 공론(空論)이다.4) 오늘날 지식계급이 현실사태에 대하여 회의하는 것도 이 때문이 아닐까? 그러나 모든 의혹을 타개하고 일본민족이 그 어느 날 어떤 방식으로든 이 문제를 해결하리라는 것을 우리는 확신하지 않을 수 없다.

오늘날 세계사의 현대적 과제의 해결을 호칭하고 세기의 무대에 등장한 원리는 한 두 가지가 아니다. 중요한 것으로만도 사회민주주의니 '코뮤니즘'이니 전체주의니 하는 수삼(數三)의 원리를 들 수 있다. 그들은 이상(理想) 혹은 정책으로서 적든 크든 '캐피탈리즘'의 문제에 관여하면서도 그 실제의 정치적 동향에 있어서는 각각 상이한 방향을 지호(指呼)하면서 있다. 오늘날의 지식계급이 현대를, 추항(趨向)을 잡을 수 없는 혼란한 시대라 말하는 것도 이

---

4) "만일 ~ 공론이다"까지의 문장은 신문 기고시 없었던 문장이 추가된 부분이다. 무엇보다도 일본의 정치적 동향에 따라 '공론'이 되어버릴 가능성이 있다는 점을 암시하고 있다는 것을 주목해야 한다.

때문이 아닐까? 그러나 이것은 반드시 현대만이 가진 혼란을 의미함은 아니리라. 역사의 중요한 전환기는 그 어떠한 시대에 있어서든 대립 또는 병립하는 제원리의 제다(諸多)의 가능적 방향을 내장하고 상극하는 제극(諸極)에의 '악센트'의 이동을 따라 끊임없이 파동(波動)하는 법이다. 현재는 과거를 종합하는 동시에 미래를 잉태하는 시공이다. 그러한 것으로 그것은 과정적인 것이며 비합리적인 것이다. 그곳은 모든 필연과 가능이 착종한 곳인 만큼 늘 불안과 동요에 휩싸이지 않을 수 없다. 그 의미에 있어서 현재는 '카오스'이며 심연이다.

역사적 세계에 역사를 넘어서는 그 어떠한 초월적 전체가 있어 역사도정(歷史道程)을 한정하는 한정적 목적으로 실재하여 있다면 몰라도 그러한 형이상학적 원리가 실체적으로 존재하여 가지고 역사를 향도하지 않는 이상 역사적 현재가 늘 다양한 가능성이 교착된 혼돈한 발전으로서의 현실적 행정을 밟을 것은 당연한 일이다. 그리고 역사적 현재가 그 어떠한 전형기에 있어서든 다양한 가능성의 혼돈한 투장(鬪場)이라는 것은 곧 다양한 가능적 미래가 현재의 속에 병립 또는 대립적으로 포함되어 있다는 것을 의미하는 것이다. 그 의미에 있어서 우리는 역사적 현재를 일의적 다방향적(一義的多方向的)이기보다도 도리어 다의적 방향적(多義的方向的)인 것으로 보지 않으면 안 될 것이다. 그리고 역사적 현재가 미래에의 동향에 있어서 시사하는 제다(諸多)의 가능성은 그 존재연관에서 볼 때에는 '현대역사'를 구성하는 사회 제성층을 기초로 하고 그들의 '이데올로기'로서 발현하는 것이며 의미연관에서 볼 때에는 현대역사에 내포된 역사 제시대의 문화 제성층을 기초로 하고 그들 제성층의 다양 각색의 신결합에 의한 새로운 '뮤토스' 혹은 '유토피아'로서 발현하는 것이다. 이 중요한 명제에 대한 해명은 지면의 관계로 생략할 수 밖에 없으나 이상의 역사에 있어서의 절대와 상대의 관계를 말하던 곳에서도 대략 시사하였던 것이다. 그야 어쨌든 역사적 현재가 현대사회의 사회 제성층을 기초로 하고 현대사회에 내포된 역사 제시대의 문화 제성층의 다양한 결합에 의한 다양한 '유토피아'의 투장(鬪場)이라면 역사적 현재가 다의성, 다방향성을 가질 것은 자명한 일이다. 공식주의가 말하듯이 역사가 한줄기의 노끈으로 묶을 수 없고 일련의 방정식으로 연역할 수 없는 것은 이 때문이다. 그 의미에 있어서 우리는 유독히 현대를 혼돈한 시대라 말하기 보다도 모든 역사적 현재를 혼돈으로 보아야 한다. 도리어 엄밀하게 말하면 현재가 혼돈인 대신 현대는 끝까지 투명한 것이다. 왜? 현재는 다방향적으로 유동하는 것임에 반하여 현대는 일정한 역사적 계제에 정착된 것이기 때문이다.

그러나 역사적 현재가 다의성, 다방향성을 가졌다 하여서 우리는 단연코 랑케 이래의 이른바 "사실을 고문"하지 않던 아류(亞流) 사가들과 같이 역사의 진행을 우연의 계기로서 보아도 안 되며 오늘날 '나치스'의 한 사람의 역사이론가와 같이 그들 제가능원리 간의 단순한 '악센트'의 이행에 의하여 역사의 운동을 설명하여서도 안 된다.

역사적 현재가 다의성, 다방향성을 가졌다는 것은 단연코 역사의 발전이 일정한 내면적 합칙성의 전개로서의 필연적 과정을 밟는다는 확신을 부정하는 것은 아니다. 만일 현재의 내포한 혼돈한 사실군의 다방향성만을 보고 역사의 발전에 합리적 필연성이 없다는 결론을 내린다면 그는 방패의 양면을 보지 못하는 속류의 실증주의자 밖에 더 될 것이 없다. 현재는 틀림없이 가능제원리(可能諸原理)의 혼돈한 투장이다. 그러나 모든 가능이 반드시 현실화하는 것은 아니다.

그러면 현재에 내포된 가능제원리 속에서 그 어떠한 것이 내일의 계제원리로 등장할까? 역사의 운동이 '악센트'의 이동에 의하여 표현된다 하더라도 그 '악센트'의 이동을 제약하는 그 무엇이 있지 않으면 안 될 것이다. 우리는 이 소론의 전반에서 역사 제시대의 문화적, 정치적 제성층을 현대역사에 정착시키는 것은 직선적으로 운동하는 생산사(生産史)라 하였다. 그러므로 가능제원리 간의 '악센트'의 이동을 제약하는 것은 역사의 물질적 구조가 되지 않을 수 없다. 현대의 과학이론이 제시하는대로 인간의 역사가 그 근저에 있어 생산의 역사라면 역사의 운동은 그 구극에 있어 생산사의 형식과 내용의 상극에서 기인하는 것이리라. 그러므로 오늘날 세계사적 현재에 내포된 제다(諸多)의 가능원리 가운데서 내일의 계제원리로 등장할 자는 현대생산의 모순을 해결할 수 있는 성층이 되지 않을 수 없다. 이 의미에 있어서 우리는 역사의 합리적 필연성을 말할 수 있다. 역사의 합칙성이란 요컨대 사회기구의 운동형식—모든 의상을 벗기고 보면 생산기구의 운동형식을 말하는 이외의 아무 것도 아니다. 오늘날 인류생활을 붙잡고 흔드는 제다의 '이즘', '유토피아'도 기실은 현대생산을 통약(通約)하는 역사적 합칙성이 자기를 관철하는 과정에서 그의 제계기로서 출현한 것이며 따라서 조만간 그의 제계기로서 승월(乘越)될 물건들이다.

그러나 역사가 한 줄기의 노끈으로 묶을 수 있고 일련의 방정식으로 연역할 수 있다 하여서 그 합칙성이 구체적으로 실현되어 나가는 개개의 현실과정까지도 일련의 공식에 주입하려고 생각하여서는 안 될 것이다.

현실은 흔히 말하듯이 가능과 우연의 통일이다. 역사적 필연도 그가 현실에 인상되기 전까지는 추상적, 보편적인 한낱의 가능적 필연에 불과하다. 그 가능적 필연—추상적 보편이 현실적 필연=구체적 현실로 전화하는 데는 반드시 필연의 부정인 우연을 매개하지 않을 수 없다. 그러므로 그 어떠한 필연이든 가능에서 현실로 구체화하는 데는 우연에 의하여 그 모형이 변용되고 수정될 것은 당연한 일이다. 따라서 우리는 현재 예상하고 있는 역사적 필연의 자기전개의 과정이 그때 그때의 착잡한 제정세, 제조건에 의하여 우회와 굴곡, 후퇴와 편차 등—제다(諸多)의 다난(多難)한 행정을 밟으리라는 것을 예상하지 않을 수 없다. 각 민족이 가진 바 제조건의 특수정도가 현수(懸殊)하면 거기 따라 그 밟는 도정도 각기 특수할 것이며 따라서 그러한 도정을 거쳐서 실현될 당래할 계단의 사회체제도 그 '디테일'에 있어서까지 동일한 모형에 의하여 몽상할 수 없는 것이다. 그것은 일면 오늘날의 그 어떠한 '이즘'의 입장에서도 이해할 수 있는 동시에 또한 그 어떠한 '이즘'의 입장에서도 예상할 수 없던 의외의 것일런지 모른다. 역사의 운동에 내면적 필연이 있다 하여 그의 실현과정과 실현형태를 단순히 한 민족의 밟는 도정과 체제를 기준으로 하고 일률적으로 논단함은 역사를 평탄화하는 것 이외의 아무 것도 아니다. 세계사가 그의 근대적 과제의 해결을 위하여 밟아온 호한(豪瀚)한 도정과 그 결과로서 실현된 각국의 근대적 체제를 보라! 그 현실도정은 민족을 따라 적든 크든 상이한 상모(相貌)를 띠었으며 그 결과로서 막상 나타난 체제는 그 임무의 수행에 당(當)하였던 많은 당파가 대개 예상하지 않았던 것이다. '역사(Geschichte)'란 문자 그대로 우발(偶發, Geschehen) 하는 것이다. 모든 것이 혼돈의 연속이고 우연의 난무일른지 모른다. 역사가 가능과 우연, 필연과 우연의 통일이라 하는 말은 그가 곧 우연의 계기라 함을 의미하는 것이다. 그리고 그 의미에 있어서 역사는 또한 운명이다. 그러나 역사가 우연의 계기라 하는 말은 결코 그의 필연성을 부정함은 아니다. 필연이란 우연 아닌 그 무엇이 아니라 우연의 총화가 곧 필연이다. 역사적 현실은 그 개개에 있어서는 우연이나 전계열(全系列)로서는 필연이다. 필연은 일방 개개의 우연에 대립하면서도 또한 그들 제(諸)우연을 자기실현의 제계기로 통일하여 가지고 그들의 전계기 과정(全繼起

過程)을 통하여 자기의 철칙을 관철하는 법이다. 그러므로 개개의 떨어진 사실을 역사의 전발전과정과 연관하여 보지 않을 때에는 우리는 역사의 무질서와 '기마구레5)'를 말하고 제다의 '선(善)한 의지'의 비극을 비관(悲觀)할 수도 있는 것이다. 그러나 그들 제(諸)비극과 무질서를 관통하여 역사는 결국 자기의 이성을 실현하는 것이다. 오늘날 설사 제국민의 밟는 길이 서로 다른 듯하나 그들은 결국 동귀(同歸)의 조류를 형성할 것이며 그 '디테일'에 있어서는 당래할 체제가 각기 상이할는지 모르나 그 본질적 구조에 있어서는 동일한 것이 되지 않을 수 없다. 그러므로 우리는 그 어떠한 경우에든 역사에 실망할 수는 없다.

그러나 우연을 필연으로 전화하고 필연을 현실로 구화(具化)하는 것은 인간의 능동적 행동 뿐이다. 신의 섭리나 이성의 교지(狡智)가 아니고 인간의 고난에 찬 행위뿐이 모든 우연을 필연의 제계기에까지 인상할 수 있는 것이다. 이러한 고난에 찬 행위가 없는 한 필연도 우연으로 전화할 수 있는 것이다. 위대한 정열이 없이는 위대한 것이 성취될 수 없다면 현대가 정히 위대한 정열이 요구되는 시기이리라.

현대는 역사의 전형기라 말한다. 전형기란 말 그대로 커다란 위기이다. 우리의 일상생활을 지도하던 모든 상식과 도덕, 전통과 관습이 무너지는 대신 새것, 이상(異常)한 것을 창조하기 위한 모든 정열이 혼돈하게 육박하는 시기이다. 이러한 시기에는 역사의 첨단을 걷는 역사적 인물뿐 아니라 일상세계에 사는 우리 범인(凡人)의 생활까지도 어느 정도의 운명과의 도박이 없이는 영위할 수 없다. 역사가 안정하던 시기에는 많은 국민이 그들의 생활을 전통과 관습에 내어맡길 수 있었으나 전형(轉形)하는 시기는 말 그대로 '카오스'이며 심연으로 생활의 준칙을 잃기 때문이다. 어디 가 방면을

---

5) きまぐれ(변덕)

찾으며 어디 가 질서를 찾아야 할 지 모른다. 현대가 이러한 위기적 특징을 가진 시기인 만큼 우리는 문화의 생산에 관여하는 사람들에게 정당한 의미의 '문화종합'의 임무를 수행할 역량을 요망하지 않을 수 없다. 왜? 혼돈한 위기에 직면하면 할수록 일반국민에게 역사의 진전할 필연적 방향을 명확히 제시하는 동시에 장래할 인간의 세계의욕에 즉하여 광의의 문화창조와 인간교육에 관여하는 것이 다름 아닌 지식계급의 역할이기 때문이다. 문화종합이란 역사의 과거를 종합하고 현재의 제경향을 평가함으로써 역사의 미래를 창조할 문화적 초석을 제공하는 것이다. 트렐츠의 말을 빌면 그는 "제다(諸多)의 거대한 수요집단 또는 특수하게 의의깊은 문화구성을 명료히 하는 것이다. 그리고 그들 문화라 하는 것은 끊임없는 유전(流轉) 가운데 나타나 온 것이며 끊임없이 호상 결합하고 호상 세련(洗練)하면서 있는 것으로 어느 것이 현재를 개신(改新)하여 나가고 어느 것이 현재를 새로운 운율에 결합하지 않으면 안될 것인가 하는 문제를 제기하는 것이다." 그는 현재에 상쟁(相爭)하면서 있는 제문화 내실(內實)을 그 역사적 근원에서 이해하고 시정하고 새로 변용하고 새로 결합하며 또는 현재의 요청을 명백히 고려하는 동시에 일찍이 위대하였고 지금도 진전하면서 있는 문화에 침체함에 의하여 "현재를 분열시키고 있는 물건들로부터 새로운 발전적 동향을 종합하는 것이다." 그러므로 문화종합이란 간결하게 말하면 역사적 현재에 내포된 제다의 문화원리를 일방 그들이 생성하던 역사적 시대에 환원하여 그 역사적 근원에서 이해하는 동시에 타방 또한 그들 제다의 문화원리를 미래역사에 대한 현재적 요청 밑에서 그들이 생성하던 역사적 시대로부터 분리하여 새로히 종합함으로써 장래할 문화체계의 모형을 구상하는 것이다.

그런데 이러한 의미의 문화의 종합이 그를 수행하는 인간이 속한 바 사회적 성층과 그 가진 바 세계의욕에 따라 원근법적[Persoktivisch]

으로 수행될 것이므로 각각 상이한 방식과 형태로 나타날 것은 두 말할 것도 없다. 그러나 그 이른바 종합이 적어도 과학성을 가지기 위하여서는 그의 객관적 기준을 생산의 입장에 두고 그 이른바 "현재의 요청을 세계사의 현대적 과제에 두어야 할 것이다. 엄밀하게 하면 세계사의 현대적 과제를 자기의 과제로 할 수 있는 사회적 성층의 세계의욕이 과학적으로 가능한 종합의 유일한 입장이라고도 볼 수 있을 것이다. 그야 어쨌든 이 세기가 생산하는 모든 '뮤토스', '유토피아'를 정당한 문화종합의 입장에서 세계사의 기본적 문제와 연결하여 정당히 해석하고 해명하는 것이 오늘날 지식계급의 할 일이리라.

만일 그렇다면 우리는 끝으로 이 땅의 조그마한 현실에 돌아와 한낱의 결어를 부가할 수 없을까? 오늘날 이 땅에는 옛 조선(祖先)의 고전과 전통을 탐색하는 집요한 정열이 대두한다. 이러한 정열이 대두하는 데는 여러 가지 이유가 있을 것이다. 한데 미래의 전망의식 즉 개방된 입장에서 볼 때에도 우리는 그의 문화적 의의를 십분 평가하여 주지 않으면 안 될 것이다. 우리는 새로운 문화를 창조하기 위하여서는 우선 현재에 내포된 제문화성층을 우선 그들이 생성하던 각 역사적 시대에 환원하여 그 역사적 근원에서 충분히 이해하지 않으면 안 될 것이다. 현재에 내재한 문화 제성층은 그들의 역사적 특성을 충분히 지실(知悉)하기 위하여서는 우선 현대에서 분리하여 그들이 난만하게 발화하던 시대에 역려(逆戾)시켜 그 내용을 '역사적으로 확충하여 인식'하지 않으면 안 되기 때문이다. 그 의미에 있어 우리는 오늘날의 고전전통의 탐구열을 환영하지 않으면 안 될 것이다.

그러나 고전과 전통의 탐구가 신문화의 창조를 전제하는 것이라면(그리하는 데서만 또한 의의있는 것이지만) 일방 그들을 현대에서 분리하여 옛 시대에 결부하고 이해하는 동시에 또한 옛 시대에서 분리하여 미래적 현재에 결부하고 다시 비판적으로 결합하지 않으면 안 된다. 문화 제성층의 이해=추체험의 기준은 과거에 있는 것이나 비판=종합의 기준은 끝까지 미래적 현재에 있는 것이다. 다시 말하면 현대의 문화 제성층을 우선 충분히 이해하기 위하여서는 과거로 소상(溯上)하지 않으면 안 될 것이나 그것을 비판적으로 종합하여 새로운 문화를 창조하기 위하여서는 역사적 현재의 기본적 과제에 결부하여 비판하고 취사하며 결합하고 종합하지 않으면 안 된다는 말이다. 그렇지 않는 한 그는 단순한 고전을 위하는 고전연구, 전통을 위하는 전통연구가 되어 버리고 말 것이다. 이러한 회고의식(전망의식 아닌), 폐쇄된 입장(개방된 입장이 아닌)에서 고전전통의 탐색이 문제되는 한 우리의 현재와 미래의 생활에 소극적 의의뿐 갖지 못할 것은 두말할 것도 없다.

허나 전통문화의 탐구에 있어서 뿐 아니라 현대문화의 평론에 있어서도 상사(相似)한 타성적 의식이 있는 모양이다. 이 땅의 평론문학이 오늘날 해석학적 경향에 침윤되어 있다는 글을 얼마 전 본지(조선일보)에서 읽은 일이 있다.

문학에 관한 한 내가 말할 바 아니지만 만일 논자의 말대로 그것이 사실이라면 왜 평론이 해석에만 그칠까? 원래 해석이란 비판을 위하는 해석일 것이며 비판은 창조를 위하는 비판일 것이다. 함에도 불구하고 평론이 해석에만 그치는 것은 평론이 새로운 문화창조의 의욕을 상실한 때문이 아닐까? 일반적으로 말한다면 문화가 침체한 시기에는 비판이 해석에 종속되는 법이며 전진하는 시기에는 해석은 비판에, 비판은 창조에 종속되는 법이다.

해석은 현대를 현대에 정착시키거나 과거에 결부시키는 한에서 성립하는 것이며 비판과 창조는 과거를 과거에서 분리하고 현대를 현대에서 분리하여 그들을 미래적 현재의 입장에 결부하고 평가함으로써 가능한 것이다.

이렇게 보아올 때에는 일반적으로 이 땅의 문화인들에게는 역사의 앞날에 대한 전망의식이 소마(消磨)된 느낌이 없지 않다.

— 『조선일보』 1939년 4월

전체주의 역사관

한말로 전체주의 사관이라 말하지만 전체주의의 내용적 규정이 현재 그를 지도원리로 하는 국가나 개인에 있어서 똑같은 것이 아니어든 하물며 그 역사관에 있어서 공허(公許)된 무엇이 있을 리 없다. 오늘날 전체주의의 지도적 사상가로서 저명한 사람들—예하면 슈판이나 로젠베르그⁶⁾, 젠티레르나 티그렐만을 들고 보더라도 그들 각 사람의 역사관에는 엄청난 거리와 대립까지 있다. 그러나 전체주의의 '티피컬'한 이설(理說)에 따라 그의 이론적 특징을 말할 수 있다면 동일한 의미에서 전체주의 사관의 일반적 성격을 그릴 수 없을까? 이 경우에도 전체주의의 이론일반과 사관과의 간에 꼭 일의적(一義的)인 논리적 연관이 있고 없는 여하가 문제이지만.

만일 우리가 재래의 '리베랄리즘'의 사관을 인류사관(人類史觀, 보편개성을 기초로 한)이라 말하고 '쏘시알리즘'의 사관을 계급사관이라 말한다면 전체주의 사관은 인종사관 또는 민족사관이라 말할 수 없을까? 히틀러, 로젠베르그의 독일 '나치스' 이론의 기저를 형성하는 것이 예의 아리안 혈통에 대한 역사철학적 신앙인 것은 주

---

6) Alfred Rosenberg(1893~1946) 나치스 정치가, 이론가. 전범으로 처형됨.

지의 사실이다. 인종에는 문화를 창조하는 자와 유지하는 자와 파괴하는 자의 세 가지 층이 있다는 것, 그리고 문화를 창조하는 자는 오직 아리안 종족으로서 문화의 세계사적 소장(消長)은 주로 아리안 종족의 흥체(興替)에, 그리고 아리안 종족의 흥체는 주로 그들의 혈액의 순불순(純不純)의 정도에 의하여 결정되어 왔다는 세계사 해석은 말 그대로 신화에 치우치는 것이지만 정도의 차이는 있을망정 상사(相似)한 이론을 '파시즘' 이태리에서도 찾을 수 있다. '나치스'가 게르만 민족을 아리안 종족의 순수형으로 믿고 자기네를 세계문화의 담당자로 자인한 데 반하여 '파시즘'은 라틴종족을 모든 인간적 덕성을 구비한 우수민족으로 믿고 다른 종족은 문화의 파괴자라 하여 배척한다. "두 낱의 대립되는 역사관이 지금까지 존재하여 왔다. 우리 '라틴' 민족의 영웅적, 개인주의적 관념과 튜튼적인 사회주의적 군거관념(群居觀念)이 그것이다. 소위 과학적 사회주의는 외국제품, 독일적 유태인에 의하여 수출된 산물이다" 한 스테파니의 말은 '파시즘'의 일반적 견해를 대표하는 것이라 한다. 물론 그들은 라틴족의 게르만족에 대한 우월을 말하는 동시에 같은 라틴족 내에서도 불란서 민족에 대한 이태리 민족의 우월을 강조함을 잊지 않는다.(나치스가 '게르만'을 아리안의 순수형으로 알 듯이) 이리하여 전체주의가 말하는 "부분에 앞서는 전체"란 끝까지 민족과 그를 대표하는 국가이다.

전체주의 사관의 또 한가지 특징을 든다면 '리베랄리즘'의 사관과 '쏘시알리즘'의 사관을 일종의 평민사관으로 볼 수 있음에 반하여 이것은 끝까지 영웅사관, 소수자 사관으로 볼 수 없을까? 인간의 평등과 자유가 '데모크라시즘'의 환상임은 물론이지만 역사에 있어서의 인간의 창조적 행동을 불변적으로 불평등한 것으로 보는 것이 전체주의의 특색이다. 역사를 우자(優者)와 열자(劣者), 지도자와 피지도자의 '전통'적 조성(組成)으로 보고 역사를 창조하는 것은 소수의 선발된 자라 한다. 역사는 선발된 자의 정신적 기록으로서 그들의 부단의 직접적 행위에 의하여 파괴와 창조를 거듭한다. 게다가 그들은 그 역사적 행동에 있어 공통된 목적을 지향하는 것도 아니고 공통된 법칙에 제약되는 것도 아니다.

그러한 의제(擬制)의 합목적성, 법칙성을 초월하여 행동하는 소수자의 주체적 행위의 비연속적 계열이 곧 역사이다. 그들이 민주주의를 배제하고 '퓨레르' 정치를 요구하며 역사의 객관적 합칙성(合則性)을 의제시(擬制視)하고 역사의 주체적 현재성을 고조하는 니체의 초인주의, 솔렐의 행동주의를 환영함도 이 때문이 아닐까? 허나 전체주의 사관이 이면에 있어서 곧 소수자 사관인 것은 흥미있는 문제이다.

전체주의 사관의 특징을 또 한 가지 든다면 계몽파(啓蒙派) 사관이 원자론적임에 반하여 그는 유기체설적임은 물론이고 전기 낭만파 사관을 정신사관, '쏘시알리즘'의 사관을 유물사관이라 말한다면 이것은 한낱의 심령(心靈)사관이다. 정신(Geist)이 이성적인 것, 합리적인 것임에 반하여 심령(Seele)은 원래 신체적인 것, 충동적인 것이다. 전체주의가 그의 철학적 기초를 생철학에 구하는 것도 이 때문이다. 스펭그렐의 사관이 그 중에서도 현저한 자라 하나 전체주의 사상가 치고 적든 크든 생철학과 연관 안 가진 것이 드문 모양이다. 그들은 '진보'와 '발전'의 대신 '순환', '사멸', '창조', '심화'를 말한다. 그러나 생각하면 전체주의가 말하는 전체와 부분이 원래 논리적 범주가 아니고 생철학적 범주임은 물론 그 이른바 전체로서의 민족을 "피와 흙"에 의하여 규정하는 한 자연주의 생명관으로 떨어질 것은 당연한 귀결이 아닐까?

허나 이러한 특징을 낱낱이 든다는 것은 무의미한 짓이므로 끝으로 한 가지 억측에 가까운 결론을 부가한다면 18세기 계몽사관을 혁신과 전진을 모토로 한 칸트적 오성인간의 사관이라 말하고

19세기 전기의 낭만파 사관을 완성과 조화를 몽상하는 헤겔적 윤리인간의 사관이라 말할 수 있다면 오늘날 전체주의 사관은 대세를 기도(旣倒)에서 만회하려는 슈프랑겔의 이른바 '맹수인간'의 사관이라 볼 수 있다.

그러나 이상에 말한 것은 전체주의의 일례로서 '나치즘'과 '파시즘'의 사관의 일면을 그려본 데 불과하고 당래할 전체주의의 가져야할 사관이 반드시 그리 되어야 한다는 것을 의미함은 아니다. 전체주의 사관이 적어도 장래할 인간의 영도사관이 되려면 그는 한 민족의 특수사와 제국민의 보편사를 합리적으로 연결할 수 있는 구체적, 보편적 원리를 가진 사관이 되지 않으면 안 될 것이다. 그러나 지성의 용인을 얻을 수 있는 그러한 사관이 그 입장에서 과연 가능할까?

—『조선일보』 1939년 2월

과학과 현대문화

　우리는 흔히 현대문화라면 '과학문명'이라 말한다. 그만큼 과학 특히 자연과학은 현대문화에 있어서도 결정적인 의의를 차지하고 있다. 근대문화의 기조가 예의 합리주의적 정신과 실증주의적 정신에 있었음은 이곳에서 새삼스러히 말할 것도 없다. 현대문화에 이 두 낱의 정신이 있다면 그는 근대로부터 계승한 것이다. 근대 정신은 인간생활의 모든 가치를 이성이라는 만능의 가위로 재단하였으며 모든 사물의 실재성을 경험이라는 유일한 시금석에 걸고 결정하였다. 그들에게 있어서는 '가치있는 것'이란 말과 '합리적'이란 말 그리고 '경험적'이란 말과 '실재적'이란 말은 거의 동의이어(同義異語)의 맞바꿀 수 있는 개념이었다. 그리고 근대문화의 기조로 형성하는 이 두 낱의 특성—합리성과 실증성이 원래 과학의 '과학성'을 결정하는 중요한 표식인 것은 말할 것도 없는 것으로 근대문화의 합리적, 실증적 정신은 요컨대 근대과학의 산물이었다. 관점에 따라서는 근대문화의 실증적 정신은 '실험'과 '관찰'을 방법으로 하는 경험적 자연과학의 산물이지만 그의 합리적 정신만은 '분석'과 '연역'을 방법으로 하는 선험적, 수학적 사유의 산물이라 말할런지 모른다. 그리고 이미 근대철학의 초기에 있어서 그 한 아이 데카르트에서 발원하고 다른 한 아이 베이컨에 의하여 대표되어 내려온 것만도 사실이다. 그러나 그와 반대로 근대과학사에 있어서는 처음부터 이 두 낱의 정신이 완전히 통일되어 내려왔다. 자연과학의 범형(範型)이 '정밀과학'으로서의 물리학에 있으며 물리학이 그 발생초기에 있어서 역학(力學)으로서 출발한 것은 말할 것도 없는 바어니와 이 근대역학에 정석(定石)을 제공한 갈릴레오에 있어서 이미 수학적 방법과 경험적 방법은 정형(整形)된 통일을 형성하였던 것이다. 그의 과학방법에 있어서의 이른바 '분해'와 '합성'은 단순한 '수학적 직관'에 의하여 가능할 것이 아니다. 그리고 역사과학에 있어서는 그의 시조로 볼 수 있는 콩트에 있어서 이미 합리성과 실증성이 대립된 의미에서 쓰여지지 않고 '합리적 실증성'이란 말로서 완전히 통일된 의미에서 쓰여졌다. 그리고 그것은 차라리 당연하였다. 그는 사회학의 과학으로서의 범형(範型)을 자연과학에 두고 그의 연구에 자연과학적 방법을 도입하였었다.

그러므로 한 말로 말하면 근대문화의 합리적 정신과 실증적 정신은 근대과학이 배태한 쌍생아로 볼 수 있다.

그러나 자연과학이 근대문화에 갖고 있는 이러한 결정적인 지위는 단순한 정신적 교섭으로서 보다도 근대생산에의 기술적 응용을 통하여 획득된 것임을 잊어서는 안 될 것이다. 근대생산의 팽배한 발전은 기술의 급격한 변혁을 기초로 하고 수성(遂成)된 것이며 기술의 변혁은 과학의 협동을 기다려서 가능하였던 것이다. 과학은 직접생산자의 육체적 숙련성에 종속되었던 '성질적(性質的)', 비전적(秘傳的)인 기술을 해방하여 '분량적(分量的)', 사회적인 그것에 인상(引上)하였다. 자연과학은 이와 같이 생산의 사명(死命)을 제(制)할 지위에 섰기에 그는 능히 중세적 '테오크래시즘'에서 이탈한 정신문화에 절대의 영향을 미칠 수 있었던 것이다.

  그런데 역사가 현세기에 들어서자 근대문화의 합리적, 실증적 정신에 대한 반동으로서 비합리주의, 상징주의가 대두하게 되었다. 이것은 오늘날 한낱의 지류라기보다 주류를 형성하고 있다. 근대문화의 정신이 합리적, 실증적인 것이라면 현대문화의 그것은 틀림없는 비합리적, 상징적인 것이다. 오늘날 문화이론의 주류로 형성하다시피 된 성격학적(性格學的), 관상학적(觀想學的), 형태학적 제 이론도 모두 이 현대적 경향을 추향(趨向)하는 것이다. 그들은 무엇보다도 정신문화를 기술문명으로부터 구별하여 문화라면 종교, 예술, 철학 등에만 국한하고 과학과 기술은 문화의 영역에서 제외하여 버린다. 그리고 그들은 문화의 극치를 합리성보다도 상징성에 두며 '외적 형태'보다도 '내적 형상'을 문제한다. 현대문화의 이러한 비합리주의에의 추향은 그 사회적 근거를 따진다면 현대의 기성질서가 통일적 '쏠리탈리티[solidarity]'를 잃고 혼돈과 확산의 상태에 있는 때문이리라. 백반(百般)의 사회사상(事象)이 합리적 정신으로 재단할 수 없을 때에 이성의 무력(無力)을 자각한 '페시미즘'은 최후의 통로로서 신비주의와 상징주의로 추향하지 않을 수 없다. 그런데 인간이란 어디 가든지 늘 구실(口實)을 준비하는 것으로서 그들은 이설(理說) 아닌 교설(敎說)을 한낱의 정설(定說)로 내세운다. 왈―현대의 위기는 합리적 실증정신이 만들어낸 과학문명의 과잉에서 배태된 것이라고. 기계가 인간을 학대하고 물질이 정신을 억압한 데서 현대의 위기가 도래하였다는 것이다. 이리하여 그들은 과학을 공격하기에 여념이 없는 모양이나 이것은 누가 보던 무실(無實)한 무고(誣告)이다. 물질문명의 발달은 그 당연한 이법(理法)으로서는 인류생활에 향상과 행복을 재래할 것이지 단연코 타락과 불행을 초치(招致)할 것이 아니기 때문이다. 기계 그 자체에 인간을 황폐케 하는 주문이 붙었을 리 없으며 물질 그 자체에 정신을 마비시킬 마약이 숨었을 리 없다. 그럼에도 불구하고 과학과

기술의 발달이 소기의 목적과는 반대의 결과를 초치하였다면 그
결함은 과학과 기술 그 자체에 있는 것이 아니고 그의 이용기구(利
用機構)에 있는 것이 아닐까? 함에도 불구하고 모든 죄과를 과학에
뒤집어 씌우는 것은 말하자면 상전한테 뺨맞고 제 처에게 투정질
하는 격이다.

그야 어쨌든 오늘날 주목할 경향의 하나는 과학적 정신은 냉대
받음에 불구하고 과학적 기술만은 열병에 가까운 수요를 일으키고
있다. 더욱이 이 땅에서는 시세(時勢)의 소치(所致)로 합리적, 실증적
정신은 '서양의 것'이라 하여 송충(松虫)과 같이 혐기(嫌忌)되는 반면
에 그가 만들어내는 생산기술만은 생산력의 확충을 위하여 무상명
령적(無上命令的)으로 요구되고 있다. '정신'은 고사(枯死)하면서도 '기
술'만은 건전한 발달을 할 수 있는가 하는 것도 문제이지만 그 보
다도 주목할 것은 현대에 있어서는 정치의 구심적 요구에 의하여
과학의 발달이 불균등적, 파행적 상태를 계속하지 않을 수 없다는
사실이다. 크게는 역사과학과 자연과학을 비교하여 볼 때에도 그
렇지만 적게는 자연과학의 내에서도 시국에 필요한 과학과 그렇지
않은 과학과의 간에 있어서도 그러하다. 그러나 설사 파행적이라
하더라도 자연과학의 발달이 존속하는 한 문화의 안전감을 상실한
현대인은 한가닥의 희망을 그곳에 부치지 않을 수 없다. 왜? 문화
의 세계성과 보편성을 최후로 보증하는 다름 아닌 그 자연과학만
은 당행(當幸)으로 이 사회에 밥과 옷을 제공하는 학문인 만큼 현대
에 있어서도 함몰할 위험성이 적기 때문이다. 문제는 그 정신이
단순한 기술에까지 '인하'된 데 있다면 오늘날에 있어서도 가능한
노력은 그 기술을 다시 고전적인 정신에까지 '인상'하는 데 있어
야 할 것이다.

—『동아일보』 1939년 3월

역사에 있어서의 행동과 관상(觀想)

인간이 역사를 생각하는 경우에 취하는 바 태도를 우리는 대략 두 가지로 나눌 수 있지 않을까요. 행위하는 사람의 역사에 대한 태도와 관상(觀想)하는 사람의 역사에 대한 태도는 완전히 다를 줄로 생각합니다. 행위하는 사람은 역사의 첨단에서 새로운 역사를 창조하며 관상하는 사람은 역사의 후면에서 만들어진 역사를 해석만 합니다.

행위하는 사람은 역사를 창조하는 입장에 선 만큼 그는 과거와 현대의 모든 것을 부정하지 않으면 안 됩니다. 그는 모든 기성의 것, 기유(旣有)의 것을 니체와 같이 '생의 질환'으로 보지 않으면 안 됩니다. 백세(百世)를 반거(盤踞)하고 있는 완강한 전통도 그의 앞에서는 진애(塵埃)의 퇴적으로 밖에 더 안 보이며 만인을 견제하는 둔중한 법칙도 그의 앞에서는 의제(擬制)의 '도그마'로밖에 더 안 보이는 법이외다. 사실 그렇지 않고야 어떻게 옛것을 깨트리고 새것을 창조할 힘이 생기겠습니까?

인류가 수천재(數千載)를 두고 쌓아 올린 전통의 압중(壓重)한 성곽이나 시대가 수억인(數億人)을 한 골로 내어모는 법칙의 빽빽한 그물도 그가 한발 내어디디는 순간 그의 각하(脚下)에서 부서진다는 신념이 있기에 그는 능히 위대한 사업을 성취하는 것이겠지요.

"우리는 늘 미래가 무엇을 재래(齎來)하는가 하는 것을 염려하지 않는다. 우리는 역사의 숙명과 계시에 기대하지 않는다. 역사가 반복하는 것 지정된 도정(道程)을 걷는다는 것을 우리는 믿지 않는다"

이 무솔리니의 호어(豪語)는 그의 정치적 입장을 도외시한다면 역사를 움직이는 사람의 말로서 의미깊은 것이 있다고 생각합니다.

그러나 역사를 관상(觀想)하는 사람은 그와 다를 줄로 압니다. 창조하는 사람이 역사를 늘 단속적 '계열(Reihe)'로 보는 반면에 관상하는 사람은 늘 연속적 '체계(System)'로 볼려고 합니다.

전자가 역사를 과거에서 분리하여 늘 그의 주체적 현재성을 강조함에 반하여 후자는 역사를 현재에서 분리하여 늘 그의 객관적 필연성을 문제합니다. 전자가 역사를 개방된 생성태에서 본다면 후자는 늘 역사를 폐쇄된 완결태에서 봅니다. 전자가 역사를 순간적, 가소적(可塑的)인 것으로 본다면 후자는 역사를 체적(體積)과 연장(延長)을 가진 '마도마리⁷⁾'로만 봅니다. 그것은 아마 전자가 역사의 첨단에 서서 미성(未成)의 역사를 행위적으로 창조함에 반하여 후자는 역사의 후면에서 기성의 역사를 학문적으로 정리하는 입장에 있기 때문이겠지요.

그런데 사실에 있어서 역사란 어떠한 것이겠습니까? 역사란 창조의 측면에서 볼 때에는 순간 순간이 행위하는 사람들의 결단과 모험에 의하여 무에서 유가 생성하는 것이외다.

즉 개개의 순간이 모두 독자의 의미와 개성을 가진 단속적, 개체적인 것이외다.

그러나 역사를 다시 존재의 측면에서 볼 때에는 어떻습니까? 그들 순간 순간의 결단과 모험 그리고 그 결단과 모험에 의하여 발

---

7) まとまり

생한 사건과 사건이 한데 연결되어 한낱 '완전한' 체적과 연장을 형성하는 것이 아닐까요. 이 의미에 있어 역사는 도리어 연속적, 일반적인 것이외다.

아니 더욱 엄밀하게 말하면 존재로서의 역사는 늘 그를 부수고 나가는 행위로서의 역사의 계속적 계열을 자기의 완결된 체계에 붙잡아 매며 행위로서의 역사는 존재로서의 역사의 연속적 체계를 부수고 늘 그를 단절하면서 행진하는 것이외다. 행위와 존재는 일방 내재적 측면에 있어서는 한데 연속되어 있으면서도 타방 초월적 측면에 있어서는 서로 단절되어 있는 것이외다. 존재를 떠난 행위가 없고 행위를 떠난 존재가 없는 법이외다만 존재와 행위는 또한 상이한 논리적 차원에 속하는 것으로 서로 반발하고 대립하는 것이외다. 역사의 기체(基體)으로서의 인간이 원래 주체적 행위와 객체적 존재의 대립적 통일이외다. 그는 '피투적(被投的) 존재'로서는 존재의 체계에 속하는 동시에 '기획적(企劃的) 존재'로서는 행위의 계열에 속하는 것이외다. 행위와 존재의 이러한 대립적 통일로서 전체로서의 역사가 형성되는 것이 아닐까요.

그런데 역사관이란 늘 시대의 제약을 받는 것으로 역사에 있어서 통일적 경향이 우세한 시기, 즉 그 전체가 한낱의 완결성을 가지고 완성과 조화의 상태에 있는 시기에는 역사의 연속관이 늘 우세를 차지하는 법이외다. 그 전형으로서는 전세기의 헤겔의 역사관을 들 수 있겠지요. 그러나 역사가 전형하는 시기, 즉 그 전체가 대립과 분열의 상태 또는 옛것이 파괴되고 새것이 창조되는 시기에는 역사의 단속관(斷續觀)이 도리어 우세를 차지하지 않는가 생각합니다. 그 전형으로서는 현대 이태리의 파시즘의 역사관을 들 수 있습니다.

다시 말하면 역사의 완성기에는 관상적 역사관이 주세(主勢)를 잡고 전형기에는 행위적 역사관이 주세를 잡는다고도 말할 수 있습니다. 그야 그럴 것 아닙니까? 한낱의 사회질서가 파괴와 초창(草創)의 험난한 시기를 거쳐서 완성과 조화의 상태에 도달하면 그것은 한낱의 질서정연한 객관적 동형성(同形性)을 가진 관찰체계에 정착시키는 것이 필요한 반대로 '형상(形象)'과 '정형(定型)'을 갖지 않은 단편적, 순간적인 행위의 계열에 해소하는 것은 위험하기 때문이외다. 그러나 당해(當該) 사회질서가 완성과 조화의 계단을 넘어서 개조와 초창(草創)의 시기에 도달하면 기성의 정착된 사회질서를 깨고 새로운 질서의 창조가 강요되는 만큼 자연히 관상에 대한 행위의 우월이 요구되지 않을 수 없습니다.

그런데 사실 현대에 사는 우리에게 어떠한 역사관이 더욱 핍진하는 것이며 매력있는 것이겠습니까? 현대가 역사의 전형하는 시기인 만큼 시세의 소치도 있겠지만 단속적 역사관이 그것이 아니겠습니까? 역사란 똑바로 말하면 행위의 계열이외다. 관상은 여건(與件)을 여건에 환원하는 것, 즉 유(有)를 유에 관계짓는 기능만 같지 못한 것임에 반하여 행위는 무에서 유를 창조하는 의미를 가진 것이외다. 역사란 학자의 역사가 아니고 영웅의 역사외다.

어폐있는 말이지만 관상은 억겁을 누적한대야 역사에 새로운 그 무엇을 부가하지 못하지만 행위는 능히 한 순간에 과거를 뒤집고 미래를 만들어 냅니다. 역사에 있어서는 우리같은 범부들의 천만 타스보다도 한 사람의 시저와 한 사람의 나폴레옹이 귀중할는지 모릅니다. 관상은 범부의 여기(餘技)이나 행위는 영웅의 특권이외다. 그러므로 우리는 역사의 창조를 말하는 한 범속한 인도적(人道的) 감정을 버리고 혈(血)과 육(肉)을 뜯는 영웅을 찬미하지 않을 수 없습니다. 고래로 많은 민족이 절대의 위기에 직면하거나 위대한 비약을 시험하는 때에 영웅을 대망하는 것이 어찌 무리이겠습니까. 오늘날 부란(腐爛)한 기성질서에 식상한 문화 제국민(諸國民)이 우리의 냉정한 이성적 판단으로서는 헤아릴 수 없을 만큼 벌거벗은 '주먹'과 '심장'만을 가진 지도자 정치에 추수하는 것도 현대의 세계의욕이 묵은 것의 해석보다도 새것의 창조를 요구하며 그 새 것을 창조하는 것은 범부의 관상보다도 영웅의 행위이기 때문이 아니겠습니까.

존재와 대립하는 의미의 행위란 무엇입니까? 그것은 인간이 세간(世間)에서 세계(世界)로, 객관적인 유(有)에서 주체적인 무(無)로 초출(超出)하는 데서 생기는 것이외다. 즉 그는 모든 유를 부정하고 모든 유를 초월하는 데서 성립하는 것이외다.

역사를 말하는 한 유라는 것은 기성의 역사 즉 협의의 역사, 인류가 현대까지 쌓아온 모든 족적을 의미하는 것이외다. 그 모든 과거(현대까지 포함한)를 "산 것을 붙잡고 있는 죽은 물건"이라 하여 고문하고 단죄하고 타매(唾罵)하고 매장하는 데서 행위가 출현합니다. 그러므로 그는 모든 과거로부터 단절된 것이외다. 그리하여 그는 '없는 속'에서 '있는 것'을 만들어 내는 것이외다. 행위는 '이곳'에서 '저곳'으로 '타행(墮行)'하는 것이 아니고 이곳저곳으로 '비약' 하는 것이외다.

이곳에서 저곳으로 타행하는 것을 나는 일찍이 다른 논문에서 행위(Conduct)와 구별되는 의미의 행동(Behouionr)이라 말한 일이 있습니다. 행동과 행동은 공존성과 동질성을 가진 만큼 그들은 그 위치를 호상(互相) 교환하여도 무방한 상대적 성질을 가진 것이외다. 그러나 행위와 행위는 단속성과 이질성을 가진 만큼 그들 각자의 위치를 교환할 수 없는 순간 순간이 절대적 성질을 가진 것이외다. 그러므로 한 개의 행위는 다른 행위를 낳지 못하는 법이며 따라서 행위에 있어서는 행동에 있어서와 같이 전건(前件)에 의하여 후건(後件)을 연역할 수 없습니다. 그 의미에 있어서 우리는 한 사람의 국보(國寶) 철학자[8]와 같이 행위를 절대무를 장소로 한 것, 혹은 세

---

8) 니시다 기타로(西田幾多郞)를 가리킴.

계의 무저(無底)에서 출현하는 것이라고도 말할 수 있습니다. 역사에 있어서 순간 순간이 그대로 연속되지 않고 단속성과 개별성을 갖는 것은 이 때문이외다. 개개의 순간이 이질의 내용 즉 특수한 의미로 갖는 것도 이 때문이외다.

그런데 행위란 이와 같이 모든 유를 부정하고 무에서 유를 창조하는 기능을 가진 만큼 행위하는 인간은 엄혹하게 말하면 개개의 행위적 순간에 있어서 그 행위를 조준할 만한 그 어떠한 기성의 준칙이나 척도를 가질 수 없습니다. 기성의 준칙이나 척도에 조준하여 수행되는 것은 유(有)에서 유(有)로 이동하는 행동이외다. 그와 반대로 무에서 유를 창조하는 행위는 늘 무에서 무로 비약하는 까닭에 원칙적으로 기성의 준칙과 척도와 절연하지 않을 수 없습니다.

그러므로 역사의 첨단에서 역사를 창조하는 인간은 일정한 객관적 기준을 못가진 대신 그 주체적 신념으로서 첫째 일정한 형태의 '뮤토스'를 가지지 않을 수 없습니다. '뮤토스'란 신앙이며 정열이며 요구이며 주장이외다.

그리고 그것은 이미 만들어진 그 어떠한 과거에서 빌려온 것이 아니고 전혀 현재의 무저(無底)에서 우러나오는 것이외다. 그리고 그것은 새로 창조되는 것인 만큼 아직 지성의 편조(遍照)를 받지 않은 말 그대로의 신화외다. 역사의 주변에 사는 우리 범부들은 늘 상식이라던가 전통이라던가 관습이라던가 여론이라던가 하는 이미 소여된 일정한 '도그마'에 삽니다.

그만큼 우리들의 일상생활, 즉 내가 말하는 행동은 정열과 용기가 없이도 안이하게 수행될 수 있습니다.

그러나 역사를 창조하는 인간은 이미 만들어진 '도그마'에 의하여 자기의 행위를 규정할 수 없는 만큼 도그마의 반대인 일정한 '뮤토스'를 가지지 않을 수 없습니다. 사회가 계위적(階位的)으로 조성된 시대에 있어서 자유와 평등을 말하는 것은 한낱의 신화이며 자유와 평등이 자명한 진리, 즉 '도그마'로 군림하고 있는 시대에 있어서 계층과 '띡타류—ㄹ'을 말하는 것도 한낱의 신화외다. "우리는 한낱의 신화를 창조한다. 신화는 신앙이며 고귀한 정열이다. 그것은 결코 실재함은 불요(不要)한다. 그는 충동이며 희망이며 신념이며 용기이다"한 무솔리니의 말은 역사의 현(現)발전단계에 있어서의 그의 위치와 의의는 별문제로 하고 그의 정치적 생애에 결부하며 생각할 때에는 의미없는 소리가 아니외다.

그리고 행위란 무에서 유를 창조하는 것 만큼 역사의 첨단에 선 인간은 둘째 순간 순간에 있어서 자기의 생명을 걸고 운명과 도박하지 않을 수 없습니다. 역사의 주변에 사는 우리는 한 민족 또는 전인류의 역사적, 사회적 경험의 집적으로 형성된 제다의 '의미형상'을, 우리의 행동 추형(雛形)을 갖고 있습니다. 따라서 우리는 이들 '의미형상'에 즉하여 자기의 행동을 조준(照準)할 수 있으며 따라서 일정한 행동여건에 의하여 일정한 행동결과를 예상할 수 있습니다.

그러나 역사의 첨단에 선 행위인간은 소여된 일정한 경험에 의하여 자기의 행동의 결과를 명료하게 예상할 수 없는 만큼 운명과 도박할 것은 자명하외다. 역사적 현재는 어느 곳 어느 때에든 '카오스'이며 심연이외다. 그 순간에 결단하고 그 심연에 뛰어드는 것은 운명과 도박할 의력(意力)이 없이는 할 수 없는 것이외다. 씨저는 루비콘 하(河)를 건널 때에 해자(骸子)를 던졌다고 말하였다 합니다. 그러나 그것은 비단 씨저 뿐 아닐 줄 압니다. 역사상에 나타난 모든 역사적 인물은 중요한 순간의 행위에 있어 늘 해자를 던지고 모험하였을 줄 압니다. 운명에의 깊은 신뢰 없이는 그가 내디디는 일보일보가 절대적인 의의를 가질 수 없습니다. 그러므로 우리 범부들도 항용 운명이란 말을 쓰지만 운명이란 그렇게 손쉽게 드비다룰 문구가 아니라 생각합니다. 역사를 창조하는 입장에 선 개인이나 민족이 아니고는 운명의 깊은 의미를 체험하지 못하리라 생각합니다. 자고로 영웅적인 개인이나 민족의 생애는 모두 운명적인 의미를 가졌습니다. 영웅의 생애가 운명으로 점철되는 것은 행위로서의 역사가 원래 운명이기 때문이외다. 더욱 엄밀하게 말하면 역사가 원래 행위와 존재, 자유와 필연의 대립적 통일이기 때문에 역사적인 것은 모두 운명적인 성질을 띠는 것이겠지요. 역사와 운명의 관계에 대하여서는 후일 독립한 논제로 말하여 보겠습니다만 이곳에서는 역사를 이해하는 데는 운명개념을 결(缺)할 수 없다는 것 그리고 역사를 창조하는 인간은 적든 크든 운명과 도박할 실력을 결할 수 없다는 것만은 말하여 둡니다.

그런데 행위와 반대되는 존재란 무엇입니까? 그것은 끝까지 유에서 비롯하여 유로 끝나는 것이외다. 즉 그는 행위가 남긴 족적으로서 행위가 과거로부터 단절된 것임에 반하여 이것은 도리어 과거에 연속되어 있는 것이외다. 아니 과거에 연속되는 것이라기보다도 과거의 연장이라고 말하는 것이 더욱 적당합니다. 존재란 행위의 족적에 객관적인 질서와 관계를 부여하는 관계개념이외다.

그것은 행위가 '뮤토스'와 운명에의 도박인 대신 이것은 전통과 관습, 상식과 법칙의 퇴적이외다. 그리고 이러한 존재로서의 역사에만 종속하여 생활하는 것은 우리 범인들로서 위에서도 말한 바와 같이 늘 소여된 준칙에 즉하여 행동합니다. 이러한 인간을 나는 일찍이 행동인간이라 말한 일이 있습니다. 행동이란 유에서 유로 이동하는 것으로 기성의 역사를 타성적으로 반복하는 것 이외의 아무것도 아니외다. 따라서 존재로서의 역사는 행동으로서의 역사라고 불러도 좋습니다. 그런데 이러한 존재로서의 역사, 행동으로서의 역사는 우리의 관상에 의하여 정리하고 번역할 수 있습니다. 행위가 주체적인 것임에 반하여 존재는 객체적인 것이외다. 행위는 개성적인 것임에 반하여 존재는 일반적인 것이외다. 행위는 단속적인 것임에 반하여 존재는 연속적인 것이외다. 행위는 무(無)지만 존재는 유(有)입니다.

그러므로 행위는 개개의 행위자의 주체에 즉하여 체험할 수밖에 없으나 존재는 제삼자로서도 특수적, 일반적인 일정한 한도의 동형성, 동질성에 환원하여 인식까지도 할 수도 있습니다. 집약하여 말하면 미성(未成)의 역사를 창조하기 위하여서는 운명이념이나 상징작용에 의뢰하지 않을 수 없으나 기성의 역사를 해석하고 설명하기 위하여서는 관상으로서 충분합니다. 행위로서의 역사는 통찰할 밖에 없으나 존재로서의 역사는 인식할 수 있습니다. 운명은 직관할 밖에 별 수 없으나 존재는 분석할 수 있습니다. 역사를 행위적 측면에서 볼 때에 우리는 운명과 신화의 중요한 의의를 시인하는 동시에 존재적 측면에서 볼 때에는 관상과 이성의 중요한 의의를 시인하지 않을 수 없습니다.

그런데 오늘날 우리에게 있어서는 이미 만들어진 역사, 과거의 역사가 문제 아니고 현재의 역사, 만들면서 있는 역사가 문제되지 않습니까? 우리에게는 지나간 역사의 인식이 문제가 아니고 지금 우리가 살고 있는 역사를 창조하는 것이 문제외다. 학(學)이 문제가 아니고 생활이 문제외다. 현대의 지식계급이 역사의 문제에 치중하는 것은 인식의 요구, 즉 관상을 만족시키기 위하여서가 아니라 생활의 요구, 즉 오늘의 생활을 수립하기 위하여서외다.

근대 역사철학의 발전사를 보면 이 세기의 초두까지도 역사의 인식문제가 주제가 되었습니다만 우리의 생활이 절대의 위기에 직면한 오늘날에는 안한(安閑)한 인식문제가 우리의 관심대상이 될 수 없습니다. 그만큼 우리는 역사의 현재와 자기의 생활을 대질할 때에 어둡고 무거운 운명의식에 사로잡히며 그 누구나 또한 미래에 대한 어떠한 '꿈'(신화)을 요구하고 있는 줄 압니다. 그런데 지금까지 역사에 있어서 이 운명의 문제를 깊이 파악한 것은 예의 헤겔이라 합니다. 이것은 누구나 하는 말이외다. 그러나 헤겔의 사관은 이성사관, 관상사관이외다. 일반자(一般者)의 사관, 유(有)의 사관이외다. 이미 만들어진 존재로서의 역사를 문제하고 역사의 현재와 미래를 문제하지 않았습니다. 헤겔의 사관이 이러한 것이었던 만큼 그에 의하여 행위의 문제, 운명의 문제가 정당히 파악되었는가는 의문이외다. 이성에 편조(遍照)된 운명과 행위를 엄밀한 의미에 있어서 운명이나 행위라고 부를지 의문이외다. 행위가 주체적 실천이고 객관적 존재가 아닌 것 같이 운명은 주체적 의식이 아니고 객관적 상념이 아니외다. 오늘날 많은 사람들이 헤겔의 일반자의 철학보다도 실존철학이나 니시다(西田)의 개체자의 철학에 깊은 흥미를 느끼는 일반(一半)의 이유도 이러한 곳에 있는 줄로 압니다.

그러나 우리가 지금까지 문제한 것은 존재와 단절된 의미의 행위이며, 행위와 단절된 의미의 존재였습니다. 행위와 존재를 단절된 측면에서만 보고 연속된 측면에서 보지 않았습니다. 그러나 행위는 일면 존재와 단절되어 있으면서도 타면 연결되어 있는 것이외다. 일면 대립하여 있으면서도 타면 통일되어 있는 것이외다. 존재란 행위가 과거에 남겨논 단순한 족적이 아니고 행위를 현재에서 미래로 비약시키는 탄성대(彈性臺)외다. 행위는 주체적으로 보면 무(無)에서 출현하는 것일런지 모르나 객체적으로 보면 일정한 존재영역에 속하는 것이외다. 모든 행위는 일정한 존재양식을 가졌습니다. 존재를 관계라면 행위는 관계항이외다. 항은 관계의 속에서만 항으로서의 현실성을 갖습니다. 행위하는 영웅도 시대의 객관적 정세와 자기의 자치적(自治的) 지위를 고려하지 않고는 촌보도 내어디딜 수 없습니다. 행위는 늘 그가 놓여있는 존재양식에 의하여 제약되지 않을 수 없습니다. 신이 아닌 인간에게 절대의 자유가 있을 리 없습니다. 신은 만들기만 하고 만들어진 것이 아니지만 인간은 만들어진 물건으로서 만드는 것이외다.

물론 이 경우에 있어서 항은 관계의 속에 전적으로 분해하여 버릴 수 없는 잉여를 가진 것이외다.

개인은 사회에 전적으로 분해하여 버릴 수 없는 독특한 개성을 가진 것이외다. 사회의 개별화로서의 개인은 엄밀하게 말하면 갑과 을을 맞바꿀 수 있는 일정한 역사적, 사회적 공통성을 가진 개인으로서 개인이라기보다도 사회인이외다. 참다운 의미의 개인이라 하는 것은 사회라는 공약수에 의하여 할진(割盡)할 수 없는 비합리적인 개성이외다. 양식은 내용을 전적으로 담을 수 없습니다. 단순한 존재로부터서는 행위를 추출할 수 없습니다.

그러나 존재로서의 일면을 갖지 않은 행위는 있을 수 없습니다. 사회적 타입을 벗어난 개인은 있을 수 없습니다. 영웅이라 하는 것도 시대의 산물이외다. 존재의 제약을 떠난 행위, 사회를 장소로 하지 않은 개인이 있을 수 있습니까. 그 의미에 있어서 행위란 단순한 무에서 출현하는 것이 아니고 유와 무, 객체와 주체의 통일로서 형성되는 것이외다.

이렇게 본다면 운명도 단순한 무가 아님을 알 수 있습니다. 운명도 행위와 존재, 무와 유의 대립적 통일에서 생기는 것이외다. 운명의식이라 하는 것도 그를 의식하는 인간의 객관적 존재를 그 어떠한 형식으로든 반영하는 측면이 있을 것이외다. 운명을 흔히 우연과 필연의 통일로 보는 본의도 이러한 곳에 있지 않을까요. 역사를 만드는 인간이 동시에 역사에서 만들어진 인간인 데에 운명이 있습니다. 아니 더욱 엄밀하게 말하면 동일한 영웅이나 민족의 역사를 만드는 측면과 역사에서 만들어진 측면이 통일에서 대립으로 나가는 경우에 운명의식이 발생하는 법이외다. 비극이 '영웅적 시대'에 발생하는 이유도 영웅적인 시대가 주체와 객체가 분열과 모순의 상태에 있기 때문입니다.

만일 그렇다면 영웅적 인간이나 민족의 단순한 '뮤토스'와 운명에의 맹목적 도박에 의하여 역사가 창조될 수 없는 것이 아닐까요?

단순한 어두운 정열과 의지에 의하여 역사가 생성되는 것이 아니외다. 객체를 주체에 인상하기 위하여서는 주체는 일응 객체에 순응하지 않으면 안 될 것이외다. 행위는 무에서 유를 창조하기 위하여서는 우선 유에 결부하지 않으면 안 될 것이외다. 대리석을 소재로 하고 인체를 창조하는 예술가는 자기의 두뇌 속에 그린 형상을 자료의 자연적 성질에 제약하지 않을 수 없습니다. 아니 주체가 객체를 부정하는 측면에 있어서는 인체의 형상은 조각가의 두뇌에 있을는지 모르나 주체가 객체를 긍정하는 측면에 있어서는 그는 도리어 질료에 내재한 형상이라고도 말할 수 있습니다. 그 의미에 있어서 역사를 만드는 개인이나 민족은 역사의 합칙적 필연성에 대한 깊은 인식을 요구하지 않을 수 없습니다. 행위는 과거와 현재를 부정하기 위하여서는 우선 그를 인식하지 않으면 안 됩니다. 그리고 그것은 가능합니다. 인간은 단순한 육체로서는 환경을 초월할 수 없지만 사유에 의하여서는 환경의 안에서 환경의 밖으로 초출(超出)할 수 있습니다. 그리고 인간이 환경의 안에서 밖으로 초출하는 데 따라 환경은 폐쇄된 장소에서 개방된 세계로 이행하는 법이외다. 다시 말하면 인간이 객체적인 유에서 주체적인 무로 초출하는데 따라 주체적인 환경은 우리의 앞에 대상적인 세계로 전개됩니다. 그러므로 우리는 우리의 행위와 운명까지도 예료(豫料)하고 통찰할 수 있습니다. 과거의 역사를 알고 현재의 행위를 반성함으로서 그때 그대로 봉착하는 운명을 유리하게 제패할 수 있습니다. 다시 말하면 역사를 창조하는 인간들의 '뮤토스'는 지성에 의하여 이부(裏付)되지 않으면 안 될 것이며 그들의 운명과의 도박은 역사의 필연성에 대한 인식에 의하여 향도되지 않으면 안 될 것이외다.

지성에 이부(裡付)되지 않은 '뮤토스'는 그야말로 단순한 '뮤토스'

에 그칠 것이며 역사의 필연성에 대한 인식을 함축하지 않은 행위
는 그야말로 단순한 운명과의 도박에 그칠 것이외다.

그리고 만일 그렇다 하면 우리는 역사의 단속관(斷續觀)을 연속관
에 의하여, 역사의 현재를 과거에 의하여, 주체적 행위를 객체적
존재에 의하여 보족(補足)하는 것이 옳지 않을까요? 현재의 행위를
유리하게 향도하기 위하여서는 그 행위가 관계하는 현대역사에 내
포된 모든 문화적, 경제적 제성층을 일방 현대적 상황 속에 있어
서의 그들의 위치와 역할에 상응하게 명확히 평가하는 동시에 그
평가를 다시 보증하게 하기 위하여서는 그들이 생성하던 각 시대
에까지 소상(溯上)하여 그들을 역사적으로 확충하여 인식하지 않으
면 안 될 것이외다. 이러한 인식과 평가가 없이 미성(未成)의 역사
를 창조하는 것은 불가능하며 이러한 인식과 평가를 위하여서는
역사의 객관적 필연성에 대한 기초적 인식이 그 지표가 될 것은
두말할 것도 없습니다. 현대는 인식을 위하여서가 아니고 창조를
위하여서 역사를 문제하는 지 모릅니다. 그러나 창조하기 위하여
서는 우선 인식하지 않으면 안 될 것이외다.

그런데 우리는 일방 역사를 행위하는 사람의 단속관(斷續觀)을 연
속에 의하여, 현재성을 과거에 의하여 보충하는 동시에 타방 또한
역사를 관상하는 사람의 연속관을 단속에 의하여, 과거를 현재에
의하여 근거부(根據付)하지 않으면 안 될 것입니다. 행위하는 인간
의 편향이 현재를 과거에서 단절하여 보는 데 있다면 관상하는 인
간의 편향은 과거를 현재에서 분리하여 보는 데 있습니다.

그들은 역사의 현재, 행위로서의 역사는 문제삼지 않습니다. 그
들은 현재와 미래의 역사를 문제삼기 위하여 과거와 현대의 역사
를 문제삼는 것이 아니외다. 관상욕(觀想慾)의 만족을 위하여서 말
하자면 일종의 해석을 위한 해석을 합니다. 그들의 문제는 존재에
서 비롯하여 존재로 끝나고 그 존재의 근거를 행위에 의하여 구명

하지 않습니다. 그것이 역사를 문제하는 현대의 전형기적 의욕에 배치되는 것은 물론이고 역사인식의 본질에 투철한 것인가도 의문입니다.

역사연구는 학자들도 말하듯이 존재로서의 역사의 순열(順列)에 따라 과거에서 현재로 소하(溯下)하는 것이 아니라 쓰여진 역사를 매개로 하고 현재에서 과거로 소상(溯上)하는 법이라 합니다. 이 한 점으로 보더라도 역사의 단초는 행위로서의 현재이고 존재로서의 과거는 도리어 역사인식의 도달점임을 알 수 있습니다. 역사인식은 부분 대 전체의 관계로서 전체의 이해가 부분의 그것을 기다림은 물론이고 부분의 이해는 또한 전체의 그것을 전제합니다. 부분은 전체와의 연관에서 고찰되는 한에서만 그 독자성과 필연성에서 인식되는 법이외다. 일정한 역사 사상(事象)의 본질과 의의는 그가 놓여있는 시대적 전체와의 연관에서 이해되어야 하며 일정한 시대의 본질과 의의는 역사의 전(全)발전과정과의 연관에서 이해되어야 합니다. 따라서 그 어떠한 역사사상이든 일방 당해(當該) 시대의 전체성과의 연관에서 이해되는 동시에 또한 역사의 전발전과정과의 연관에서 이해되는 한에서만 그의 역사적 의의와 본질을 충분히 규지(窺知)할 수 있을 것입니다.

그러므로 역사인식에 있어서 부분과 전체의 관계를 재단하는 근저에는 늘 인식주체의 행위적 현재가 복재(伏在)함을 알 수 있습니다. 역사가가 역사서술에 있어서 사실을 선택하는 것도 그 객관적 기준은 당해 시대의 전체성에 있으나 그 주관적 기준은 행위적 현재에 있는 것이외다. 그 주관적 기준이 다시 현대역사의 객관적 존재에 의하여 제약된다는 것은 이곳에서는 한낱의 별개의 문제이외다. 이와 같이 역사인식의 주관적 기준이 늘 행위로서의 현재에 있는 만큼 역사인식은 늘 행위적 주체의 '퍼스펙티비즘[perspectivism]'의 위에서 수행될 것은 자명한 일이외다.

　존재로서의 역사는 인식주체의 행위적 실천을 중심으로 하고 그 행위적 좌표에서 원근법적으로 '체계화'되는 것이외다. 자고로 역사인식이 일방 역사의 발전을 따라 저도(低度)에서 고도로, 비리(非理)에서 합리로 앙양되어 오면서도 타방 또한 그를 인식하는 역사적 시대와 사회적 성층을 따라 각각 상이한 형태로 나타난 것은 이 때문입니다. 행위는 존재의 근거이며 존재는 행위의 성과이외다. 존재는 행위와 분리하여 있는 것이 아니고 늘 연결되어 있는 것이외다. 과거는 현재에 다층적으로 내포되어 있음으로써 행위에 의하여 이부(裡付)되어 있는 것이외다.

　그러므로 우리는 관상하는 인간들과 같이 과거와 현대를 행위적 현재에서 분리할 것이 아니라 차라리 자각적으로 행위적 현재에 결부하지 않으면 안 됩니다. 역사를 문제하는 본의가 단순한 지욕(知慾)의 만족에 있지 않고 역사의 현재와 미래의 문제를 해결하는 데 있는 이상 그리하는 것이 역사를 문제하는 동기에서 보아 당연한 것은 물론이고 역사인식의 본질에서 보아서도 그러한 것이외다. 그리고 과거와 현대를 현재와 행위에 결부하고 행위적 현재의 좌표에서 해석하는 대신 그로부터 발생하는 제다의 주관적 경향의 위험은 다른 방법에 의하여 방지하는 것이 옳지 않을까요. 인식의 객관성을 보증하기 위하여 과거를 현재에서 분리하고 존재를 행위에서 단절하는 것을 피하고(그것은 불가능한 것이외다) 도리어 행위의 좌표를 말하자면 역사적 제분력(諸分力)의 합성력을 대표하는 그 어떠한 장소=방향에 설정하는 것이 과학적으로 정당한 유일한 방법이라 생각합니다. 나는 다른 곳에서 그러한 장소=방향으로서 사회생활의 기초를 이루는 생산 그리고 그의 기본적 방향을 든 일이 있습니다. 만일 과거를 현재에서 분리하고 존재를 행위에서 절단하는 것이 인식의 객관성을 보증하려는 데 있다면 그 우려는 이러한 좌표의 선택에 의하여 일응 해소할 수 있지 않을까요.

그야 어쨌든 나는 이상에서 장황하게 관상사관의 편향은 과거를 현재에서 존재를 행위에서 분리하는 데 있는 데 반하여 행위사관의 편향은 현재를 과거에서 행위를 존재에서 분리하는 데 있다는 것을 말하였습니다. 되풀이 하여 말하여온 바이지만 행위는 존재의 일면을 가진 동시에 존재는 행위의 일면을 가졌습니다. 그들은 일방 단절되어 있으면서도 타방 연속되어 있는 것이외다.

만일 그렇다면 행위는 엄밀한 의미에 있어서 지성의 예료(豫料)를 매개로 한 의지의 실천임을 알 수 있으며 지성은 의지의 실천을 매개로 한 존재의 반성임을 알 수 있지 않습니까? 의지는 반면(反面)에 있어서 지성이며 지성은 반면에 있어서 의지외다. 지성을 의지의 일반적 측면이라면 의지는 지성의 개체적 측면이외다. 지성은 의지의 반성면(反省面)인 동시에 의지는 지성의 능동면(能動面)이외다. 그 의미에 있어서 인간이 행동에서 행위로 객체에서 주체로 이행한다는 것은 곧 반면에 있어서 지성이 소산적(所産的) 지성에서 능산적(能産的) 지성으로 이행한다는 것을 의미하는 것이외다. 지성이란 사실에 있어 이미 '도그마'로 화(化)한 현실을 정리하여 놓은 이른바 '지식'이 아니고 새로운 현실을 구상하는 능력을 가르키는 것이외다. 현대는 정히 행위와 존재, 존재와 존재, 행위와 행위가 서로 대립하고 항쟁하는 시기외다. 그만큼 그들을 보다 높은 차원의 통일로 재래할 고차의 지성이 요구된다고 생각합니다.

그야 어쨌든 현대는 묵은 것이 파괴되고 새것이 진통하는 시기외다. 학(學)이 문제 아니고 행위가 문제되는 때입니다. 그만큼 현대의 매력을 독점하는 것은 단속사관, 행위사관이외다. 오늘날과 같이 행위가 요구되는 시기에 역사를 단순히 학으로서만 문제한다는 것은 어리석은 일이외다.

남들이 역사의 합리와 필연을 초개같이 알고 새로운 신화를 만들고 새로운 운명을 창조하려 할 때에 우리는 어떠한 적막감을 느끼지 않습니까? 로젠베르크의 20세기의 신화나 동양의 신화가 학문은 아니외다. 그러나 자기의 행위에 의하여 능히 세계사의 내일을 좌우하고 영도하려는 그 패기만은 장하지 않습니까. 그들에게는 그만한 실천이 있는 만큼 그만한 자신이 있습니다.

그러나 돌아서 우리 자신을 보면 우리는 예로부터 행위하여 온 일이 드물며 지금에도 행위하는 인간들이 아니외다. 예로부터 관상은 있었을지 모르나 행위는 없는 듯 합니다. 이것은 과거와 현대의 역사가 말하는 바외다. 그만큼 우리는 역사를 문제할 때에도 관상과 해석으로 시종합니다. 오늘날 고전과 전통의 연구열이 성행하지만 그 역(亦) 미래에 대한 전망의식에서 보다도 과거에 대한 단순한 회고의식에서 출발한 것인 듯 합니다. 미래에의 전망의식에서 출발하는 과거의 회고는 행위로 유도됩니다만 단순한 회고의식에서 과거를 돌아다보는 것은 관상에 그칩니다. 그리고 정일(靜溢)한 관상은 회고벽과 골동취미로 퇴색하기 쉬운 것이외다.

그러므로 선진 제민족에 있어서 단순한 행위를 지성에까지 인상하는 것이 요구된다면 우리들은 단순한 관상을 행위에까지 전환하는 것이 필요하지 않은가 생각됩니다. 그러나 모든 문제는 결국 우리들이 현재 역사의 주체가 될 객관적 지위에 서 있는가 하는 데 있습니다.

—『동아일보』1939년 4월

고전과 현대

한때 경향(傾向) 사조가 대두하던 시기에는 이 땅의 지식계급들도 새 시대정신의 박력에 못이겨 서재와 '아트리에'에서 가두로 진출하였었다. 허나 시세가 격변한 오늘에는 그들은 대개 현실의 세계에서 다시 고전의 세계로 돌아가는 듯하다. 한데 고전의 세계란 원래 학문과 예술의 터전에서 자라난 지식계급에게는 마음의 고향인 만큼 이것은 극히 자연스러운 경로이다.

현실의 세계에서 받은 마음의 상흔을 포용하여 줄 곳은 그들에게 있어는 제일의 국가인 고전의 세계이다. 따라서 현실을 지향하던 정열이 냉각할 때에 한때 결별하였던 정일(靜溢)한 고전세계에의 향수가 그들의 마음을 붙잡는 것은 당연하다. 뿐만 아니라 승의(勝義)의 고전은 인간의 꿈과 현실이 격별히 조화된 세계이다. 그만큼 양자가 완전히 배치되는 세계에 사는 현대인간의 심안(心眼)에는 그 자체가 곧 한낱의 꿈의 세계로 나타나지 않을 수 없다. 더구나 그것은 현재의 역사가 아니고 과거의 역사에 속하는 만큼 모든 '인터레스트[interest]'를 떠나서 백퍼센트의 관상적 태도를 갖고 대항(對向)할 수 있는 정일(靜溢)한 세계이다.

그러나 현대의 지성이 고전으로 돌아가는 이유가 단순히 그러한 곳에만 있을까? 한말로 고전이라 말하지만 오늘날 특히 우리의 관심의 대상이 되는 것은 고전 일반보다도 동양의 고전, 아니 이 땅의 고전인 듯하다. 이러한 국한된 범위에 있어서의 고전이 특히 이 시기에 문제되는 것은 무슨 때문일까? 거기는 오늘날의 시대의식의 지배적 동향이 한낱의 커다란 조산적(助産的) 역할을 하고 있다는 사실을 고려하지 않을 수 없다. 오늘의 문화의식은 구라파주의에서 동양주의로, 국제주의에서 국민주의로 전향하면서 있다. 그 파동이 이 땅의 문화의식에 작용할 때에 일종의 특수한 '퍼스펙티비즘'을 여과하여 이 땅에 고유한 문화전통에의 자각을 촉진하게 될 것은 용이하게 간취할 수 있는 일이다. 그러므로 현대지성의 고전에의 회귀는 이 측면에서 볼 때에는 우리 문화의 고유한 전통에 대한 자각에서 출발한 것으로도 볼 수 있다.

허나 현대지성이 고전으로 돌아가는 또 한 가지 이유로는 현대의 지식계급이 예의 정치의 우위에서 문화의 완전감을 상실하면서 있는 심리적 사실까지도 들 수 있지 않을까? 정치의 문화에 대한 구심적 요구가 심화하면 문화의 '슬럼프'를 위구(危懼)하는 현대인의 심리적 경향은 자연히 문화의 고전적 시대에의 동경으로 쏠리지 않을 수 없다. 이 땅에서도 한때 문화의 옹호를 말하는 사람들이 있었지만 시민문화의 위기를 직감한 현대의 많은 '휴매니스트'들이 그의 고전적 유산을 재음미한다는 대반(大半)의 이유도 대개 이러한 곳에 있지 않을까? 동양고전에의 회고가 문화의 역사적 특수성에 대한 자각에서 출발한 것이라면 이것은 틀림없이 문화의 세계적 보편성에 대한 위구에서 출발하는 것이다. 전자에 있어서 이 땅의 특수고전이 문제되는 반대로 후자에 있어서는 우리의 시야가 고전일반으로 옮기지 않을 수 없다.

그러나 현대의 지성이 고전으로 돌아가는 이유가 단순히 위에서 말한 몇가지 조건에만 그쳐서 좋을까? 만일 거기만 그친다면 진실한 역사적 의식에서 출발하지 않은 그러한 고전에의 관심에서는 적극적인 성과를 기대하기 어렵다. 현대는 물론 고전의 탐구—재인식이 절실히 요구되는 시기이다. 그 어떠한 시기보다도 그 의의가 클런지 모른다. 허나 그 이유는 우리가 생각하기에는 위에서 말한 몇가지 조건에 있지 않다. 그들은 필연적인 '이유'라기 보다도 우연적인 기연에 지나지 않는다. 현대의 지성이 고전으로 회귀하는 데 필연적인 이유가 있다면 그는 도리어 현대의 특수한 역사적 경위가 부과하는 별개의 요청에 있지 않을까?

현대는 누구나 말하듯이 역사의 전형기이다. 전형기란 말 그대로 문화가 한낱의 형태에서 다른 형태로 이행하는 시기이다. 그런데 역사가 전형하는 시기에 이르면 지금까지 특정한 문화원리에 의하여 통일적 형태를 형성하고 있던 문화 제형상(諸形象)이 사회 제성층(諸成層) 간의 '안타고니즘'에 수반하여 대립과 혼돈의 상태에 빠지지 않을 수 없다. 그것은 한말로 말하여 문화 제형상은 사회 제성층의 의욕을 표현하는 점에서 이른바 '이데올로기'로서의 특성을 갖고 있기 때문이다. 근대문화의 지배적 형태는 누구나 말하듯이 시민문화이다. 이 시민문화는 특정한 역사계제에 정착한 한 개의 시대문화로서 '리베랄리즘'이라는 특정한 문화원리에 의하여 구성되었던 것이다. 하던 것이 역사가 현대에 들어서면서 일련의 국가에 있어 사회 제성층 간의 대립의 심화와 함께 백반(百般)의 사회사상이 '리베랄리즘'에 의하여 수습할 수 없게 되었던 만큼 지금까지 통일된 형태를 이루고 있던 문화 제형상도 통일적인 중심을 잃고 확산=갈등의 상태에 빠지게 되었다. 크게는 일정한 정치적 '리즘'과 다른 정치적 '리즘'의 상극(예하면 '데모크레시즘'과 '토텔리즘'의 상극), 적게는 일정한 문화영역과 다른 문화영역 간의 상극(예하면 과학, 철학의 상극), 더욱 적게는 동일한 문화영역 내에

있어서의 제(諸)유파 간의 상극(예하면 철학에 있어서의 제 세계관 간의
상극)이 현대와 같이 심각한 시기는 없을 것이다. 일찍이 짐멜은 현
대문화의 갈등 제상(諸相)을 예술, 철학, 도덕, 종교 등의 제영역에
궁(亘)하여 일종 독특한 시각에서 투명하게 지적하면서 그 구극의
원인을 생(生)과 문화 제형식과의 화해할 수 없는 상극에 환원하였
었다. 허나 문화 제형상의 갈등은 사회 제존재의 대립을 반영하는
것이라면 우리는 도리어 그 구극의 원인을 사회의 형식과 내용의
상극에서 탐구할 수밖에 없을 것이다. 그리고 그것이 사회의 형식
과 내용의 상극에서 배태된 것인 한 낡은 사회의 문화원리인 '리
베랄리즘'에 의하여 이들 제형상을 통일적인 '문화상(文化像)'에 재
(再)체계화할 수 없을 것만은 틀림없다.

이곳에 세상에서 흔히 말하는 '리베랄리즘'의 역사적 한계가 있
다고 생각한다.

그렇다면 이러한 역사적 상황에 처한 현대지성의 문화적 과제
는 무엇일까? 역사가 이러한 한계상황에 도달한 시대에 있어서는
헛되이 과거의 시민문화의 고귀한 전통이 파괴되는 것을 애상(哀
傷)하는 것은 값없는 감상에 지나지 않는다. 그 보다도 그 파괴가
회피할 수 없는 운명이라면 차라리 탄생될 새 시대에 대한 가능한
예견을 갖고 현재 분열=확산의 상태에 있는 문화 제형상을 재종
합할 수 있는 중심, 즉 보다 높은 역사적 차원에 속하는 문화원리
를 구상하여 보는 수밖에 없을 것이다. 그리고 그러한 가능적 원
리를 지표로 하고 현재 갈등상태에 있는 문화 제형상을 새로이 비
판적으로 종합함으로써 탄생할 새 시대문화를 준비하는 것이 시대
를 영도하는 지성의 과제가 아닐까? 이러한 의미에 있어서 우리는
오늘날 문화의 생산에 관여하는 지식계급에게 기성문화에의 부질
없는 향수보다도 정당한 의미의 새로운 문화종합에의 전향을 요구
하지 않을 수 없다.

모든 정치적 고려를 떠나서 일반적으로 말한다면 역사의 전형기에 있어서는 눈을 기성문화의 옹호보다도 새 문화의 창조에 돌리는 것이 역사의 필연을 통찰하는 사람의 슬기있는 행동이다. 이것은 단연코 한때 국제적으로 문제되던 문화 '세이프'가 가진 바 현대적 의의를 부정하는 것은 아니다. 사회 제성층 간의 상극이 국제 제국민 간의 상극으로 변모하고 신화와 몽매가 지성과 문화를 제어하는 시기에 있어서는 신문화의 창조는 당연히 기성문화의 고전적 전통의 옹호와 내면적 관련을 갖고 수행되지 않으면 안 된다. 이것은 현대의 기구(崎嶇)한 정세가 '죽어가는 낡은 것'에까지 새 것의 탄생에 필요한 외곽적 역할을 부과한다는 '폴리시의 논리'로 보아서도 그러하거니와 문화사의 운동의 논리에서 보아서도 그렇지 않은가 생각한다. 문화의 역사는 늘 원환적=직선적으로, 즉 나선상적(螺旋狀的)으로 운동하는 만큼 역사의 어떠한 전환기에 있어서든 신문화의 창조는 늘 '고전문화의 부흥'이라는 외관적 상태를 띠고 나타나는 법이다. 문화사가들이 흔히 쓰는 "복고주의('르네상스'란 원래 '복고'를 의미하는 것이라)가 반드시 '리액셔널리즘'이 아니라"는 경구도 이러한 의미에서 쓰는 말이다. 그러나 문화 세이프의 의의는 당년(當年)의 많은 사람이 생각하듯이 비명에 횡사하는 것을 회생시키는 데 있는 것이 아니고 끝까지 그 비대한 시체 속에서 장래할 문화의 영양소가 될 수 있는 고전적 '엣센스'를 섭취하는 데 있지 않으면 안 될 것이다.

그렇다면 신문화 종합에 있어서 지표가 될 문화원리만은 일응 현대문화를 초월하여서 장래할 역사의 계제원리가 될 사회적 원리를 '모델'로 하지 않을 수 없다. 그리고 그것은 현대사회의 기본적 발전동향에 대한 가능한 과학적 예견을 기초로 하고서만 구상할 수 있는 것이다. 그런데 현대사회의 기본적인 발전동향은 내포적 방향에 있어서는 민족에서 계층으로 분화하면서 외연적 방향에 있어는 국민에서 세계시민으로 동화하여 나가는 데 있다면 현대문화의 기본적 동향은 한말로 말하여 민족문화에서 계층문화로 분화하면서 세계문화로 통일되어 나간다고 볼 수 없을까? 만일 이러한 가정이 허용된다면 장래할 문화원리는 그 어떠한 종류의 것이든 그 논리적 구조에 있어서는 계층을 계사(繫辭)로 하고 국내적으로는 개인과 국민을 매개하며 국제적으로는 민족과 세계를 매개하는 구체적, 보편적 원리가 되지 않을 수 없을 것이다.

한데 오늘날 우리에게는 장래할 문화의 가능원리의 하나로서 '토탈리즘'이 주어져 있다. '리베랄리즘'이 문화 제형상의 원자론적 체계에의 구성원리임에 반하여 이것은 유기체설적 원리에의 구성원리이다. 전자가 '게젤샤프트[Gesellschaft]'적인 것임에 반하여 후자는 '게마인샤프트[Gemeinscaft]'적인 것이다. 따라서 우리는 양자가 말하는 민족개념이 완전히 별개의 의미를 가진 것을 알 수 있다. 즉 전자가 말하는 민족은 개인의 산술적 총화에 불과한 만큼 개성과 개성의 상호 한정으로서 형성되는 한낱의 보편성을 가진 '세계'이나 후자가 말하는 민족은 개성 이전의 생명공동체를 의미하는 만큼 그는 역사의 자연적 '기체(基體)'밖에 더 될 것이 없다. 그런데 문화란 계층을 매개로 한 개성 상호간의 한정으로서 형성되는 것이다. 개성을 매개하는 데서 문화의 세계성이 성립하여 계층을 매개하는 데서 문화의 역사성이 성립하는 것이다. 문화의 이른바 구체적 보편성이란 이러한 세계성적 계기와 역사성적 계기의 통일, 즉 '역사'적 '세계'의 한정으로서 형성되는 것으로 그는 공동사회(共同社會)의 부정인 이익사회(利益社會)의 산물이다. 물론 전체에 앞서는 개성을 원리로 하는 '리베랄리즘'은 문화의 역사성을 추상한 데서 추상적 세계원리밖에 더 될 것이 없으나 단순히 부분에 앞서는 직구적(直球的) 전체성을 원리로 하는 '토탈즈무스'는 문화이전의 원리이다. 부분에 앞서면서도 또한 부분에 의하여 매개되는 매개적 전체성의 원리만이 문화를 생산할 수 있는 것이 아닐까?

그야 어쨌든 문화의 기본적 동향에 대한 가능한 과학적 예견이 선다면 다음으로 할 일은 현대사회에 다층적으로 내포된 문화 제형상을 장래할 계제원리를 기준으로 하고 비판적으로 종합하지 않으면 안 될 것이다. 현재에 상극하는 문화 제성소(諸成素)를 들어 그 어느 것이 버릴 것이며 그 어느 것이 섭취할 것인가를 알고야 그들을 새로운 중심에 결합할 수 있을 것이다. 일반적으로 말하여 문화의 완성기에는 우리의 문화에 대한 태도가 단순한 향수나 감상에 그쳐서 족하나 문화의 전형기에는 비판과 창조에 있지 않으면 안되리라 말한다. 이것은 일찍이 김오성씨도 어떤 논문에서 말한 듯 싶다. 허나 그것은 김씨가 말하듯이 문화의 전형기에 이르면 기성의 문화제형식이 생의 전진에 질곡이 되기 때문이라는 막연한 생의 논리에서 추출할 과제가 아니다. 사회의 형식과 내용의 상극이 문화의 새로운 정리와 종합을 요구하는 데서 비판의식이 발생하는 것이다.

그런데 현대역사에 현존한 문화 제형상을 비판적으로 종합하려면 그 전제로서 먼저 그들 각 문화성소(成素)의 역사적 본질이 충족하게 이해되지 않으면 안 될 것이다. 이해가 비판을 위하여 요구된다면 그것은 비판의 대상이 먼저 이해되지 않고는 비판이 성립할 수 없기 때문이다. 그런데 현재한 각 문화성소의 역사적 본질을 충족하게 이해하려면 우리는 그들을 단순히 현대적 경위에서만 보지 말고 더 올라가 그들의 특성이 가장 난만하게 발현하던 개화기에 돌아가 그 역사적 근원에서 이해하는 것이 요구된다. 현대에 남아 있는 문화잔상(殘像)은 반드시 모두 그 문화의 특성과 실태를 충족하게 보여 주는 것이 아니다.

그들은 시대에서 시대로 전달되는 과정에서 여러 가지로 변모

되고 위축되어 옛날의 본면목을 잃는 수가 많다. 예하면 현대조선에 남아 있는 화랑문화나 양반문화의 유물이 반드시 역사적으로 고유하고 있던 특성을 전면적으로 표시하여 주지 않는다. 이러한 경우에는 현대역사에 현재한 그들 유물을 충족히 이해하려면 그들이 한 시대문화의 지배적 형태를 형성하여 가지고 그들의 특성을 가장 충족하게 표현하던 신라시대와 이조시대에 환원하고 역사적으로 확충하여 인식하지 않으면 안 될 것이다. 이것은 철학 혹은 예술상의 어떠한 '이즘'의 이해에 있어서도 그러하다. 현대의 관념론 철학을 충족하게 이해하는 데는 '칸트'나 '플라톤'에까지 올라가는 것이 필요하며 현대의 고전파 예술을 이해하는 데는 '르네상스'나 희랍에까지 올라가는 것이 필요하다. 그런데 다름 아닌 각 문화형상이 가장 난만하게 발화하던 시대가 곧 고전시대이며 가장 충족하게 표현된 것이 고전이다. 고전이란 특정한 문화의 형식과 내용이 조화된 세계라면 그는 인간의 역사성과 세계성이 허극(虛隙) 없이 교착된 '시점'에 가서 구할 수밖에 없다. 서양문화에 있어서 희랍을 고전시대로 보는 것은 그곳에서는 인간성의 모든 측면이 균형과 중용을 얻었으며 따라서 그 인간성의 표현인 문화가 내용과 형식에 있어 균제와 조화를 얻었었기 때문이다.

그러므로 이곳까지 와서 우리의 논지를 요약한다면 문화의 창조를 과제로 하는 현대의 지성이 도리어 고전의 이해를 문제하는 것은 고전의 이해 없이는 현재한 문화 제성소를 의식적, 비판적으로 종합할 수 없기 때문이다. 현대문화의 이른바 '역사적 연구'만이 장래할 문화에의 합리적 지양을 결과할 수 있다. 현대에서 미래를 지향하는 지성이 도리어 현대에서 과거로 돌아가는 이유는 이러한 곳에 있지 않을까? 그리고 이것이 외관적 형태로 나타날 때에 이른바 '고전의 부흥'이 될 것은 두말할 것도 없다. 그러므로 고전에의 회귀와 부흥은 우리가 상식으로 생각하듯이 단순히 현대에서 과거로 물러가는 것이 아니고 현대에서 미래로 나가는 것이 되어야 한다. 이곳에서는 후퇴와 전진이 일의적, 논리적 관련을 갖고 있는 것이다. 현대를 이해함이 없이 과거를 이해할 수 없는 반대로 또한 과거를 이해함이 없이 현대를 충족하게 이해할 수 없다. 그리고 현대에 대한 충족한 이해가 없이 미래에 대한 의식적인 준비가 있을 수 없는 것은 두말할 것도 없다. 그러므로 역사의 전형기에 봉착한 지성이 고전으로 돌아가는 데 필연적인 이유가 있다면 그는 단순히 관상욕(觀想慾)을 만족시키는 데 있는 것이 아니고 새 문화의 창조에 있지 않으면 안 될 것이다. 그것은 단순히 이 땅의 옛 문화를 말 그대로 부활시킨다는 데 있는 것도 아닐 것이며 기성의 시민문화를 옹호한다는 데 있는 것도 아닐 것이다. 더구나 그것은 현대인의 심정의 상흔을 치료한다거나 교양의 결핍을 보충한다는 데 있을 수 없다.

그렇다면 과거에 대한 일종의 회고의식에서 출발한 현대지성의 고전에의 이행을 미래에 대한 전망의식으로 전환하는 것이 옳지 않을까? 단순한 과거에의 향수에서 출발한 고전의 회귀를 미래에의 문화종합으로 전환하는 것이 옳지 않을까? 이것은 단순한 의식의 문제에 그치는 것이 아니다. 그리고 단순한 의식의 문제에 그치는 것이 아니라면 이번은 더 나아가서 고전의 이해를 단순한 이해에 그치게 하지 않고 이해가 끝나는 곳에서 다시 비판으로 이행하지 않으면 안 될 것이다. 문화종합에 있어서는 비판과 창조, 이해와 비판은 수단과 목적의 관계를 갖고 있는 것이다. 비판은 창조를 위하는 비판이며 이해는 비판을 위하는 이해이다. 그만큼 고전의 이해는 고전의 비판에 종속하지 않으면 안 되며 전자는 후자에 전환하지 않으면 안 될 것이다. 그리고 그 이른바 고전의 비판이 문헌학적 비판이 아니고 '현대적 의의의 비판'인 이상 그 비판의 기준은 과거, 즉 고전에 있는 것이 아니고 끝까지 '현재의 요청'에 있어야 할 것이다. 일반적으로 문화종합에 있어서는 이해의 기준은 끝까지 과거에 있어야 하나 비판의 기준은 끝까지 장래할 문화에 대한 가능한 현재적 '예견'에 있기 때문이다.

그런데 문화의 발굴과 현대적 종합은 현대조선에서는 특히 곤란한 과제가 되지 않을 수 없다. 그것은 우리의 고전사료가 빈약한 데서 현대의 문화 제성소의 고전적 형태의 탐색이 곤란하다는 의미에서 곤란한 과제라는 것이 아니다. 이 땅에서는 시민문화가 수입된 시일이 짧은 데다가 역사의 특수한 전변으로 말미암아 전통문화와 외래문화가 불과 기름 모양으로 우리의 정신 및 일상생활에 있어서 일정한 간격을 갖고 완전히 통일되어 있지 않다. 말하자면 우리의 정신을 지배하는 시민문화가 생활을 지배하는 전통문화를 완전히 동화하지 못한 반대로 후자가 또한 전자에 침투되지 못하고 일종의 현절(懸絕)된 상태에 있다. 문화의 이 양면을 합리적으로 종합하는 것은 크게는 동양문화와 서양문화의 종합형식의 탐구문제와도 관련하는 만큼 곤란한 일이다. 그러나 이 과제에의 접근은 곤란한 대신 또한 중요한 의의를 우리의 현대문화사에 가질 수 있다. 만일 그것만 해결된다면 전통문화와 시민문화와의 새로운 결절점이 발견될 터임으로 그것은 곧 문화와 생활의 현절(懸絕)을 충전(充塡)하고 그들을 일원화할 수 있을 것이다. 그러나 그이른바 양문화의 결절점이라는 것은 오늘날의 문화종합이 역사가 비약을 실험하는 단층에서 수행되는 만큼 이 땅의 전통적 원리나 시민적 원리의 그 어느 것에나 있지 않고 역사의 보다 높은 차원에 속하는 계제원리에서 구할 수 밖에 없을 것이다.

—『비판』 1939년 4월

문화의 유형과 단계

한 시대의 문화이론의 성격을 말하는 데는 그의 배경을 이루는 사상사적 상황을 떼어 놓을 수 없다. 한때 혹종의 '이즘'이 대두하던 시기에는 문화의 계급성을 말하는 이론이 문화이론의 정향(定向)을 이루더니 '토탈리즘'이 지배적 사상으로 등장한 오늘에는 문화의 민족성을 고조하는 교설이 유행한다.

한데 원래 불 없는 곳에 연기가 날 리 없다면 이론의 배경을 이루는 시대의 상황을 떠나서도 문화에는 계층성과 함께 민족성이 있는 것을 인정하지 않을 수 없다. 오늘날의 세계문화는 횡단(橫斷)하여 놓고 보면 두 낱 이상의 계층으로 구성되어 있으나 종관(縱貫)하여 보면 두 낱 이상의 민족으로서 형성되어 있다. 그리고 그들은 한낱의 시대문화로서는 이른바 시민문화의 범주에 속하는 것으로 시민계급의 관념형태로서의 동일한 성격을 갖고 있으나 민족문화로서는 제각기 상이한 전통적 차별성을 갖고 있다. 고대 자유민의 문화 속에서도 예술적, 조소적인 희랍문화와 법률적, 형식적인 로마문화를 구별할 수 있듯이 현대의 시민문화 속에서도 감성적, 지성적인 불란서 문화와 정신적, 신비적인 독일문화를 구별할 수 있다. 그리고 한 시대문화 속에서 제다(諸多)의 민족문화를 구별할 수 있는 반대로 또한 한 민족문화 속에서도 그 역사적 성격을 달리하는 제다의 시대문화를 발견할 수 있다. 같은 "일본문화" 속에서도 고대의 전상(殿上) 문화와 중세의 무인(武人) 문화와 근세의 정인(町人) 문화를 구별할 수 있으며 또 조선서도 신라의 화랑문화, 고려의 승려문화, 이조의 양반문화를 구별할 수 있다. 그러면 문화의 계층성과 민족성은 각각 어떠한 지반 위에서 형성되는 것이며 문화의 발전행정에 있어서 서로 어떠한 연관을 갖고 있는가?

우선 누구나 알 수 있는 것은 문화의 계층성이 문화사의 제(諸) 발전단계를 구별하는 표식임에 반하여 문화의 민족성은 문화의 제(諸) 자연적 유형을 구별하는 표식이라는 것이다. '단계' 개념은 원래 헤겔의 철학에서 출발한 것이다.

헤겔은 예의 철학의 역사를 문제사적으로 취급한 데서 역사상에 제각기 자기완결성을 갖고 나타난 제다의 철학체계를 정신의 내면적 운동에 있어서의 필연인 제발전단계로 파악하였었다. 그 어떠한 철학이든지 지나간 제시대의 철학적 사유의 총성과(總成果)로서의 절대성을 갖는 동시에 또한 장래할 시대의 철학적 사유의 일(一) 매개계기로서의 상대성을 갖고 철학사의 전(全)발전행정에 있어서 서로 그 위치를 교환할 수 없는 필연적 제계기, 즉 발전단계를 형성한다는 것이다. 한데 문화는 정신의 문화인 동시에 또한 사회의 문화이다.

그리고 정신과 사회는 현실적 운동에 있어서는 동일한 변증법적 세계의 자기한정으로써 동일한 형식을 밟는 법이다.

하지만 그것은 비단 철학사에만이 아니고 일반문화사, 사회사에까지도 적용할 수 있는 존재일반의 논리가 아닐까? 이러한 의미에서 우리는 재래에 일반문화사의 발전행정을 원시문화, 고대문화,

봉건문화, 시민문화의 몇가지 단계로 나누어 왔다. 이것은 인류문화의 보편사적 발전에 있어서는 물론 한 민족문화의 특수사적 발전에 있어서도 그러하다. 서구문화에 적용되는 이 논리가 동양의 제(諸)민족문화에라고 제외될 리가 없다. 문화의 기초를 이루는 사회기구의 구성과 이행의 형식이 그 본질에 있어서 같다면 설사 동양 제민족의 사회생활에는 이른바 아세아적 특성이 있다손 치더라도 그 특수가 반드시 일반을 제외하는 것은 아닐 것이다. 그리고 일반문화사를 사회생활의 특수한 구조에 따라 몇 가지 발전단계로 나눌 수 있다면 한 계층원리가 각 시대문화를 구별하는 표치(標幟)으로 등장할 것은 우리의 과학적 상식으로서도 용이히 추단(推斷)할 수 있다. 한 시대의 문화'형태'는 그 시대의 사회생활의 특수한 구조를 반영하는 만큼 그 사회를 '콘트롤'하는 사회성층의 생활의 욕이 그 시대의 문화에 대해서 결정적인 의의를 차지할 것은 두말할 것도 없다. 따라서 문화사의 발전행정을 시대사적으로 원시문화, 고대문화, 중세문화, 근대문화로 나눌 수 있다면 우리는 또한 그것을 계층을 기준하고 원시씨족문화, 고대자유민(노예소유자)의 문화, 중세귀족문화, 근대자유민(평민)문화라는 일계열의 표치(標幟)를 붙여서 역사 제단계에 배열할 수 있다.

그런데 문화의 계층성이 그의 발전 제단계를 구별하는 반대로 문화의 민족성은 그의 정신적 유형을 표현하는 표치밖에 더 될 것이 없다.

그는 문화의 민족성이 그를 관찰하는 사람에게 나타내는 특수한 단면에서 보아도 알 수 있다.

그는 일방 한 민족문화와 다른 민족문화와를 비교관찰하는 데서 각기 상이한 '정신적 특수성'으로 나타나며 타방 동일한 민족문화 안에서는 역사적 특질을 달리하는 제시대문화를 일관하여 그 내면을 흐르는 어떠한 '정신적 공통성'으로서 나타나는 것이다. 그러므로 우리가 한말로 인도문화, 지나문화라고 말할 때에는 우리의 주의(注意)는 그 민족문화의 역사적 성격을 떠나서 그의 정신적 유형으로 옮아가지 않을 수 없다. 원래 단계개념이 헤겔의 이성의 논리에서 발원한 반대로 유형개념은 딜타이의 생의 논리에서 나온 것이다. 헤겔이 그의 철학사에서 철학의 체계로서의 절대성과 역사로서의 상대성을 정신의 운동의 논리에 의하여 일의적, 통일적으로 파악한 데 반하여 딜타이는 그의 세계관학(世界觀學)에서 희랍 이래로 사상(史上)에 나타난 다수한 철학체계를 비교유형화적 방법에 의하여 생의 구조 제상면(諸象面)에 즉하는 세 가지 유형—자연주의, 자유의 관념론, 객관적 관념론으로 분류 개괄하였었다. 그 이유는 설사 그들 다수의 세계관이 각각 상이한 시대적 성격과 논리적 구조를 갖고 절대의 보편타당성을 요구한다 하더라도 한결같이 생의 표현이라는 점에서는 다를 것이 없다는 데 있었다. 허나 이와 같이 모든 세계관의 상이한 특성을 동형동질의 인간성의 표현에 있어서의 단순한 차별상으로 환원한다면 그 비교적 방법에 의해서 개괄된 결과가 무색무취한 정신적 유형밖에 더 될 것이 없을 것은 두말할 것도 없다. 문화의 민족성이란 세계관에 있어서의 이러한 유형과 같은 것이다.

한데 문화란 문화로서 응당 가져야 할 규범적 가치, 즉 내면적 '포스츄레이트[postulate]'에서 볼 때에는 원래 계층성을 지향하는 것도 아니고 민족성에 정착하는 것도 아니다. 문화의 내면적 '포스츄레이트'는 시공을 초월하여 보편 타당성을 가진 진, 선, 미를 추구하는 데 있다. 과학과 도덕과 예술이 설사 인류의 사회생활에 유용하기에 존재하는 것이라 하더라도 과학자, 도덕가, 예술가는 도리어 과학을 위한 과학, 도덕을 위한 도덕, 예술을 위한 예술을 연구하고 추구하는 것이다. 그들에게 있어서는 문화의 형식적 가치와 효용적 가치는 일응 구별되는 법이며 또는 구별되는 것이 필요하다. 그 의미에 있어서 문화의 극치는 민족성과 계층성, 즉 인간성까지도 완전히 이탈하는 데 있다. 인간의 주관성을 완전히 이탈함이 없이는 문화는 그의 영도이념인 보편타당한 객관적 가치를 실현(접근)할 수 없기 때문이다.

한데 문화의 문화성을 결정하는 이념이 이러한 보편타당적 가치에 있을 뿐 아니라 문화가 역사적으로 발전하여온 족적을 보더라도 그는 늘 이 방향을 지향하여 왔었다. 우리가 만일 광의의 문화를 엄밀하게 한정하여 신화, 습속, 언어, 예술 등의 표현 제형식과 논리, 수리, 법률, 도덕, 철학, 과학 등 협의의 문화 제형식으로 구별할 수 있다면 역사의 발전을 따라 문화가 표현 제형식에서 협의의 문화 제형식으로 분화 발전하여 왔으며, 또는 하면서 있는 것을 알 수 있으리라. 논리와 수리는 언어에서, 법률과 도덕은 습속에서, 종교와 철학은 신화에서, 철학과 과학은 종교에서 각각 분화하고 순화(純化)하였다. 분화는 발전을 의미하며 발전은 순화를 의미하는 것이다. 그리고 역사의 제발전단계를 일관하여 역사적 사실로서 실현되면서 있는 문화 제형식의 이러한 분화와 이행이 문화의 내면적 '포스츄레이트[postulate]'에 조준하여 볼 때에는 그가 곧 가치 차서(次序)에 있어서 저차에서 끊임없이 고차로 향상하면서 있다는 것을 의미하는 것이다.

언어, 신화, 습속이 우연적이며 특수적인 것임에 반하여 논리, 수리, 과학은 필연적이며 보편적인 것이다. 전자는 민족을 따라 상이하고 시대를 따라 소멸할 수 있지만 후자의 내용을 구성하는 제명제, 제법칙은 민족과 시대를 초월하여 만인의 승인을 요청하는 것이다. 그런데 문화가 협의의 표현 제형식에서 협의의 문화 제형식으로 분화하고 이행한다는 것은 한말로 말하면 문화가 상징에서 개념으로, 직관에서 지성으로 순수화, 정형화 하여간다는 것을 의미하며 문화가 그 내면적 '포스츄레이트[postulate]'에 있어서 보편타당한 가치를 요구한다는 것은 문화의 범형(範型)이 이성의 객관적, 내면적 논리에 의하여 구성되는 데 있다는 것을 의미하는 것이다.

만일 그렇다면 승의의 문화란 원래 이론이성의 산물로서 그 대응주체로서는 보편개성을 전제하며 그 발전동향에 있어서는 세계를 지향함을 알 수 있지 않는가? 문화의 문화성을 결정하는 표치(標幟)는 인간성을 완전히 이탈한 객관성, 합리성, 개념성, 보편성에 있는 것이다. 표현 제형식은 신화, 언어 등에서 알 수 있듯이 지행(知行)이 분리하기 이전의 정의(情意)의 표현형태로서 개념성이 말하자면 상징성 속에 수면(睡眠)하고 있지만 문화 제형식은 수리나 과학에서 볼 수 있듯이 지행분리 이후의 지성의 개념적 구성의 산물이다. 전자가 생(生) 대 생(生)의 공동 유대(紐帶)로서 사회생활의 주체적 측면을 형성하는 만큼 생에 부착하는 주관성을 탈각할 수 없지만 후자는 지성의 대상화를 거쳐서 구성되는 만큼 생에서 완전히 이탈하여 독자의 객관성을 갖는 것이다. 어떠한 학자는 이 양자의 특성을 비교하여 전자는 인간 대 인간의 교섭장소로서 문법적, 대화적 성격을 가진 것이나 후자는 인간대응성을 떠나서 논리적, 독화적(獨話的) 성격을 가진 것이라고도 말하였다.

그러므로 승의의 문화는 보편개성, 즉 의식일반을 전제하고서만 성립할 수 있는 것이다. 그리고 승의의 문화가 그 대응주체로서 의식일반, 즉 이성인간을 전제한다면 문화가 그 본질에 있어서 세계성, 즉 보편성을 요청하고 지향할 것은 두말할 것도 없다. 그는 모든 풍토성과 역사성, 즉 인간성을 떠나서 고도의 객관적, 보편적 인식과 형상에 도달하면 할수록 문화의 이념 즉 규범성에 접근할 수 있는 것이다.

그런데 보편개성은 기실은 구체적 개성이 아니고 개성일반이며 이성인간은 기실은 구체적 인간이 아니고 인간일반이다. 인간=개성이라 하는 것은 단순한 이성의 '허수아비'가 아니고 이성과 함께 정의(情意)를 가진 것이다. 단순한 추상적 존재가 아니고 역사적 사회적 존재이다. 의식일반은 우리가 사유하는 경우에 준봉(準奉)하여야 할 규범이고 사실로 존재하는 의식이 아니다. 사유의 주체이고 사유의 객체가 아니다. 인간은 이성인간으로서는 한낱의 세계인간, 세계개성이나 역사적, 자연적 존재로서는 일방 사회학자의 이른바 이익사회의 성원으로서 일정한 계층에 속하며 타방 공동사회의 지체(肢體)로서 일정한 민족에 속하여 있다. 이러한 인간존재의 다면성에서 세계를 지향하는 문화에 계층성과 함께 민족성이 수반하는 것이 아닐까.

민족이 가족과 함께 공동사회의 범주에 속하며 계층이 개인과 함께 이익사회의 범주에 속한다는 것은 현대 사회이론의 정설이 되다시피 되었다.(그 시비는 차치하고) 뿐만 아니라 오늘날 시세의 소치로 문화를 이론부(理論付)하는 작업에 이 양개(兩個)의 사회유형이 쉴 새 없이 동원되는 만큼 문화의 민족성과 계층성의 관계도 이 양자에 연결하여 생각하는 것이 필요할 것이다. 공동체와 이익체는 그를 형성하는 사회적 의지의 종류에 따라 구별한다면 전자는 사유를 포함하고 사유에 지배되지 않는 본질의지의 사회이며 후자는 사상에 포함되고 사유에 좌우되는 선택의지의 사회라 한다(테니쓰). 전자는 개인을 사회유기체의 일분지(一分肢)로서 흡수하는 유기체적 원리에 의하여 형성되는 법이며 후자는 사회가 개인의 산술(算術), 총화로서 결합되는 원자론적 원리에 의하여 구성되는 것이다. 다시 말하면 공동사회는 개인의 매개를 거치지 않은 직접적 전체성의 원리에 입각한 전체주의 사회이며 이익사회는 개인에 매개'만'된 추상적 보편성의 원리에 입각한 개인주의 사회이다. 전자는 본질의지에 의하여 형성되는 만큼 분절논리로서 이해할 수 없는 전논리적(前論理的)인 사회이며 후자는 선택의지에 의하여 결합되는 만큼 논리 이후 또는 논리 이내(以內)의 지성에 의하여 결합된 사회이다.

그런데 이러한 의미에 있어서의 순수공동체를 찾는다면 우리는 역사의 첫 발전단계를 형성하던 원시 '토테미즘'에 가서 찾을 수밖에 없으며 이러한 의미에 있어서의 순수이익체를 찾는다면 역사의 현(現)발전단계를 형성하는 시민의 경제사회에 와서 찾을 수 밖에 없다. 원시 토테미즘은 모순율에 의하여 이해할 수 없는 '레부·뿌률'이 말하는 이른바 '분유(分有)의 법칙'에 지배되는 전개인적(前個人的), 전논리적(前論理的)인 집단이며 시민의 경제사회는 이른바 자유계약의 원칙에 입각하여 개인의 합리적 의사로써 결합된 후개인적(後個人的), 후지성적(後知性的)인 집단이기 때문이다.

만일 그렇다면 공동체에서는 원시 '토테미즘'에서 보는 바와 같이 역사의 자연적 기체를 이루는 생명의 원리가 중요한 의의를 가지며(이른바 생명공동체이다) 이익사회에서는 현대의 경제사회에서 볼 수 있는 바와 같이 역사의 사회적 기체를 이루는 노동의 분화원리가 결정적 의의를 가지리라는 것을 알 수 있다. 원래 단순한 생명의 세계에는 개성도 지성도 없는 법이다. 인간의 직접적인 생명은 말하자면 주객이 분화하기 이전의 환경과 생(生) 중심과의 혼돈한 통일태에 불과하다. 이러한 직접적 주객통일태는 주체적 환경을 노동의 대상으로 객화하고 주체 대 객체의 노동의 세계로 이행하는 때에만 자기의 정신과 지성을 발견하고 자각할 수 있는 것이다. 노동의 발전행정을 통하여서만 생명은 직접적인 통일태에서 주관과 객관으로 분화할 수 있기 때문이다. 그리고 노동의 발전은 필연적으로 노동의 분화를 수반한다. 원시사회의 전체노동은 생산력의 발전을 따라 개인노동으로 분화하며 이러한 분업의 발달은 또한 소유와 점유의 분화 및 소유의 사유화를 수반한다. 이리하여 공동사회는 이익사회로 이행하는 것이다. 그리고 이러한 노동의 분화와 그를 기초로 한 교환과 소유의 분화를 통하여 인간은 차츰 자기를 개별성에서 파악하는 동시에 또한 보편성에서 파악하게 되는 것이다. 그리고 이러한 독립한 오성을 가진 개인을 중심하고 비로소 이익사회가 완성되는 법이다. 원시사회와 시민사회의 중간 단계를 형성하는 두 낱의 신분사회—고대사회와 봉건사회는 공동체의 이익체에의 과도 제단계(過渡諸段階)로 볼 수 있다. 그러므로 이익체와 공동체가 모두 노동의 원리 위에 형성되는 것은 물론이나 전자는 그 순수태에 있어서 노동이 직접적 전체성에 있는 만큼 혈연과 풍토의 원리가 중요한 의의를 가지며 후자는 순수태에 있어서 노동이 충분한 분화상태에 있는 만큼 생산과 교환의 원리가 주요한 유대(紐帶)가 되는 법이다.

그런데 문화에 있어서 원시공동태에 대응하는 형식은 개념성과 상징성, 주관성과 객관성이 완전히 분화하지 못하는 만큼 그는 전논리적(前論理的), 전지성적(前知性的)인 생활의 공동유대로서의 표현 제형식의 한계를 넘을 수 없다. 이것은 원시사회의 주되는 문화를 대표하는 것이 신화, 습속, 언어 등임을 보아서도 알 수 있다. 그와 반대로 문화에 있어서 순수 이익태에 대응하는 것이 개념성과 객관성을 획득한 협의의 문화 제형식이다. 이것은 시민사회의 주되는 문화를 대표하는 것이 논리, 수리, 법률, 도덕, 철학, 과학 등임을 보아서도 알 수 있다. 공동사회는 분업과 교환이 발달하기 이전의 전체성의 사회이며 따라서 원시인간의 행동은 습속과 전통을 분유하고 지성의 반성을 요구하지 않는 만큼 그곳에는 문화가 있다면 지정의(知情意)가 분화하기 이전의 표현 제형식밖에 더 될 것이 없다. 허나 이익사회는 분업과 교환을 원리로 하는 만큼 그곳에서는 지행의 분화와 지성의 발달을 전제하는 고도의 문화 제형식이 대응하는 것이다. 공동사회는 한 개의 중심에 귀속되는 단순된 폐쇄된 장소인 만큼 그곳에 대응하는 문화는 지방성과 특수성을 요구하나 이익사회는 도처가 중심이 될 수 있는 말 그대로 개방된 세계인 만큼 그곳에 대응하는 문화는 세계성과 보편성을 요청하는 것이다.

그런데 공동사회와 이익사회는 일방 역사의 시간적 발전에 있어서는 계기적 차서(繼起的 次序)를 이루는 동시에 타방 사회의 공간적 구조에 있어서는 중합적 성층(重合的成層)을 이루는 미묘한 관계를 가졌다.

인류의 역사적 생활은 '토테미즘'에서 고대사회, 봉건사회를 거쳐서 시민사회로 걸어왔다. 이리하여 공동사회는 역사의 발전을 따라 이익사회로 이행하여 온 것이다. 허나 공동사회는 일방 이익사회로 이행하면서도 또한 이익사회의 내부에서도 공동생활의 원리로서의 기능을 유지하고 있다. 즉 그는 사회구성의 일(一) 계제원리로서는 원시 '토테미즘'이 붕괴된 뒤로는 역사에서 그 족적을 감추었으나 일(一) 성층원리로서는 현재의 시민사회에서도 그 존재를 발견할 수 있다. "지배의 계기(이익사회를 말함—필자)가 사회형성력을 이루게 되면 공동사회는 벌써 공동생활의 근본적 형식이 될 수 있게 된다. 그러나 그밖에 공동사회라는 구성법칙은 영구현상이며 모든 사회적 전체상태 가운데에 공동적 원칙으로서 존재한다"—이것은 한스 프라이어가 그의 『사회학 서설』에서 한 말이나 일찍이 헤겔도 그의 『법률철학』에서 공동체는 중세 '테오크래시즘[theocracism]'이 해소된 뒤에도 현대사회에 와서도 가족단체로 남는다 하여 동일한 사상을 표명하였었다.

그러면 공동체가 계제원리로서 붕괴하면서도 성층원리로서는 현재하는 이유는 어디 있을까? 그것은 그가 일방 노동의 차원에 속하면서도 타방 생명의 차원에 속하기 때문이 아닐까? 노동의 분화와 기술의 발달이 공동체의 이익체에의 이행을 결과하였다면 혈연의 연속성과 풍토의 정착성이 그의 성층원리로서의 존속을 결과하는 것이 아닐까? 생명이란 어떤 사람의 말마따나 남녀간의 성적(性的) 대립에 의해서 단절되었다가 친자(親子) 간의 혈적(血的) 통일에 의해서 연속되어 나가는 영원의 순환운동이다. 그리고 생명의 이 '리드미칼'한 회귀 운동의 주기를 표현하는 시간이 오늘날 흔히 말하는 '세대'이다.

다시 말하면 혈통을 유대로 한 공동사회는 세대를 매개하고 원환적으로 회귀하는 윤회시간 위에 성립하는 것이다. 그리고 이 점이 노동을 유대로 하는 이익사회가 개인을 매개하고 단순히 직선적으로 전진하는 시간의 위에 성립하는 것과 대조를 이룬다. 공동사회의 운동은 단순히 원환적으로 회귀하며 이익사회의 그것은 말그대로 직선적으로 전진한다. 전자의 운동형식을 순환이라면 후자의 운동형식은 말 그대로 진보이다. 이익사회를 최고의 질서로 간주하던 근대 불란서의 계몽인간이 진보관념에 맹목에 가까운 신뢰를 가졌던 반대로 조국과 회고에 날뛰던 독일 낭만주의자가 역사의 이해에 있어서 순환개념에 사로잡혔던 것은 결코 우연한 일이아니다. 사람을 따라서는 세대를 역사적 시간으로 간주하는 이도있는 모양이나 그는 생명공동체의 운동을 구각(區刻)하는 시간단위로서 원래 '토테미즘'이나 가족단체에 고유한 것이다. 구체적인 사회는 공동사회와 이익사회의 '통일'인 만큼 그는 단순히 원환적으로 순환하는 것도 아니고 단순히 직선적으로 진보하는 것도 아니다. 그는 원환적, 직선적으로, 즉 나선상적(螺旋狀的)으로 발전하는것이다. 전자의 시간단위가 '세대'임에 반하여 후자의 시간단위는 '시대'이다. 공동체가 '순환'하고 이익체가 '진보'한다면 역사적, 구체적인 사회는 '발전'하는 것이다.

이와 같이 공동체의 내적 원리인 혈액이 윤회성을 가졌을 뿐 아니라 그의 외적 원리인 풍토도 승의의 시간이 침입하기 곤란한 정착성을 가졌다면 공동사회가 일방 이익사회로 이행하면서도 또한 영원한 성층원리로 존속하여 나갈 것은 당연하지 않을까? 단초에서 출발하여 단초로 회귀하는 실체가 역사발전의 그 어떠한 사회계단에 있어서든 그 기저에 현재적 성층으로 존속하여 나갈 것은 논증할 필요조차 없다. 그리고 이것은 그러한 추리를 기다리지 않고도 인간사회를 직하(直下)에서 관찰하는 데서 상식적으로도 알 수 있는 것이다. 역사가 '생(生)'의 역사인 한 그는 일정한 공간과 생명, 즉 원시자연을 지반으로 하고 형성될 것은 두말 할 것 없으며 또한 '존재'의 역사인 한 생산과 교환, 즉 사회 관계를 지반으로 하고 구성될 것은 물론이다. 즉 그는 공동사회와 이익사회를 한결같이 전제하는 것이다.

그러나 현실의 구체적인 사회로서는 공동체는 이익체에 앞서면서도 또한 이익체에 매개되는 것이라면 우리는 공동체의 사회생활의 유대로서의 의의가 역사의 발전을 따라 씨족에서 종족으로, 종족에서 민족으로, 민족에서 세계로 이행하는 사실을 간과하여서는 안 될 것이다. 우리는 우선 풍토의 이질성과 정착성을 말하나 그것은 상대적 의미에서 하는 말이다. 풍토의 이질성은 인간의 생산기술이 증진함을 따라 동질화 할 수 있음은 물론(척박한 토지를 비옥하게 만드는 것과 같은) 풍토와 인간을 매개하는 생산기술의 증진은 더 나아가 양자의 간격을 증진함으로써 후자의 전자에의 예속을 극복케 만든다. 그리고 풍토는 설사 객관적으로는 정착성을 가졌다 하더라도 주체적으로는 외연성을 가졌다. 인간 대 자연의 생산교섭의 범위가 확대함을 따라 이제까지 한 촌락의 풍토에 살던 우리가 내일은 한 국토의 풍토를 환경(環境)하게 되는 것이다. 뿐만 아니라 혈연도 윤회성과 함께 외연성을 갖고 두 사람의 조부모에서 열 사람의 자손이 생산되어 나간다. 그리고 혈연은 그 외연의 범위가 확대하면 할수록 그 순수성과 친화성은 도리어 축소되는 경향을 가지는 법이다.

그러므로 우리는 공동체와 이익체의 중합적(重合的) 성층관계를 말할 때에 양자를 기계적으로 분리하여 전자는 '토테미즘' 이래의 원시적 형태를 그대로 지속하여 나가는 고정적 실체로 보고 후자만이 시간을 따라 발전하는 듯이 생각하여서는 잘못이다. 양자는 그때그때의 역사적 발전 제단계에 있어서의 '구체적 통일적'인 사회형태의 '추상적'인 양(兩) 대립계기로서 역사의 발전과정을 따라서 서로 대립하고 길항하면서도 서로 매개하고 전화하는 변증법적 관계를 가진 것이다. 다시 말하면 양자는 단순히 '장소적'으로 뿐만 아니라 '과정적'으로도 대립물의 통일로서의 구조를 갖고 있다. 단 장소적 관계에 있어서의 통일은 과정적 관계에 있어서는 대립자의 매개를 거쳐서 자기 내(內)에 환귀(還歸)하는 형식을 밟아서 실현되는 법이다. 이리하여 이익사회의 범위가 확대되면 공동사회의 그것도 적든 크든 확대되지 않을 수 없으며 이익사회의 성질이 변화하면 공동사회의 그것도 적든 크든 변질하지 않을 수 없다. 봉건사회의 성층으로서의 민족과 시민사회의 성층으로서의 그것은 그 외연과 내용이 반드시 상복(相覆)하는 것이 아니다. 그러므로 요약하여 말하면 사회구성에 있어 중합적(重合的) 성층관계를 이루고 있는 공동체와 이익체는 일방 역사의 '전(全)발전과정'에서 볼 때에 전자에서 후자로 이행할 뿐 아니라 타방 역사의 '각발전단계'에 있어서도 전자에서 후자로 이행하는 것이다. 생물사에 있어서 종의 역사가 개(個)의 역사에서 반복되는 것과 흡사한 관계가 인류사에서도 반복되는 것으로 볼 수 있다. 따라서 이익체의 범위가 확대됨을 따라 공동체의 범위가 축소된다는 것은 일면적인 관찰에 불과하다. 공동체는 그때그때로 확대되는 이익체를 매개로 하고 그때그때로 보다 높은 자기에게 환귀(還歸)하는 까닭에 씨족에서 종족으로, 종족에서 민족으로, 민족에서 세계로 확대하여 나갈 수 있는 것이다. 오늘날의 문화이론가들은 공동체와 이익체의 관계를 말하면서도 이 사실을 은폐한다. 현대의 혈연과 풍토의 이론이 가진 위험한 복선(伏線)이 이곳에 있는 것이 아닐까?

그런데 문화란 어떠한 것인가? 문화란 한말로 하면 인간정신의 산물이다. 정신의 제작, 즉 정신의 객관화가 곧 문화이다. 생명에 대응하는 것이 공동체이며 이성에 대응하는 것이 이익체인 것과 같이 정신에 대응하는 것이 문화권이다. 그러면 정신이란 무엇인가? 정신이란 한 말로 하면 생명과 이성, 주관과 객관을 통일한 주체적, 사회적 의식을 말하는 것이다. 즉 자연적인 생명이 사회적인 이성을 매개로 하고 이성적인 생명에까지 지양된 것이 곧 정신이다. 그러므로 생명과 정신은 차원을 달리하는 것으로 생명은 이성에 대립하면서도 정신에 포섭되는 것이다. 그런데 생명은 공동사회의 원리였고 이성은 이익사회의 원리였다. 그리고 이성은 인간이 단순한 생명의 세계에서 노동의 세계로 이행하여 주체적인 환경을 객체적인 대경(對境)으로 전환하는 데서 출현할 것이라면 문화는 인간이 노동의 세계에서 다시 생명과 이성의 통일인 정신의 차원으로 이행하는 데서 출발하는 것이다. 그러므로 그는 공동사회를 부정적으로 매개하고 성립한 이익사회를 다시 부정적으로 매개하는 입장에서 생산되는 것이다.

그렇다면 우리는 문화에 있어서도 공동사회와 이익사회에 대응하는 관계가 표현 제형식과 문화 제형식과의 간에 성립함을 알 수 있지 않을까?

공동사회와 이익사회는 일방 역사의 발전도정에 있어 불가역적인 계기차서(繼起次序)를 이루어 가지고 전자에서 후자로 이행하면서 있다. 그와 같이 문화에 있어서도 전자에 대응하는 표현 제형식은 역사의 발전을 따라 후자에 대응하는 문화 제형식으로 분화=이행하였던 것이다.

신화는 신학에서 형이상학으로, 형이상학에서 실증과학으로 분화하였으며 습속은 관습법에서 실정적(實定的)으로, 신분에서 계약으로 이행하였었다. 언어에서는 상징성 속에 파묻혔던 개념성이 눈을 뜨자 그 극한으로서 논리와 수리(數理)가 성립하였으며 종교에서는 마술이 탈락하고 분별성이 증진함을 따라 황천(黃泉)종교에서 개조(開祖)종교로, 계시(啓示)종교에서 자연종교로 이행하여 왔다. 그러므로 이 측면에서 볼 때에는 문화의 역사는 늘 종족에서 세계로, 특수에서 보편으로 지향하여 왔던 것이다.

그러나 공동사회와 이익사회는 타방 또한 그 어떠한 사회형태에 있어서는 중합적(重合的) 성층관계를 갖고 상호매개에 의하여 내면적 통일을 이루고 있다.

그와 같이 현대의 시민사회에서도 표현 제형식은 문화 제형식의 안을 바치는 행동원리로서 문화의 정의적(情意的) 기초를 이루고 있다. 이리하여 일단 생활 제형식에서 출발한 문화 제형식은 다시 생활 제형식으로 귀환하는 법이다. 과학도 상식화하면 교의(敎儀)로 변하고 법률도 고정하면 습속으로 화한다. 언어의 개념성의 근저에는 의연히 상징성이 있으며 자연종교의 이면에는 의연히 계시성이 있는 것이다. 승의의 민족문화가 일방 세계성, 보편성을 갖는 동시에 또한 지방성, 특수성을 가지며 일방 논리성, 개념성을 가지면서도 또한 상징성, 문법성을 가지는 것은 이 때문이다. 일방 객관성을 갖는 동시에 타방 주관성을 가지며 일방 '로고스'적인 동시에 타방 정의적(情意的)이 되는 이유도 이러한 곳에 있다.

그러나 역사의 전(全)발전과정에 있어서의 공동체의 이익체에의 이행이 역사의 각 발전단계에서도 반복되는 것과 같이 각 사회형태 내에서도 일단 생활 제형식으로 귀환한 문화 제형식은 다시 보다 더 세계적, 보편적이며 보다 더 객관적, 지성적인 문화 제형식으로 이행하는 것이다. 이리하여 문화 제형식은 저차에서 고차로 끊임없이 발전하고 향상하여 나가는 것이다. 그리고 그 운동형식은 표현과 이성이 통일에서 분열로, 분열에서 통일로 나가는 대립적 통일의 구조를 가질 것은 두말할 것도 없다. 다시 말하면 생활과 이성은 인간의 역사적, 주체적 정신을 통하여 그때그때의 역사적 순간에 있어서 상호전화하면서 부정적, 포섭적으로 발전하여 나가는 것이다. 그리고 이 양자를 매개하는 것이 곧 정신이다.

문화는 말하자면 생활을 소어(小語)로 이성을 대어(大語)로 정신을 매어(媒語)로 하고 추론식적으로 운동하는 것이다.

만일 이와 같이 생활 제형식은 일방 문화 제형식으로 이행하는 동시에 또한 언제든 문화 제형식과 이합(裏合)하여 있다면 우리는 적어도 개념적으로 민족의 두 가지 종류를 나눌 수 있는 동시에 민족문화에도 두 가지 형을 나누는 것이 옳지 않을까. 즉 하나는 이익사회 이전의 순수 공동사회로서의 민족이며 다른 하나는 이익사회에 매개된 한에 있어서의 역사적, 문화적인 민족이다. 전자는 단순히 혈토(血土)를 유대로 한 생명으로서의 민족, '종(種)'으로서의 민족이며 후자는 '개성(이성)'을 매개로 한 정신으로서의 민족, 역사로서의 민족이다. 전자를 자연민족(혹은 씨족)이라 부를 수 있다면 후자는 문화민족이라 부를 수 있는 것으로 원시시대의 '토테미즘'을 형성한 것이 전자이며 현대의 문화 제국민이 후자에 속한다. 그런데 현대의 전체주의 이론가들은 민족을 규정할 때에 일률로 혈토적(血土的) 원리에 의거한다. 허나 이것은 엄밀하게 말하면 원시시대의 '씨족'으로서의 민족에 한해서만 타당성을 가질 수 있다. 현대의 문화 제민족은 벌써 이익사회에 매개될 것인 만큼 혈연의 순수성이 허손된 것은 물론 풍토의 이질성까지도 상실한 것이 많다. 그들의 결합의 유대를 형성하는 것은 자연적 혈토(血土)의 특수성보다도 도리어 문화적 전통의 특수성에 있는 것이다.

그리고 민족을 두 가지 형으로 나눌 수 있다면 우리는 민족문화도 두 가지 형으로 나눌 수 있지 않을까? 첫째는 자연민족에 고유한 원시신화, 원시언어, 원시습속 등 전(前)논리적, 전(前)지성적인 생활형식이다. 그 이외의 지성적인 제문화형식은 이익사회에 대응하는 만큼 그는 자연민족에 고유한 범주가 아니다. 그리고 자연제민족의 문화가 그러한 것이라면 문화 제민족에 고유한 문화가 논리와 지성의 매개를 거친 문화 제형식일 것은 두말할 것도 없다. 문화 제민족의 문화는 민족에서 출발하여 개인을 매개하고 세계를 지향하는 만큼 특수성과 함께 보편성, 민족성과 함께 세계성, 주관성과 함께 객관성, 정의(情意)와 함께 지성을 갖고 있는 것이다.

그럼에도 불구하고 현대의 '토탤리즘'이 피와 흙을 민족과 문화의 영도원리로 내어 세우는 것은 한말로 말하면 현대에서 원시로, 역사에서 자연으로, 문화에서 미개로 귀환하는 회귀의식의 표현으로 볼 수밖에 없다.

허나 지금까지 말한 것은 문화의 민족성과 세계성의 연관을 밝혀본 데 지나지 않는다.

그런데 원시사회가 무너진 이후 오늘날까지 인간사회의 제역사적 형태는 모두 계층적으로 조성되어 나왔다 한다. 만일 그렇다면 공동체의 이익체에의 이행은 곧 계층사회에의 이행이 되지 않을 수 없다. 이리하여 사회학자에 따라서는 이익사회의 가장 중요한 특징을 지배관계에 두는 사람도 있다. 그러면 이익체가 계층으로 분화하는 이유는 어디 있는가? 그것은 한말로 말하면 노동의 분화, 생산의 발달이 완전한 상태에 도달하지 못한 데 있는 것이다.

원래 공동체의 이익체에의 이행은 직접적 전체노동의 개인노동에의 분화에서 출발하였던 것이다. 그리고 이익체의 이상적 범형(範型)은 칸트의 도덕적 인격의 왕국과 같이 보편개성의 자유로운 결합에 있는 것이다. 그런데 이러한 이상사회에 도달하려면 노동의 분화정도가 '사회화'의 단계에까지 진전함을 전제하지 않을 수 없다. 왜 그러냐 하면 보편개성의 성립은 보편적인 개인노동을 전제하며 보편적인 개인노동은 곧 노동의 사회화로서만 실현될 수 있기 때문이다. 그러나 노동의 사회화란 한걸음에 뛰어 넘어 도달할 수 없는 도정(道程)이다. 그리한데서 노동의 분화는 그 결과로서 소유와 점유, 지배와 용익(用益)의 분화를 초치(招致)하고 소유와 점유의 분화는 소유의 분화와 소유에의 노동의 귀속까지도 결과하게 된다. 이리하여 원시사회가 무너진 뒤 인류의 역사는 몇 낱의 계층사회를 경험하였다. 그리고 근대의 시민사회는 이익사회의 완성태로서 노동의 분화가 사회화의 일보 전까지 접근한 동시에 소유의 분화도 그 극한에 도달하였다. 이리하여 그는 계층사회로서도 가장 완성된 형태에 속하는 것이다.

그러므로 이익사회는 그 이념에 있어서는 보편개성의 자유로운 결합을 요청하나, 즉 그 존재에 있어서는 계층적 구조를 가진 것이다. 다시 말하면 보편인간의 자유결합이란 시민이 요청하는 형식적 규범에 불과하고 현실적 존재로서는 약간의 성층으로 구성되어 있다.

그리고 그가 형식에 있어서는 보편개성을 전제하면서도 내용에 있어서는 계층적 구조를 가졌다면 그를 매개한 정신도 그 이념으로서는 보편타당성을 요구할는지 모르나 역사로서는 도리어 계층성을 띨 것이 아닌가? 문화에 대응하는 정신은 자연적인 생명이 사회적인 존재(이성)를 매개하고 역사적인 이성에까지 인상된 것이었다. 따라서 그 역사적 정신이 생산한 민족문화가 그 형식=이념에 있어서는 세계성, 보편성을 가진 듯하나 그 내용=사실에 있어서는 역사성, 계층성을 수반할 것은 논증할 필요조차 없다. 물론 사회를 존재라 하면 문화는 의미이다. 의미와 존재는 엄밀한 의미에서는 상이한 범주로 구별된다. 그러나 의미는 이른바 존재구속성에 의해서 소위 '이데올로기'로서의 기능을 갖고 있는 것이다. 이곳까지 와서 우리는 비로소 문화의 민족성과 세계성과 계층성을 말할 수 있다. 문화의 민족성은 역사의 자연적 생명에 대응하는 것이며 세계성은 역사의 보편적 이념에 대응하는 것이며 계층성은 역사의 사회적 존재에 대응하는 것이다. 자연과 사회와 문화 혹은 생명과 존재와 이념, 이 삼자에 대응하는 것이 민족성, 계층성, 세계성이다. 문화는 그 내면적 '포스츄레잇트'에 있어서는 민족에서 세계를 지향한다. 허나 그는 그 중간에서 사회적 존재를 매개하는 데서 그 실현된 상태에 있어서는 계층성을 띠지 않을 수 없다. 이것이 이른바 문화의 역사성이다. 이익사회의 인간은 세계시민이기 전에 계층인간이다. 과학을 위하는 과학, 예술을 위하는 예술도 역사의 제약을 떠날 수 있다. 역사를 종관(縱貫)하는 민족정신도 역사의 제발전단계를 횡단하여 시대사적으로 보면 특수계층의식에 담당되어 있다.

민족정신을 연쇄로 볼 수 있다면 계층의식은 그를 구성하는 각환(各環)으로 볼 수 있다. 구체적인 문화는 늘 계층문화이었다. 그 의미에 있어서 민족과 세계, 자연과 이념을 역사에 매개하는 것은 계층이라 말할 수 있다. 그리고 이익사회는 이념으로서는 보편개성을 요청하면서도 존재로서는 계층적 조성(助成)을 가졌다면, 그는 또한 세계구조에 있어서 이념으로서는 도처가 중심이 될 수 있는 원자론 세계를 요청하나 사실에 있어서는 중심과 주위가 지배와 귀속의 관계를 이루지 않을 수 없다. 오늘날 문화와 정치가 상복(相覆)하지 않는 이유도 그러한 곳에서 유래하는 것이다. 문화에는 원래 국경이 없는 법이다. 개인과 개인, 민족과 민족의 자유로운 교환이 문화로 형성하나 정치는 다중심을 불허한다. 오늘날에 있어서는 국가의 세계구조나 세계의 세계구조나 모두 동일한 구조를 가졌다. 한 국가의 세계구조가 그대로 세계의 그것으로 이식되었을 뿐이다.

그런데 이익사회의 발전은 그 극한에 도달하면 자기를 부정하고 자기를 넘어서지 않을 수 없다. 공동체의 이익에의 이행은 원래 노동의 분화에서 발원하였으며 노동의 분화는 계층의 형성을 수반하였었다. 그러나 노동의 분화는 노동의 사회화로서 완성되며 노동의 사회화는 전체노동에의 귀환으로서 실현되는 법이다. 그것은 노동의 질적 분화(개별화)는 구극에 가서는 노동의 보편화(사회화)를 결과하며 노동의 보편화는 사적 노동이 곧 공적 노동이 될 수 있는 개성적, 보편적인 전체노동에의 지양을 결과하기 때문이다. 그러므로 역사의 전(全)발전과정을 노동사를 통하여 볼 때에는 직접적인 전체노동(토테미즘의 노동)이 계층노동으로 분열하였다가 다시 매개적인 전체노동으로 귀환하는 한낱의 변증법적 과정으로 볼 수 있다. 추상적 전체적인 노동은 특수와 보편으로 분열하였다가 다시 구체적, 보편적인 노동으로 귀환하는 것이다. 허나 이익체란 원래 특수와 보편이 분열한 사회인 만큼 노동의 공적 성질과 사적 성질을 통일할 수 없다. 이곳에 이익사회의 완성인 시민적 형태가 자기를 완성하자 곧 자기를 넘어서지 않을 수 없는 필연적 근거가 있다. 이리하여 노동이 사회화의 계단에 도달하면 공동사회를 출발하여 이익사회로 편력한 인류는 다시 공동사회로 귀환할 운명에 봉착하게 되는 것이다.

그러나 그것은 단순한 공동사회가 될 수 없다. 단순한 공동사회는 직접적인 전체노동을 기초로 한 것으로 직접적 전체성의 원리에 입각한 세계이나 이것은 매개적인 전체노동을 기초로 하는 것으로 개인에 앞서면서도 또한 개인에 매개되는 매개적 전체성의 원리를 요구하는 세계이기 때문이다. 단순한 공동사회가 개인없는 전체사회이며 단순한 이익사회가 전체없는 개인 결합임에 반하여 이것은 개인에 매개된 전체, 전체에 매개된 개인을 요구하게 된다.

그러므로 그것은 개인이 곧 전체이며 전체가 곧 개인이 될 수 있는 참다운 의미의 보편인간의 세계이다. 한 사람의 행복이 만 사람의 그것을 전제하며 만 사람의 행복이 한 사람의 그것을 전제한다. 그러므로 그는 도처가 중심이 될 수 있는 동시에 또한 그 어디나 중심이 없는 무한대의 원과 같은 세계구조를 가지지 않을 수 없다. 그리고 이러한 논리적 구조를 가진 사회는 그 내용에 있어서는 단순한 공동사회와 같이 생명 대 생명의 세계가 아닌 것은 물론 단순한 이익사회와 같이 물격 대 물격의 세계도 아니고 말 그대로 인격 대 인격의 세계가 되지 않을 수 없다. 생명이 공동체의 원리이며 물격이 이익체의 그것인 반대로 장래할 공동체는 인격의 원리에 의하여 결합할 수 있을 것이다.

이러한 세계에서만 문화에서 계층성이 해소될 수 있다. 그리고 문화에서 계층성이 해소되는 때에만 정치는 문화에 해소되고 문화와 정치는 현대의 상극성을 지양할 수 있는 것이다. 그리고 문화에서 정치의 구심적 작용이 탈락하는 때에만 문화의 민족성과 세계성은 완전한 조화에 도달할 수 있는 것이다. 그것은 정치를 탈락(脫落)한 문화민족은 그 세계구조에 있어서 세계성적 세계의 세계구조와 같이 도처가 중심이 될 수 있기 때문이다. 이리하여 모든 민족은 자기에 고유한 문화를 형성하는 것이 곧 세계문화를 형성하는 것이 되며 세계문화를 형성하는 것이 민족 고유의 문화를 발전시키는 것이 될 수 있다. 어디서든 세계의 중심을 발견할 수 있는 이러한 문화의 세계에서만 다(多)가 그대로 하나이며 하나가 그대로 다(多)가 될 수 있는 문화의 이념에 도달할 수 있다.

문화란 원래 개성적, 보편적인 것으로서 개성에 철저함으로써 보편으로 나가는 특성을 가진 것이다.

현대의 세계사가 정히 이러한 세계에의 전환기에 도달하지 않았는가 생각한다. 그러나 문제는 어느 민족 어느 성층이 이러한 세계성적 세계의 형성에 있어 주체가 될 수 있는가 하는 데 있다.

현대에 있어 문화를 논할 무기를 갖지 못한 필자는 이 소론의 구성에 있어 고산암남(高山岩男)씨의 인간학 사상을 많이 참작하였다. 부기하여 독자의 양해를 빈다.

—『조선일보』 1939년 6월

『서인식 전집 Ⅰ - 역사와 문화』 해제

　　『역사와 문화』의 자서(自序)에서 밝히고 있듯이, 이 시기 서인식의 사유는 「지성의 시대적 성격」(조선일보, 1938. 7.)을 경계로 구분할 수 있다. 「지성의 자연성과 역사성」, 「문화의 구조를 논술함」, 「과학의 법칙성의 문제」 등, 1937~8년 초엽에 쓰여진 평론에서는 ML파의 이론적 맹장인 서인식의 면모가 여전히 남아 있다. 1933년 2월 공산당 재건운동인 '조선공산주의자협의회' 사건으로 피검, 5년형을 살다가 출옥한 직후였다는 사실을 감안한다면, 논문들에 나타난 마르크스주의자적인 도식은 충분히 이해가 될 것이다. 이들 논문에는 검열의 예봉을 피하면서 '지성'과 '문화'를 '캐피탈의 저자'(마르크스)의 관점에서 해설하고 있는 공산주의자 서인식의 흔적이 역력히 드러난다. 이를테면, 「과학의 법칙성의 문제」에서는 영국의 고전학파 경제학과 독일의 역사학파 경제학의 특장을 설명하고 마르크스가 영국 고전학파 경제학을 비판적으로 계승하여 새로운 경제학을 수립했다는 전형적인 좌파 경제학의 해설 논문의 성격을 답습하고 있다. 알다시피, 영국 고전학파 경제학은 프랑스의 정치철학, 헤겔의 독일 관념철학과 함께 마르크스주의가 뻗어나올 수 있었던 세 가지 토대였다.

그러나「지성의 시대적 성격」에 오면 그 논조는 사뭇 달라진다. 이 논문은 서인식 개인의 전향서에 해당할 뿐만 아니라, 일단의 식민지 조선의 근대주의자들이 중일전쟁 이후의 동양 정세를 어떻게 인식하고 대응해 갔는가를 보여주는 중요한 글이다. 이 논문이 발표된 시기는 중일전쟁이 발발하고, 일본군의 승승장구와 1938년 10월 '동양의 마드리드'라 불리던 무한 삼진이 함락되는 일련의 과정의 복판에 있었다.

서인식은 현재를 역사의 전형기로 파악하며 지식인들이 말하는 위기감은 문명의 이행과정에서 기성문화가 느끼는 위기와 혼란의 다른 이름이라고 진단한다. 그에 따르면, 이 위기의 정체는 "지성과 사실의 상극 '로고스'와 '파토스'의 상반(相反)"에서 기인한다. 그는 어느 중요한 역사적 시기이고 '사실'과 '지성', '로고스'와 '파토스'가 상극하지 않은 예는 없으며, 역사란 사실과 지성의 상극이 없이는 발전할 수 없다고 주장한다. "사실과 지성"에 대한 서인식의 사고의 요점을 인용하면 다음과 같다.

> 지성은 체계와 질서를 지향하는 폐색된 세계임에 반하여 사실은 체계와 질서를 깨트리고 전진하는 개방된 세계이다. 우리는 이 사실을 잊어서는 안 된다. 역사상의 장대한 문화체계가 새로운 역사적 사실의 출현과 함께 산산이 부저지고 새 사실의 영도 밑에 새 문화 새 지성의 체계가 건설된 전례를 우리는 역사의 구석구석에서 눈이 시도록 보지 않았던가?

서인식에게 역사란 '사실과 존재(지성)의 대립과 통일로써 형성된 것'을 의미하며, 새로운 시대의 신문화체계는 이 사실과 지성의 대립과 통일을 매개할 수 있는 초월적 입장을 통해서 가능한 것으로 제시된다. 달리 말하면, 지성이 사실을 완전히 장악하지도 못하며, 사실이 잉여 없이 포획되기 위해서는 지성의 단계에서 상승한 행동의 영역이 필요하다고 주장한다. 이제 지식인들의 폐색한 지성으로 포획되지 않는 새 사실의 세계가 펼쳐졌으며, 그것은 기존의 '리베랄리즘'으로 대표되는 문화체계로는 포획되지 않는 것이므로 새로운 입장, 새로운 영도체계가 필요하다는 것이 서인식의 진단이다. 결국 새로운 사실을 수리하며 그것과 대립·통일하는 새로운 지성과 행동으로 가야한다는 것이 이 소론의 핵심이라고 할 수 있다.

눈치빠른 독자들은 이 간략한 서술을 통해서 이미 백철의 유명한 「시대적 우연의 수리」(『조선일보』, 1938. 12. 2.~7.)를 떠올렸을 것이다. 백철은 서인식의 철학적 사유를 대중적인 버전으로 번역하고 있는 셈이다. '사실수리론'적 사유를 선취했다는 것이 무슨 대단한 자랑거리가 아닌 것은 분명하다. 그러나 우리는 서인식의 사유, 아니 나아가 중일전쟁을 전후로 한 식민지 조선의 근대주의자들(마르크시스트와 모더니스트)이 "동양주의"나 "국민주의"를 매개로 전향해 간 내적 논리와 주변 환경에 대해서만큼은 내재적으로 접근해야만 한다. 가령, 최재서도 「사실의 세기와 지식인」[1]에서 '사실의 세기'와 '질서의 세기'를 대립시킨 발레리를 원용해서 자신이 직면한 세계적인 변화를 논리화 했다.

앞서도 언급했듯이 '사실수리론'의 사상적 정립이라 할 수 있는 「지성의 시대적 성격」이 발표된 1938년 7월은 일본 혁신좌파에 의해서 '일지제휴론(日支提携論)'에 입각한 동아신질서 구상인 제2차 고노에 성명(1938년 11월)이 견인되며, '동아협동체론'의 구상과 언설공간이 창출되는 시기이다. 중일전쟁은 식민지 시기 문학을 다룰 때 하나의 분기점을 이루는 사건이다. 중일전쟁에서 거둔 초기의 전과와 무한·삼진의 함락은 식민지 지식인들에게 더 이상 조선의 자치나 독립을 꿈꿀 수 없는 '역사적 사실'로 수리되었다. 자치와 독립의 길이 막힌 곳에서 그들은 제국 안에서 보편적 주체가

---

1) 최재서, 「사실의 세기와 지식인」, 『조선일보』, 1938. 7. 2.

되는 방향을 모색한다. 이러한 모색은 당대 일본의 정치적인 상황과 긴밀하게 연관된 것이다. 일본은 중일전쟁 이후 국가총동원체제를 제도적으로 확립해가고, 이 제도 속에서 지식인들은 전쟁수행에 대해 여러 형태로 협력해간다. 일본의 경우 총동원체제를 제도적으로 확립하는 데 큰 역할을 한 것이 좌익세력이었다. 일본공산당이 괴멸된 뒤 좌익의 중심으로 기능하고 있었던 합법적 좌익정당인 사회대중당은 '전쟁수행을 통한 국가독점자본주의의 변혁', '군대와 무산계급의 합리적 결합을 통한 자본주의 타도'를 내세우며 총동원체제를 확립하는데 기여했다. 사회대중당과, 고노에의 자문역할을 한 소화연구회 성원인 오자키 호츠미(尾崎秀實)와 미키 키요시(三木淸) 등의 지식인들은 동아협동체론의 구상을 수립해갔으며, 이러한 흐름은 당대 식민지의 좌파 지식인들에게 지대한 영향을 미쳤다. 사회대중당과 소화연구회 등의 움직임은 단순히 30년대를 풍미한 '국가사회주의'로 치부할 성질의 것만은 아니었다. 코민테른은 만주사변을 지지했다는 이유로 사회대중당을 대중파 시즘으로 규정했다. 이후 파시즘에 대항하기 위해 '인민전선 테제'를 채택한 1935년 여름에 코민테른은 사회대중당을 반파시즘 전선의 정당으로 인정했다. 코민테른은 이 테제를 통해 중국에서는 국공합작을 통한 항일내셔널리즘을 조직하고, 일본에서는 사회대중당을 통해 인민전선을 강화하여 일본 제국주의를 내·외부에서 해체해가는 전략을 수립했다. 이러한 전략 속에서 사회대중당과 구좌파세력에 의해 적극적으로 개진된 '전시변혁' 담론이었던 동아협동체론 등은 일본 파시즘의 국책 이데올로기이면서 동시에 코민테른의 인민전선의 전략과 연계된 이중적인 성격을 띠고 있었던 셈이다. 코민테른과 연계된 일본 좌파의 이러한 움직임과 그 구상은 식민지 조선의 구좌파 세력에게도 지대한 영향을 미친 것이었다. '동아협동체론'은 물론 일본 제국주의의 이데올로기였지만, 여기에는 일본의 혁신좌파 그룹과 과거의 사회주의자들이 가담하여 천황제 파시즘을 최소한도로 규제하는 논리로 작용했던 담론이었다. 니시다 기타로(西田幾多郎) 등의 교토학파, 미키 키요시(三木淸) 등으로 대표되는 '쇼와 연구회' 및 오자키 호츠미 등의 혁신 좌파에 의해 '내지'에 생성된 언설공간의 담론과 조우하면서, 서인식은 '동아협동체론'에 공명하는 역사철학적 세계인식에 바탕한 논문을 발표한다.[2]

「문화의 유형과 단계」에서 서인식은 자신이 구상하는 새로운 세계의 이념을 '세계성의 세계'로 제시한다. '세계성적 세계'의 세계구조는 도처가 중심이 될 수 있으며, 따라서 이러한 세계에서는 모든 민족은 자기에 고유한 문화를 형성하는 것이 곧 세계문화를 형성하는 것이 되며 세계문화를 형성하는 것이 민족 고유의 문화를 발전시키는 것이 될 수 있다. '세계성의 세계'[3]에서는 어디서든 세계의 중심을 발견할 수 있으며, '다(多)가 그대로 하나이며 하나가 그대로 다(多)가 될 수 있는' 세계이다.

이것은 사실 니시다 기타로(西田幾多郎)의 무적 장소(보편)의 철학을 차용하여 자신의 맑시즘적 사상을 포기하지 않고 세계를 변증법적으로 이해하는 방식이다. '타자가 타자가 아니고 자기'인 이 '세계성의 세계'는 '특수가 곧 보편이며 내재가 곧 초월'인 니시다 철학의 '無의 장소(계제)'를 새로운 세계원리의 출발점으로 상정한 세계이다. '유적보편'에 기반한 시민사회의 세계구조에 의해 생긴 중심과 주변 및 이를 기반으로 한 지배와 종속을 해결할 수 있는 세계사의 신원리는 '캐피탈리즘'의 지양으로부터 가능하며, 이는 「세

---

2) 중일전쟁을 전후한 담론지형 및 서인식과 동아협동체론의 관련은 정종현(「중일전쟁과 탈식민의 환타지」, 『전쟁과 기억』, 동국대 한국문학연구소, 2005.)을 참조할 것.
3) 서인식의 '세계성의 세계'와 당대 교토학파와의 관련에 대해서는 차승기(「'근대의 위기'와 시간-공간 정치학-교토학파 역사철학자들과 서인식」, 『한국근대문학연구』8, 2003. 하반기)를 참조할 것.

계성의 세계」를 장소로 하는, 즉 '무적장소'를 매개로 한 철학으로부터 가능하다는 인식이다. 그는 유적 보편에 기반한 시민사회의 원리로부터 국제적으로는 서양과 동양, 본국과 식민지 국내적으로는 계급과 계급, 개인과 개인의 지배와 종속의 관계가 형성되었으며, 이 문제의 해결을 "봉건적인 동양적 세계와 근대적인 서양적 세계를 다함께 초월한 제삼의 「세계성의 세계」를 건설"4)하는 데서 찾았다.

이것을 정치 이론에 적용시킨 것이 바로 협동체론이다. 서인식의 논리에는 협동체의 구성원들 간에는 중심과 주변에 의한 위계화가 아니라 다원적인 세계성의 원리가 통용되어야만 한다는 주장이 들어 있다. 「세계」의 원리 혹은 새로운 신질서의 원리가 보편이 되기 위해서는 협동체의 구성 인자인 일·만·지에만 통용되는 것이 아니라, 일본 제국의 내부에까지 통용되어야만 한다. 동·서양의 구별짓기를 넘어서 캐피탈리즘을 극복한 새로운 신원리로서의 '세계사의 원리'는 특수성과 일반성이 통일될 때, 모두에게 적용될 때에만 '보편'일 수 있기 때문이다. 결국 서인식은 「세계성의 세계」라는 보편 철학을 통해 '특수'한 '조선 민족'의 문제까지도 함께 해결하고 있는 셈이다.

서인식 및 동아협동체론에 공명했던 일군의 조선지식인들(박치우 등)은 몇 가지 점에서 평가되어야만 한다. 우선, 서인식이 저술활동을 하던 시기에 주목하여야 한다. 동아협동체론에 공명한 역사철학자 서인식을 문제삼고자 할 때는 그가 활발히 저술 활동을 한 시기와 그의 저술의 내용을 조응해서 검토해야 한다. 1937년 10월의 논문으로부터 1940년 11월 『조광』지의 좌담, 「과학에의 돌진」까지 만 3년여의 활동 기간은 일본 제국에서의 '동아협동체론'의 담론 공간과 그 담론의 자장 속에서 현실 정치를 리드해간 혁신

---

4) 「문화에 있어서의 전체와 개인」, 『인문평론』 창간호, 1939. 10.

좌파의 활약 및 실각과 정확히 대응한다.

잘 알려져 있듯이, 일본은 러일전쟁(1905) 이후 소련의 복수를 염두에 둔 전통적인 대북방 중심의 전략을 취해왔다. 이러한 대북방 중심 전략의 중심에 있었던 것이 관동군이며, 40년까지의 일본은 '일·만·지'를 중심에 둔 동양구상을 진척시켰다. 그러나 일본은 전통적인 대북방 정책을 수정하여 1940년 4월 이후 독일의 서부전선의 약진에 고무되어 남방무력침략 방침을 결정하고 동남아시아를 포함한 '대동아공영권' 건설구상을 실행에 옮긴다. 40년 9월의 일·독·이(日獨伊) 3국동맹 체결, 41년 4월의 소·일중립조약 체결을 통해 북수남진(北守南進) 태세를 굳히고 동남아시아 침공을 결행, 이후 1941년 12월의 태평양전쟁의 발발로 치닫게 된다. 이러한 정세의 변화 속에서 천황제 파시즘의 최소한의 규제논리였던 동아협동체론의 담론공간은 사라지고, 혁신 좌파 역시 실각하게 된다.

'동아협동체론'이 지니고 있던 최소한도의 규제성을 인정한다면, 또한 '이데올로기'가 경우에 따라서는 지배자에게 되돌려질 수 있는 부메랑 효과를 가지고 있다는 사실을 인정한다면, 서인식이 '동아협동체론'과 '세계성의 세계'의 철학을 통해서 관철하고자 한 정치적인 전략이 갖는 진정성 만큼은 구제되어야 한다. 니시다 기타로나 코야마 이와오(高山岩男), 미키 키요시 등의 역사철학 체계를 빌려 마치 짓다만 집처럼 엉성해 보일지도 모르지만, 서인식의 저술들에는 식민지 지식인으로서 갖는 발화의 전략이 엿보인다. 제국의 이데올로기를 제국에 되돌리는 것이 그것이다. '보편'은 특수에서도 구현되어야 '보편'이 될 수 있으며, 동아협동체론이 제기하는 민족간의 협화와 보편적 주체로의 신생은 제국의 내부에서도 관철될 때에만 진리가 될 수 있기 때문이다. 최소한도의 규제원리로서의 담론공간이 사라졌을 때, 서인식이 선택했던 것은 목포로의 낙향이었다. 이것은 자신이 말한 '지성'과 '행동'에서는 벗어난 것일지 모르지만, 담론공간을 잃어버린 지식인이 택할 수 있는 최소한의 행동이었다.

둘째로는 서인식 등의 전향 마르크시스트들이 끝까지 근대주의자의 사유틀을 보였다는 것이다. 서인식이 반복적으로 강조한 것 중 하나는 퇴영적인 복고벽, '동양'을 통일적 문화이념으로 상정하는 관념론에 대한 비판이었다. 그 역시 이 시대를 신시대와 신문화로의 이행기인 전형기로 파악하였고, 광의의 근대초극론의 자장 속에 있었다. 그러나 그는 파시즘과 나치즘의 "피와 흙"의 운명론과 "심령사관"을 비판했으며, '캐피탈리즘'의 지양을 '현대의 과제'로 제시하였다. 니시다 기타로 등의 철학의 차용에서도 '변증법'적 사유에 대한 강조가 특히 두드러졌다. 어떤 측면에서는 '캐피탈리즘'에 대한 지양과 '변증법'에 대한 강조라는 자신의 이전 사상을 포기하지 않은 채 편한 마음으로 전향할 수 있는 논리적 계기를 당대의 교토철학과 동아협동체론에서 발견한 것인지도 모른다. 더구나 그 담론의 주창자들이 사상적으로 연대되어 있다고 느끼는 좌파들임에랴.

이와 관련해서 특히 주목해 볼 만한 글이 「과학과 현대문화」이다. 이 글에서 서인식은 '리베랄리즘' 및 서구 비판을 행한다고 하면서 과학을 문화영역에서 배제하고, 현대문화의 위기가 "합리적 실증정신이 만들어낸 과학문명의 과잉"에서 온 것으로 보는 당대의 식자들의 견해를 반박한다. 현대의 정신은 근대의 모든 것을 청산하는 데 있는 것이 아니라 그것의 핵심인 '과학'을 어떻게 능동적으로 승계하는가에 있다는 서인식의 주장에서 우리는 서인식의 전향이 근대주의자의 자기 논리의 내적 전개의 결과임을 엿볼 수 있다. 「인문평론」(1940. 10)에 실린 김기림의 논문인 「조선문학에의 반성」에서 "새로운 세계의 구상에서 과학정신은 의연히 가장 정확한 지표일 것이고 또 과학은 가장 신뢰할 만한 조언자"라는 일언을 통해서 당대 조선의 근대주의자들의 공통한 사유를 엿보게 된다. 앞으로 서인식 개인뿐만이 아니라 당대 근대주의자들의 사유의 구조적 특징을 구명하는 연구가 필요하리라 본다.

지성의 역사성과 자연성, 조선일보, 1937. 10.

'지성'의 해명―그 역사성과 밋 자연성, 조선일보, 1937.11.10.~23.

문화의 구조를 논술함, 조선일보, 1937.12.1~7.

과학의 법칙성―주관적 질서와 객관적 질서, 조선일보, 1938.1.12.~18.

과학법칙의 양면―경제법칙의 역사적 개별성, 조선일보, 1938.2.2.~8

지성의 시대적 성격―문화의 창조와 그 연관성, 조선일보, 1938.7.2.~30.

역사철학잡제(一), 批判, 1938. 8.

역사철학잡제(二), 批判, 1938. 9.

전통론―전통의 일반적 성격과 그 현대적 의의에 관하야, 조선일보, 1938.10.22.~30.

역사철학잡제(三), 批判, 1938. 11.

역사철학잡제(四), 批判, 1938. 12.

역사철학잡제(五), 批判, 1939. 2.

문화인의 현대적 과제―역사과학에 잇서의 일반성과 특수성, 조선일보, 1939.2.7~14.

전체주의역사관―그것의 현대적 영도성에 대하야, 조선일보, 1939. 2. 21.

역사철학잡제(六), 批判, 1939. 3.

현대의 세계사적 의의, 조선일보, 1939. 4. 6.~14.

과학과 현대문화―특히 과학데이에 기함, 동아일보, 1939. 4. 18.

역사에 잇어서의 행동과 관상―역사와 영웅을 말함, 동아일보, 1939. 4. 23.~5. 4.

세대정신, 조선일보, 1939. 4. 25.

역사철학잡제(八), 批判, 1939. 5.

역사철학잡제(九), 批判, 1939. 6.

고전과 현대, 批判, 1939. 6.

문화의 유형과 단계, 조선일보, 1939. 6. 18.~22.

문화의 유형과 단계, 批判, 1939. 9.

역사와 문학, 문장, 1939. 9.

제2차대전을 해부한다, 조선일보, 1939. 9. 12.~15.

문화에 있어서의 전체와 개인, 인문평론, 1939. 10.

께오리·루가츠 역사문학론해설, 인문평론, 1939. 11.

문화시평—(一)시대로 향하는 정열, (二)비평부진의 원인, (三)현대와 운명의식」, 조선
일보, 1939. 10. 19.~26.

세대의 문제, 조선일보, 1939. 11. 28.~12. 1.

금년도 평단의 제문제, 동아일보, 1939. 12. 14.~17.

애수와 퇴폐의 미, 인문평론, 1940. 1.

동양문화의 이념과 형태—그 특수성과 일반성」, 동아일보, 1940. 1. 3.~12.

문화시평—(一)시류교착의 양면, (二)새로운 질서의 수립, 조선일보, 1940. 2. 8.~9.

현대정신도를—내가 만일 작가라면, 인문평론, 1940. 3.

평단三人 정담회—문화문제종횡관, 조선일보, 1940. 3. 15.~19.

세계관—논단노트의 일절, 조선일보, 1940. 8. 6.

현대와 미신, 조선일보, 1940. 4. 2.~6.

현대가 요망하는 신윤리, 조선일보, 1940. 5. 29.~6. 1.

사색일기, 인문평론, 1940. 6.

세계문화의 신구조—문허저가는 낡은 구라파, 조선일보, 1940. 7. 6.

이조유학의 사칠론, 조선일보, 1940. 8. 2.

문학과 윤리, 인문평론, 1940. 10.

「향수」의 사회학, 조광, 1940. 11.

과학에의 돌진, 조광, 1940. 11.

모던문예사전

인문평론, 1939.10(해설자: 김기림, 김남천, 서인식, 최재서)

인문평론, 1939.11(해설자: 김기림, 김남천, 이원조, 서인식, 최재서)

인문평론, 1939.12(해설자: 이원조, 서인식, 김남천, 최재서)

인문평론, 1940.01(해설자: 김남천, 임화, 서인식, 최재서)

인문평론, 1940.02(해설자: 김남천, 이원조, 서인식, 최재서)

인문평론, 1940.04(해설자: 임화, 서인식)

▌편자 약력

차승기 : 연세대학교 대학원 국문과 졸업. 문학박사.
대표논문:「'생'에의 의지와 전체주의적 형식: 초기 이광수의 문화적 민족주의의 성격」,「1930
　　　　년대 후반 전통론 연구」,「'근대의 위기'와 시간-공간 정치학: 교토학파 역사철학자
　　　　들과 서인식」,「임화와 김남천, 또는 '세태'와 '풍속'의 거리」 등.
저　　　서:『문학 속의 파시즘』(공저)

정종현 : 동국대학교 대학원 국문과 박사과정 수료. 동국대 한국문학연구소 전임연구원.
대표논문 :「'동아시아' 담론의 문제와 가능성」,「제국/민족 담론의 경계와 식민지적 주체」,
　　　　「'중일전쟁'과 탈식민의 환타지」,「근대문학에 나타난 만주 표상」
저　　　서:『전쟁의 기억, 역사와 문학』(공저)

서인식 전집 Ⅰ - 歷史와 文化

인　　쇄	2006년 1월 10일
발　　행	2006년 1월 16일
엮 은 이	차승기 · 정종현
펴 낸 이	이대현
책임편집	이태곤
편　　집	권분옥 · 김보라 · 박소정
제　　작	안현진
펴 낸 곳	도서출판 **역락** / 서울 성동구 성수2가 3동 301-80
	(주)지시코 별관 3층(우133-835)
전　　화	3409-2058(대표) 3409-2060(편집부) FAX 3409-2059
이 메 일	yk3888@kornet.net / youkrack@hanmail.net
홈페이지	www.youkrack.com
등　　록	1999년 4월 19일 제303-2002-000014호

정　　가　　12,000원
ISBN　89-5556-406-6-93800

＊잘못된 책은 교환해 드립니다.